## CATHY GILLEN THACKER

Quand ses trois enfants étaient petits, Cathy Gillen Thacker écrivait des histoires pendant leur sieste. Pour le plaisir, tout simplement... Vingt ans, et plus de soixante romans plus tard, Cathy, femme complète et comblée, est presque aussi célèbre pour ses romans d'amour que pour sa fameuse recette de brownies et ses talents de jardinière.

Applaudis par la critique et régulièrement placés parmi les meilleurs livres sur la liste des best-sellers, ses romans sont actuellement publiés en dix-sept langues et vendus partout à travers le monde.

*Cet ouvrage a été publié en langue anglaise*
*sous le titre :*
TWICE AND FOR ALWAYS

*Traduction française de*
BÉNÉDICTE DUCHET-FILHOL

HARLEQUIN®

est une marque déposée du Groupe Harlequin

*Photos de couverture*
*Couple :* © TIM KIUSALAAS / MASTERFILE
*Paysage :* © MASTERFILE/ MASTERFILE


83-85, boulevard Vincent-Auriol, 75013 PARIS — Tél. : 01 42 16 63 63
Service Lectrices — Tél. : 01 45 82 47 47
ISBN 2-280-09432-0

CATHY GILLEN THACKER

# Des retrouvailles inattendues

*éditions*Harlequin

*Cher journal,*

*Je suis si heureuse ! La réception organisée pour fêter la sortie de prison de papa a été une grande réussite. Il y a eu beaucoup de larmes, bien sûr, mais encore plus de sourires, d'embrassades et de rires.*

*Maman, Drew et moi sommes fous de joie de voir la famille de nouveau réunie, et Julia et son petit Jeremy vont bientôt venir l'agrandir. (D'accord, je me suis complètement trompée sur ma future belle-sœur, mais j'ai au moins le mérite de le reconnaître.) Et maintenant que notre amie Alexandra assume la direction du centre de Forrester Square avec Hannah et moi, tout va pour le mieux dans le meilleur des mondes.*

*C'est un travail très gratifiant, même si je guette tous les soirs l'apparition de mes premiers cheveux blancs... Si j'en trouve, je saurai qui en est responsable : Kevin Taylor et Kelly Bassett, les jumeaux diaboliques. Kevin seul faisait déjà beaucoup de bêtises, mais avec sa sœur... Enfin ! Ils sont vraiment adorables, et je ne comprends pas comment leurs parents ont pu les séparer alors qu'ils étaient tout bébés.*

*Je ne comprends pas non plus pourquoi Meg et Brody ont divorcé : il est évident qu'ils sont faits l'un pour l'autre. J'ai l'impression que c'est Meg la plus réticente à l'admettre, mais pourquoi ? Brody est très séduisant, c'est un brillant homme d'affaires, et un père si aimant... J'espère qu'ils ne vont pas passer à côté de cette chance de se réconcilier, qu'ils verront, comme moi, la main du destin dans le fait d'avoir inscrit sans le savoir leurs enfants dans la même école.*

*A demain.*

*KATHERINE*

# 1.

Meg Bassett entra dans l'école. Elle s'apprêtait à fermer la porte derrière elle, lorsque le son d'une voix autoritaire s'élevant depuis le couloir la fit tressaillir :

— Je retournerai au bureau dès que j'aurai réglé cette histoire… Non, dites aux chefs de service de m'attendre ! Je veux que cette réunion ait lieu aujourd'hui, même si cela nous oblige tous à rester jusque tard dans la nuit !

La jeune femme leva les yeux au ciel. Encore l'un de ces obsédés du travail, songea-t-elle en soupirant. Une espèce d'hommes qu'elle ne connaissait que trop bien, hélas ! D'ailleurs, si elle n'avait pas eu la certitude que Brody Taylor se trouvait actuellement en Irlande, elle aurait pu croire que celui qui venait de glapir ses ordres au téléphone était son ex-mari.

Mais son divorce remontait à cinq ans, et ce n'était vraiment pas le moment de penser à Brody : pour l'heure, Meg ne se préoccupait que des frasques commises par sa fille. Depuis une semaine à peine qu'elle fréquentait le jardin d'enfants de Forrester Square, Kelly avait déjà conspiré avec l'un de ses petits camarades pour improviser un numéro de claquettes au beau milieu d'une séance de lecture, aller se promener dans la rue en voiture à pédales et, dernière bêtise en date, échanger le biper de Meg avec celui d'un autre parent d'élève.

Si les choses continuaient à ce rythme, les deux complices seraient renvoyés avant la fin de la semaine, et Meg se retrouverait dans une situation très difficile... En tant qu'enseignante au département d'arts du spectacle de l'université du Washington, elle avait absolument besoin de mettre sa fille à l'école !

Il lui fallait donc convaincre les responsables de l'établissement et le parent d'élève concerné de résoudre le problème à l'amiable.

Tâchant de rassembler ses forces, elle traversa le couloir et entra dans le bureau de la direction, grand ouvert.

Mais lorsqu'elle se trouva face à l'homme qu'elle avait entendu parler au téléphone, elle demeura interdite. Ce dernier la considéra avec la même stupeur, et ils restèrent sans voix quelques secondes.

Meg n'avait pas revu Brody Taylor depuis leur divorce, mais il n'avait pas changé. Une veste en tweed vert olive et un pantalon beige bien coupés mettaient en valeur ses larges épaules, ses hanches minces et ses longues jambes ; ses cheveux de jais, lissés en arrière, étaient toujours aussi épais et brillants, et ses yeux noirs, rivés sur Meg, n'avaient rien perdu de leur pouvoir hypnotique.

— Que... Qu'est-ce que tu fais là ? articula péniblement la jeune femme après avoir observé un long silence.

Les mâchoires de Brody se crispèrent, imprimant à son visage une expression dure qui rappela à Meg de mauvais souvenirs.

— Je suis venu récupérer mon biper, répondit-il sèchement. Et je pourrais te poser la même question : je te croyais à New York !

— Et moi, je te croyais en Irlande ! répliqua-t-elle en s'efforçant de dominer les émotions qui l'assaillaient.

Elle savait, bien sûr, qu'ils se reverraient un jour ; mais pas si tôt... Pas sans qu'elle ait eu le temps de s'y préparer... Cette rencontre inopinée avait brutalement abattu toutes ses défenses. Il était là...

Soudain, elle comprit que Kevin était donc lui aussi à Seattle — à peine à quelques mètres d'elle, de surcroît ! Assaillie par un élan d'amour violent, Meg faillit pivoter sur ses talons et se précipiter dans la salle de classe du petit garçon. Cependant, la raison parvint à l'en dissuader : il lui fallait d'abord découvrir ce qui avait rappelé Brody aux Etats-Unis.

— Tu n'as pas reçu ma lettre ? déclara-t-il d'un ton belliqueux, sans cesser de poser sur elle son regard intense.

— Tu n'as pas reçu la mienne ? rétorqua-t-elle sur le même ton.

— Vous vous connaissez, tous les deux ? dit une voix, derrière eux.

Ils se tournèrent vers la porte restée ouverte et virent entrer Katherine Kinard, la fondatrice de l'établissement. Agée de vingt-neuf ans, c'était une très belle femme aux longs cheveux châtains et au sourire engageant.

— Nous avons été mariés, indiqua Meg, mal à l'aise.

— Nous nous sommes séparés il y a cinq ans, compléta Brody. Kevin et Kelly n'avaient alors que deux mois, et nous avons décidé d'en prendre chacun un.

— Je me suis installée à New York pour y tenter ma chance dans la comédie musicale, précisa Meg, et Brody est allé en Irlande, où il voulait monter une entreprise d'informatique.

— Kevin et Kelly savent qu'ils sont jumeaux ? demanda Katherine, l'air réprobateur.

Meg et Brody échangèrent un regard gêné, puis la jeune femme répondit :

— Ils savent qu'ils ont, l'un une sœur qui vit avec leur mère, l'autre un frère qui vit avec leur père, mais c'est tout — pour l'instant. Nous comptions attendre qu'ils soient en âge de comprendre cet arrangement pour le leur expliquer.

— Pourquoi aucun de vous deux n'a-t-il mentionné l'autre sur la fiche d'inscription des enfants ? s'enquit Katherine en s'asseyant derrière son bureau et en désignant des fauteuils à ses visiteurs.

— Brody et moi n'en avons pas la garde partagée, répondit Meg. Chacun de nous détient une autorité parentale pleine et exclusive sur le jumeau dont il est responsable.

« Et il y avait à cela une excellente raison », ajouta-t-elle pour elle-même. Ses parents avaient divorcé alors qu'elle était toute petite, et elle avait passé son enfance à faire la navette entre leurs domiciles respectifs, au point de ne jamais pouvoir se sentir chez elle. Ayant grandi avec ce sentiment d'insécurité, les remords et la culpabilité qu'induisait l'impression de ne pouvoir aimer ses parents sans les trahir tous les deux, elle avait voulu éviter les mêmes souffrances à ses enfants.

— Dans la mesure où nous allions vivre sur des continents différents, il aurait été trop compliqué de prévoir des droits de visite, souligna Brody avec son pragmatisme habituel. Nous avons donc décidé que chacun élèverait seul l'un des jumeaux jusqu'à l'âge de douze ans. Nous leur expliquerions alors la situation, et ils feraient connaissance.

— Mais maintenant que le hasard les a réunis, il semble difficile de ne pas leur révéler tout de suite leur lien de parenté, déclara Meg avec un soupir.

Un coup d'œil à son ex-mari lui montra que cette perspective l'inquiétait, lui aussi.

— Je vais vous laisser discuter de ce problème entre vous, annonça Katherine avant de se lever et de quitter la pièce en refermant doucement la porte derrière elle.

Un lourd silence suivit son départ, que Brody rompit finalement en suggérant :

— Si nous commencions par nous dire ce qui nous a ramenés à Seattle ?

— D'accord… Toi d'abord ! Je t'ai parlé au téléphone il y a à peine un mois, et tu étais encore en Irlande, à ce moment-là…

— Je ne suis ici que depuis quelques semaines, et j'y suis venu pour créer une succursale de Taylor Software. J'avais demandé à ma secrétaire de t'écrire une lettre pour t'en informer, mais tu ne l'as visiblement pas reçue.

— Non, et je sais pourquoi : je voulais être sûre de trouver du travail à Seattle avant de m'y installer. L'université de Washington m'a offert un poste d'enseignante au département d'arts du spectacle, et dans la mesure où la rentrée avait lieu un mois plus tard, j'ai quitté New York précipitamment. J'ai donné ma nouvelle adresse à l'amie à qui je sous-loue mon appartement, mais elle n'a pas encore fait suivre mon courrier.

— Et ta carrière à Broadway ? Aux dernières nouvelles, on t'avait proposé le premier rôle dans une grande comédie musicale…

— Je l'ai refusé. Kelly allait désormais passer cinq jours par semaine à l'école et, si j'avais accepté ce rôle, j'aurais été prise tous les soirs et le week-end : nous ne nous serions pratiquement plus vues. J'ai donc décidé de revenir à Seattle et d'y chercher un emploi qui me laisserait du temps à consacrer à ma fille.

Les rayons du soleil qui entraient par la fenêtre baignaient la pièce d'une lumière dorée, et Meg ne put s'empêcher d'admirer la façon dont ils rehaussaient le hâle du beau visage de Brody, les reflets qu'ils allumaient dans ses cheveux…

Soudain consciente de le fixer avec une insistance révélatrice, elle détourna les yeux et reprit :

— Et toi ? Pourquoi es-tu revenu à Seattle ?

— Pour la même raison que toi, je pense : parce que je m'y sens chez moi. J'aime beaucoup l'Irlande et la famille qui m'a accueilli là-bas, mais je veux que Kevin grandisse aux Etats-Unis. Et puis, l'ouverture d'une succursale américaine faisait partie de nos projets : Seattle est un bon choix pour l'implantation d'une entreprise de création de logiciels.

Ce n'était donc pas seulement le mal du pays qui avait ramené Brody dans sa ville natale, mais aussi — et peut-être surtout — les intérêts de sa précieuse compagnie, songea Meg sans pouvoir se défendre d'une bouffée d'amertume au rappel d'une ambition qui avait précipité la ruine de leur mariage.

— Kevin s'est-il bien adapté à son nouveau cadre de vie ? demanda-t-elle.

— Pas vraiment. Je n'ai pas encore réussi à lui trouver une nurse.

— Celle qu'il avait en Irlande ne vous a pas accompagnés ?

Une expression étrange passa dans les yeux de Brody, et il observa un moment de silence non moins curieux avant de répondre :

— Elle serait sûrement venue si je le lui avais demandé, mais je ne me sentais pas le droit de l'éloigner de sa famille.

— Même à titre temporaire ?

— Je ne pensais pas qu'il serait si compliqué de trouver à Kevin une nurse à son goût. J'ai déjà reçu plusieurs candidates, mais aucune ne lui a plu... Tu ne connaîtrais pas une personne de confiance que cet emploi intéresserait, par hasard ?

— Non. Dans combien de temps te la faut-il ?

Meg comprenait parfaitement le problème de son ex-mari : c'était celui de tous les parents qui élevaient seuls leurs enfants tout en exerçant un métier très prenant.

— J'ai besoin de quelqu'un tout de suite ! s'écria Brody d'un ton impatient. Depuis mon arrivée ici, j'ai écourté mes journées de travail et reporté tous mes voyages d'affaires, mais ça ne peut pas durer éternellement... Sans compter que Kevin me donne du fil à retordre : en plus d'être naturellement turbulent, il me fait payer le changement de vie que je lui ai imposé.

Avide d'informations sur le fils dont elle était séparée depuis si longtemps, Meg demanda :

— Il est difficile ?

— Je dirais plutôt... inventif. Il fourmille d'idées, mais il n'a pas la maturité nécessaire pour s'interdire de mettre en pratique les plus extravagantes et les plus dangereuses d'entre elles. A cela s'ajoute un caractère facétieux, dont la plus récente manifestation est cet échange de bipers… Et il a fallu que ça tombe sur les nôtres !

— Oui, c'est vraiment une curieuse coïncidence, et je ne parle pas seulement des bipers, mais aussi du fait que nous ayons choisi la même école pour les jumeaux.

— Ce n'est pas tellement surprenant, en réalité. Cet établissement n'a pas ouvert ses portes depuis longtemps, mais il jouit déjà d'une excellente réputation, et nous voulons tous les deux que nos enfants bénéficient de la meilleure éducation possible. Il est donc logique que nous les ayons inscrits ici.

Tout était toujours simple et rationnel, avec Brody, songea Meg ; ce qui lui permettait de gérer l'imprévu beaucoup mieux qu'elle.

— Qu'allons-nous faire ? murmura-t-elle, plus que jamais envahie par la culpabilité d'une séparation qui les plaçait dans une situation embarrassante.

— Nous rendre nos bipers, pour commencer.

Quelqu'un frappa à la porte, puis Katherine Kinard entra, encadrée par les jumeaux, et le cœur de Meg bondit dans sa poitrine.

Grâce aux photos envoyées par Brody, elle avait pu suivre presque mois par mois la transformation du bébé qu'elle avait connu en un petit garçon de cinq ans. Mais rien ne l'avait préparée à le voir en chair et en os ! Il était si beau qu'elle n'arrivait pas à détacher ses regards de lui. Et il lui ressemblait beaucoup, avec ses boucles auburn, ses yeux verts et ses taches de rousseur. Kelly était adorable, elle aussi, mais avait hérité des cheveux et des yeux noirs de son père. Ils étaient physiquement si différents qu'à moins de le savoir, personne ne pouvait soupçonner qu'ils étaient jumeaux.

— On s'excuse, dit Kelly.

— Oui, mais on l'a pas fait exprès, précisa Kevin.

Meg avait du mal à retenir ses larmes, et elle nota que Brody couvait sa fille des yeux, en s'efforçant, lui aussi, de cacher son émotion. Par chance, les deux enfants ne semblèrent pas le remarquer : ils ne pensaient qu'à éviter les ennuis que leur nouvelle bêtise risquait de leur valoir.

— On voulait juste comparer le biper de maman et le tien, expliqua Kelly à Brody. Elle parlait à une dame, et toi, tu étais dans la cour… Maman va être notre professeur de musique !

— Ah ? s'étonna-t-il en tournant un regard interrogateur vers Meg.

— J'enseignerai à temps partiel et à deux classes seulement, indiqua-t-elle.

Deux mois sans salaire et l'achat d'une maison certes petite, mais située dans l'un des quartiers les plus agréables de Seattle, avaient eu raison de ses économies ; elle avait obtenu une réduction sur les frais de scolarité de sa fille en échange de ces heures de cours.

— Et puis on a vu papa revenir, enchaîna Kevin, alors on s'est dépêchés de ranger les bipers, mais on les a confondus.

— On ne recommencera pas, promit Kelly d'un air angélique, parce qu'on sait que c'est pas des jouets… hein, Kevin ?

— Non, on ne recommencera pas !

Ce problème-là au moins était réglé, se dit Meg en récupérant son biper, imitée par Brody. Restait à décider quand et comment révéler aux enfants leur lien de parenté… Elle mourait d'envie de serrer son fils dans ses bras, mais elle ne pouvait pas le faire sans l'effrayer tant qu'il ignorerait la vérité.

Comme en écho à ses pensées, Brody observa alors :

— Il faut que nous parlions, et le plus vite sera le mieux.

Meg acquiesça silencieusement mais, n'ayant déjà eu que trop à souffrir de la nature dictatoriale de son ex-mari, elle jugea préférable de se donner l'avantage du terrain.

— Je propose que nous dînions tous les quatre chez moi ce soir, dit-elle. 19 heures, ça ira ?

— Très bien, répondit Brody. J'avais une réunion, mais je vais l'annuler.

— Youpi ! s'écrièrent Kevin et Kelly d'une même voix.

Puis ils se prirent par la main et se mirent à sauter de joie sous le regard mi-indulgent, mi-inquiet de Katherine Kinard.

— Tu es nerveuse, maman ?

Meg posa sa brosse à cheveux et alla enfiler ses baskets.

— Pourquoi me demandes-tu ça ? s'étonna-t-elle.

— Parce que tes mains tremblent et que tu es toute pâle, comme avant d'entrer en scène ; quand tu vas faire quelque chose de nouveau et que tu as un peu peur… Comment ça s'appelle, déjà ?

— Le trac.

— Oui, mais là, tu vas pas entrer en scène, alors pourquoi tu aurais le trac ?

Sa fille la connaissait trop bien, songea Meg en lui souriant. A la vérité, elle était tendue, en effet. Mais elle savait que dès que Brody serait arrivé, cependant, l'actrice professionnelle qu'elle était saurait cacher les sentiments qu'il lui inspirait encore. Oui, elle parviendrait à faire en sorte de le considérer comme le père de ses enfants. Et rien de plus…

— Je suis juste fatiguée, ma chérie, répondit-elle. J'ai eu une dure journée.

— Moi aussi, répondit joyeusement Kelly avant d'effectuer une série de galipettes qui témoignait de réserves d'énergie encore loin d'être épuisées.

— Pourrai-je emmener Kevin faire de la balançoire ? s'enquit-elle.

— Oui, si vous promettez de rester dans le jardin et de ne pas vous balancer trop haut.

— On sera sages, c'est juré ! s'écria la fillette, la main sur le cœur.

Un bruit de moteur retentit dehors, et elles tournèrent toutes les deux la tête vers la fenêtre. Meg sentit son pouls s'accélérer en voyant son fils et son ex-mari descendre d'un 4x4 flambant neuf, tandis que Kelly s'exclamait :

— Les voilà !

Elle sauta ensuite à bas du lit, quitta la pièce comme une trombe et dévala l'escalier pour aller ouvrir à leurs visiteurs.

— N'oublie pas les gâteaux ! rappela Kevin à son père dès qu'il eut mis pied à terre.

Brody se pencha pour prendre les deux boîtes sur le siège arrière, referma la portière et actionna la commande de verrouillage central du véhicule.

— Tu crois que Kelly et sa maman aiment la forêt-noire autant que nous ? demanda Kevin.

C'était la pâtisserie préférée de Meg ; Brody le savait, mais il jugea plus prudent de répondre :

— Nous verrons. Si elles n'aiment pas cela, il y a la tarte aux pommes. C'est un gâteau que tout le monde aime.

Rassuré, le petit garçon remonta avec lui le chemin dallé qui menait à la maison.

Située dans un quartier tranquille, non loin de Forrester Square, elle était de dimensions modestes. Mais sa façade rose pâle, ses volets gris et ses huisseries peintes en blanc lui conféraient beaucoup de charme. Des plates-bandes de bégonias et de tulipes séparaient l'allée de pelouses bien entretenues, et des jardinières suspendues aux balcons du premier étage achevaient de donner à l'ensemble un air chaleureux et coquet.

La porte d'entrée s'ouvrit avant qu'ils ne l'aient atteinte. Kelly et Meg apparurent dans l'encadrement et, à la vue de sa fille, si belle et déjà si grande, Brody sentit sa gorge se serrer, tant il était ému. Au cours de ces cinq dernières années, il avait presque réussi à se convaincre que Meg et lui avaient eu raison de séparer les jumeaux et de partir vivre chacun de leur côté… Mais il avait maintenant le sentiment qu'ils avaient commis là une grave erreur. Ils s'étaient privés du bonheur de voir grandir l'un de leurs enfants.

— Qu'est-ce qu'il y a dans les boîtes ? demanda Kelly.

Elle était venue à leur rencontre, alors que Meg n'avait pas bougé. La jeune femme avait abandonné son tailleur pour une tenue plus décontractée : elle avait revêtu un jean délavé et un chemisier jaune clair sous lesquels se devinaient ses seins ronds, sa taille fine et ses hanches minces quc Brody parvint difficilement à quitter des yeux.

Et quand il finit par poser son regard sur le visage de Meg, quand il observa tour à tour ses traits délicats, ses prunelles vert émeraude et ses longs cheveux auburn, l'admiration céda bientôt en lui au désir. Un puissant désir ; et même un désir dangereux, l'avertit aussitôt la voix de sa raison. S'il ne contrôlait pas ses pulsions, chacune de ses rencontres avec Meg tournerait au cauchemar, car il n'était évidemment pas question de revenir en arrière. Depuis le divorce, leurs relations étaient régies par une civilité aussi froide que pénible.

— On a apporté le dessert, déclara-t-il d'un ton dégagé, luttant contre son trouble.

— Oui, une forêt-noire et une tarte aux pommes, précisa Kevin.

Lorsque Brody tendit les boîtes à Meg, leurs doigts se touchèrent, et un frisson le parcourut de part en part, telle une décharge électrique. Kelly créa alors une heureuse diversion en annonçant :

— Maman a dit qu'on pouvait aller faire de la balançoire !

— Le jardin est entièrement clôturé, et la fenêtre de la cuisine donne sur l'arrière de la maison, expliqua Meg à Brody. Cela nous permettra de les surveiller pendant que je finirai de préparer le dîner.

— C'est parfait, mais ne t'excite pas trop, Kevin, d'accord ? Je ne veux pas te voir revenir avec des coudes ou des genoux écorchés.

— Promis ! s'écria le petit garçon.

Les jumeaux s'élancèrent vers la porte du jardin et, le temps que leurs parents entrent dans la cuisine et jettent un coup d'œil dehors, Kelly était déjà sur la balançoire et Kevin la poussait.

Ce spectacle toucha profondément Brody, à sa propre surprise : il ne se considérait pas comme un être particulièrement sensible. Et à en juger par son expression, Meg était aussi remuée que lui. Après un instant de silence, les yeux humides, elle se retourna vers lui :

— Qu'allons-nous faire ? Maintenant qu'ils se connaissent…

— Oui, je sais, nous sommes obligés de leur dire la vérité, coupa Brody d'un ton brusque, destiné à masquer son émotion.

— Mais comment y parvenir sans les traumatiser ?

« Et sans avoir l'air de parents indignes », pensa Brody.

— Le mieux est de leur parler franchement, répondit-il. Si nous leur exposons la situation calmement, si nous n'en faisons pas toute une histoire, ils l'accepteront sans se poser de questions.

— Tu ne serais pas en train de prendre tes désirs pour des réalités, par hasard ?

— Pas du tout ! Ils réagiront en fonction de notre attitude à nous, et si nous leur présentons les choses comme une terrible épreuve, c'est ainsi qu'ils les ressentiront.

— Notre séparation l'a été, observa Meg d'une voix étranglée.

Brody ne pouvait pas le nier. Les mois qui avaient suivi leur divorce avaient été les plus durs de toute sa vie, et le ton qui émanait des lettres que Meg lui avait envoyées pendant cette période lui avait donné le sentiment qu'elle était au moins aussi malheureuse.

— Peut-être, mais les jumeaux étaient alors trop petits pour s'en rendre compte, souligna-t-il.

— Je ne partage pourtant pas ton bel optimisme : les choses seront sûrement plus compliquées que tu ne le penses.

Le visage tourmenté de Meg serra le cœur de Brody. Pris d'un besoin irrésistible de la réconforter, il ne réfléchit pas et lui caressa la joue. Sa peau était aussi douce que dans le souvenir qu'il en avait gardé, sa bouche aussi pulpeuse... Elle se serra contre lui et, la sentant emplie d'un désir égal au sien d'unir leurs lèvres, il oublia toutes les raisons qui le lui interdisaient, se pencha vers elle...

La porte du jardin claqua, et ils s'écartèrent vivement l'un de l'autre, mais les yeux de Brody restèrent fixés sur Meg, et il lut de la déception sur ses traits. Oui : comme lui, elle regrettait qu'ils ne se soient pas embrassés, juste pour retrouver, l'espace d'un instant, la merveilleuse alchimie qui les liait autrefois et dont ils avaient visiblement tous les deux la nostalgie.

— Le dîner est prêt ?

— On peut avoir une glace ?

Kevin et Kelly venaient de surgir dans la cuisine, les joues rouges d'excitation et parlant en même temps.

— Non, le dîner n'est pas prêt, et non, vous n'aurez pas de glace, décréta Brody. Nous avons quelque chose d'important à vous dire, alors vous allez vous asseoir bien sagement et ouvrir grand vos oreilles.

— Une minute ! intervint Meg en lui posant une main sur le bras.

Persuadé qu'il valait mieux en finir tout de suite, et sans en faire tout un drame, Brody ne tint pas compte de sa protestation. Il l'installa d'autorité sur une chaise, puis s'assit près d'elle et déclara aux enfants :

— Vous n'avez pas oublié que vous aviez tous les deux un jumeau et un parent qui vivaient de l'autre côté de l'océan ?

— Non, répondirent-ils en chœur.

— Eh bien, Kevin, Meg est ta maman et Kelly ta sœur jumelle. Et moi, je suis ton papa, Kelly, et Kevin est ton frère jumeau.

Meg lui lança un regard incendiaire, tandis que Kevin objectait :

— On ne peut pas être jumeaux !

— Non, parce qu'on se ressemble pas du tout et qu'il faut se ressembler comme deux gouttes d'eau pour être jumeaux, souligna Kelly d'un ton doctoral.

— Il existe deux sortes de jumeaux, les vrais et les faux, expliqua Brody. Vous, vous appartenez à la seconde catégorie : vous êtes nés le même jour, mais contrairement aux vrais jumeaux qui sont parfaitement identiques, vous n'avez pas plus de raisons de vous ressembler qu'un frère et une sœur normaux.

A sa grande surprise, cette révélation parut laisser les enfants indifférents. A moins qu'ils n'aient besoin d'un peu de temps pour l'assimiler… Mais ils avaient pris la nouvelle calmement, et sans poser de questions embarrassantes, c'était déjà ça…

— On peut retourner jouer dehors, maintenant ? demanda Kevin.

— Oui, et on peut avoir un bout de pain en attendant le dîner, parce qu'on a très, très faim ! renchérit Kelly.

Quand ils furent partis, Brody demeura silencieux quelques instants avant de se tourner vers Meg et d'observer, avec un mélange de soulagement et de satisfaction :

— Les choses se sont bien passées, tu ne trouves pas ?

La jeune femme était plus pâle qu'un linge, constata-t-il. Autrefois, c'était un signe de colère, chez elle…

— Espèce de tyran égoïste ! s'écria-t-elle, ivre de rage. Comment as-tu osé me faire ça ?

## 2.

Brody n'aurait pas eu l'air plus étonné si elle l'avait traité d'assassin, et la fureur de Meg monta encore d'un cran : il n'avait même pas conscience de l'avoir considérée comme quantité négligeable !

— Osé… Osé te faire quoi ? balbutia-t-il.

— Tout dire aux enfants sans mon accord !

— Nous en avions discuté.

— Non ! Tu t'es borné à donner ton opinion sur la question, et pour toi, c'était suffisant : tu n'as pas jugé utile d'attendre que je te livre mon avis.

— Il fallait bien que quelqu'un prenne la situation en main !

— Admettons ; mais pourquoi ce quelqu'un devait-il forcément être toi ?

Brody ouvrit la bouche pour parler, y renonça finalement, mais la jeune femme le connaissait assez pour deviner ses pensées.

— Parce que tu as toujours raison et que j'ai toujours tort, c'est cela ? lui lança-t-elle.

Dans le silence qui suivit, ils se mesurèrent du regard, puis Brody haussa les épaules et, loin de s'excuser, remarqua avec assurance :

— Mieux valait trancher dans le vif. En remettant à plus tard une révélation de toute façon inévitable, nous n'aurions fait que compliquer les choses.

— Ça, c'est toi qui le dis !

— Comme le dirait toute personne douée d'une once de bon sens.

De peur de prononcer des mots qu'elle regretterait ensuite, Meg se tut et s'efforça de dominer sa colère. Mais quand elle y fut parvenue, ce fut un sentiment aussi violent, bien que de nature différente, qui l'envahit : Brody était si près d'elle qu'elle sentait sa chaleur l'envelopper et un puissant courant de sensualité passer entre eux.

La force de l'attirance physique qu'ils éprouvaient l'un pour l'autre les avait autrefois entraînés dans une liaison, puis un mariage éclair, et ce désir avait manifestement survécu à leur divorce.

Mais d'autres choses étaient restées les mêmes, se rappela Meg dans un sursaut de lucidité. Le fait, par exemple, que Brody refuse de prendre ses sentiments et ses idées au sérieux.

— Je n'arrive pas à le croire, murmura-t-elle.

— A croire quoi ?

— Qu'après tout ce temps, tu n'aies absolument pas changé.

— Je peux en dire autant de toi : tu es toujours aussi butée, aussi résolue à n'en faire qu'à ta tête.

— J'espérais que nous arriverions à surmonter nos différends, dans l'intérêt des jumeaux, mais ce ne sera visiblement pas le cas, observa tristement la jeune femme.

— Ce serait pourtant possible si tu acceptais de m'écouter ; si tu cessais de voir des problèmes là où il n'y en a pas.

— Je mène ma vie comme je l'entends depuis cinq ans, et cela ne m'a pas trop mal réussi, alors arrête de te comporter comme si tu détenais la vérité absolue sur tout et sur tous !

Là se trouvait la principale raison de leur séparation : tout en éveillant en elle des émotions plus intenses qu'aucun homme avant lui — et sans doute après lui —, Brody avait un caractère dominateur qui l'avait toujours hérissée. Aux yeux de Meg, le mariage était l'union de deux personnes respectueuses l'une de l'autre ; elle aurait voulu que Brody tienne compte de ses opinions et de ses besoins, mais il imposait toujours ses décisions à lui, en refusant d'admettre qu'elles puissent ne pas être les meilleures.

Cette propension à décider de tout lui permettait de mener son entreprise de main de maître ; mais elle avait fait de lui un très mauvais mari.

— D'accord, concéda-t-il néanmoins. Je n'aurais peut-être pas dû monopoliser la parole, tout à l'heure.

— Tu aurais surtout dû me consulter avant sur le moment et la façon d'expliquer les choses aux enfants.

— Ils n'ont pas eu l'air le moins du monde traumatisés, en tout cas, et n'est-ce pas l'essentiel ?

L'absence de réaction des jumeaux n'avait évidemment pas échappé à Meg, mais elle la trouvait plus inquiétante que rassurante. De la part d'enfants aussi vifs et précoces, elle s'attendait à des dizaines de questions, à des exclamations de surprise, voire à des reproches, alors pourquoi s'étaient-ils conduits comme si de rien n'était ?

Que cachait ce manque total d'intérêt pour une nouvelle qui impliquait de tels changements dans leur vie ?

La porte du jardin claqua de nouveau, interrompant les pensées de la jeune femme. Kevin entra dans la cuisine, Kelly sur ses talons, et vint se planter devant Meg.

— Tu es ma maman à moi aussi, c'est bien sûr ? demanda-t-il.

La boule qu'elle avait dans la gorge l'empêcha de répondre tout de suite. Si seulement Kevin savait à quel point elle avait souffert de leur séparation, combien il lui avait manqué, durant toutes ces années…

— Oui, je suis bien ta maman, finit-elle par murmurer.

— Génial ! s'écria le petit garçon en lui passant les deux bras autour de la taille. Parce que j'ai toujours voulu avoir une maman à moi !

Les larmes que Meg contenait à grand-peine se mirent à couler, et elle serra son fils contre elle tandis que Kelly s'approchait de Brody, levait vers lui un regard interrogateur…

— Oui, dit-il d'une voix un peu étranglée, je suis bien ton papa à toi aussi.

La fillette eut exactement les mêmes mots et le même geste que son frère :

— Génial, parce que j'ai toujours voulu avoir un papa à moi ! s'exclama-t-elle avant d'enlacer son père.

Ils restèrent ainsi tous les quatre sans bouger pendant un long moment.

Puis les enfants se prirent par la main, et la cuisine résonna de leurs cris de joie. Meg pensa qu'elle était en train de vivre les moments les plus heureux de son existence… jusqu'à ce que Kelly annonce :

— On va tous habiter ensemble, maintenant, comme une vraie famille !

La déclaration de sa fille atteignit Brody en plein cœur. Il aurait aimé que les choses soient aussi simples, mais ce n'était pas le cas, et il ne pouvait pas laisser les enfants se bercer d'illusions.

— Une seconde ! déclara-t-il en s'accroupissant pour se mettre à la hauteur des jumeaux. Vous êtes en effet frère et sœur, mais…

— Mais quoi ? demanda Kelly.

Pour une fois, Meg ne semblait nullement désireuse de participer à la conversation, remarqua ironiquement Brody. Les bras croisés sur la poitrine, elle le fixait d'un regard qui semblait dire : « Je t'avais prévenu. Tu ne m'as pas écoutée, alors débrouille-toi tout seul, à présent ! »

— Mais nous n'allons pas habiter tous ensemble, termina-t-il d'une voix douce.

— Pourquoi ? demanda Kevin.

— Parce que votre maman et moi sommes divorcés.

— Et alors ? Vous avez qu'à vous remarier ! observa Kelly.

— Non, ce n'est pas possible.

Si Brody avait pu remonter le temps, il se serait efforcé de sauver son union avec Meg, dans l'intérêt des enfants. A l'époque, le divorce leur était apparu comme la solution la plus raisonnable, le seul moyen de résoudre les conflits qui les opposaient. Et lorsque Brody avait commencé à en éprouver des regrets, il était trop tard : leurs carrières respectives étaient lancées… La sienne en Irlande, et celle de Meg à New York. Aussi s'était-il alors contenté d'envoyer régulièrement des nouvelles et des photos de Kevin à Meg, comme il s'y était engagé, tandis qu'elle en faisait de même avec Kelly.

Il mesurait seulement aujourd'hui ce que cette décision égoïste leur avait coûté à tous les quatre, mais il était décidé à tout mettre en œuvre pour que Kevin et Kelly n'aient plus à en souffrir. Brody n'avait pas oublié l'amertume et le ressentiment de sa mère, quand son père avait quitté le domicile conjugal. Ces sentiments avaient empoisonné toute son enfance, et il ne voulait pas que les jumeaux connaissent le même calvaire. Meg et lui devaient tirer un trait sur le passé et établir un minimum d'harmonie dans leurs relations.

Le silence qu'il gardait finit par la persuader de prendre le relais :

— Il vaut parfois mieux qu'un papa et une maman aient chacun leur maison, expliqua-t-elle aux enfants. Mais comme nous habitons à présent la même ville et que vous fréquentez la même école, nous nous verrons très souvent.

— Bon, déclara Kevin.

— Bon, répéta Kelly. On peut retourner jouer dans le jardin, maintenant ?

— Oui. Je vous appellerai quand le dîner sera prêt.

Les jumeaux bondirent vers la porte et la claquèrent derrière eux, laissant de nouveau leurs parents seuls dans la cuisine.

Brody lança un coup d'œil à Meg ; des larmes embuaient toujours ses yeux, mais il ne lisait plus de colère sur son visage. Seulement le reflet d'un amour maternel qui illuminait ses traits d'une lumière radieuse.

— Tu parlais sérieusement, tout à l'heure ? demanda-t-il.

— A quel propos ?

— Tu as dit aux enfants que nous nous verrions très souvent. Ce n'était pas une promesse en l'air ?

— Bien sûr que non ! Maintenant qu'ils savent les liens qui nous unissent, il serait injuste de continuer à leur faire payer nos désaccords : nous devons passer du temps ensemble.

Soulagé de voir s'envoler sa crainte que Meg ne veuille pas de lui dans sa vie, Brody annonça :

— Je suis du même avis. Ils ont besoin de sentir que, même divorcés, leurs parents s'entendent bien.

Les traits de la jeune femme se durcirent brusquement, et elle déclara d'un ton sec :

— Nous allons cependant devoir fixer un certain nombre de règles.

— Lesquelles ?

Avant de répondre, Meg se dirigea vers le réfrigérateur, en sortit de la viande hachée et la mit à rissoler dans une poêle.

— Aucun de nous deux ne prendra de décision concernant les jumeaux sans en avoir discuté avec l'autre, décréta-t-elle. Je ne veux pas que tu agisses de ta propre initiative, comme si je n'avais pas voix au chapitre.

— Sinon ?

— Sinon, ce sera la guerre, et les enfants en pâtiront.

L'idée des palabres que cette règle provoquerait fatiguait Brody à l'avance, mais pour Kelly et Kevin, il était prêt à tous les sacrifices.

— Entendu, dit-il. Autre chose ?

— Oui. Il va falloir établir un calendrier de visites, à l'amiable si possible, car je ne tiens pas à mêler des avocats à nos histoires.

— Moi non plus.

— Parfait !

— Que proposes-tu ? demanda prudemment Brody.

— Que les enfants passent une partie de leur temps libre tantôt chez toi, tantôt chez moi. Nous avons tous les deux besoin d'apprendre à connaître celui dont nous avons été séparés.

— Je suis d'accord, mais tu sembles exclure que nous nous retrouvions tous les quatre ensemble... Pourquoi ?

— Pour qu'ils n'aillent pas s'imaginer que nous avons des chances de nous réconcilier, toi et moi. Nous devons juste nous interdire de nous disputer devant eux et de critiquer l'autre en son absence, pour qu'ils ne se sentent pas forcés de prendre parti.

Brody comprit alors qu'il s'était trompé en croyant Meg disposée à lui accorder une place dans son existence, et il en éprouva une déception dont l'acuité le surprit lui-même. Il résolut cependant de revenir plus tard à la charge, parce que les jumeaux auraient forcément envie d'être au moins de temps en temps avec leurs deux parents.

Le seul problème, c'était l'attirance qu'il éprouvait toujours pour Meg. Elle était maintenant occupée à mettre le couvert, et il avait conscience de fixer, subjugué, sa silhouette gracieuse, de la déshabiller pratiquement du regard... Il allait devoir refouler son désir, car la situation était déjà assez délicate sans que le sexe vienne encore la compliquer.

*
* *

— Je n'ai pas bien compris pourquoi on était des faux jumeaux, observa Kevin quand ils se furent tous installés autour d'un plat de spaghettis et d'une salade composée.

Le cœur débordant d'amour pour ce fils qui faisait enfin partie de sa vie, Meg se contenta de lui sourire et laissa Brody répondre.

— C'est une simple expression, expliqua-t-il. Vous êtes physiquement différents, mais vous n'en êtes pas moins jumeaux, puisque vous avez grandi ensemble dans le ventre de votre maman et que vous êtes nés à quelques minutes d'intervalle.

— Alors on a la même date de naissance ? demanda Kelly.

— Oui. Vous aurez tous les deux six ans le 5 juillet prochain.

— L'anniversaire de mon papa est en octobre, annonça Kevin.

Se souvenant des festivités qui marquaient autrefois ce jour, Meg précisa d'une voix empreinte de nostalgie :

— Le 11 octobre, très exactement.

— La troupe de théâtre a fait une surprise à maman pour son dernier anniversaire, dit Kelly à son frère. Elle a eu un gros gâteau et plein de cadeaux alors qu'elle s'y attendait pas... Si on faisait aussi une surprise à ton papa le jour de son anniversaire ?

« A *notre* papa », rectifia intérieurement la jeune femme en se demandant combien de temps il faudrait à Kelly pour considérer vraiment Brody comme son père, et à Kevin pour la considérer, elle, comme sa mère.

— J'ai envie de jouer à un jeu, indiqua Brody. Qui veut jouer avec moi ?

— Moi ! répondirent les jumeaux à l'unisson.

— Moi aussi, bien sûr, déclara Meg en réponse au coup d'œil interrogateur de son ex-mari.

— Parfait ! Chacun de nous va donner à son tour son occupation préférée... Je commence ! J'aime les activités de plein air, comme les promenades à pied et à bicyclette.

— Moi, j'aime aller à des fêtes où on chante, on danse et on tape dans ses mains, annonça Kevin.

— Ma famille irlandaise ne manque pas une occasion d'organiser ce genre de réjouissances, expliqua Brody à Meg.

Précision inutile : elle savait que les Taylor formaient un clan très uni. Ils poussaient cependant l'esprit de famille un peu trop loin, se rappela-t-elle, amère. C'était ainsi que Roarke, l'oncle de Brody, avait décidé de transformer les rêves de son neveu américain en réalité en lui fournissant l'argent nécessaire pour monter une société de création de logiciels — sous réserve que le siège social de cette société demeure en Irlande. S'il ne s'en était pas mêlé, Brody et elle auraient peut-être pu résoudre leurs problèmes de couple autrement que par un divorce.

— Et j'adore me promener sur la place du village avec Fiona, poursuivit Kevin.

— Fiona était la nurse de Kevin, indiqua Brody.

Meg hocha la tête, contrariée. Elle n'avait aucune raison d'être jalouse de celle qui s'était occupée de son fils à sa place... Elle devait même se féliciter qu'il lui voue une telle affection. Oui, son fils semblait débordant de santé, et rien d'autre n'avait d'importance.

— J'aime bien les fêtes, moi aussi, intervint Kelly, mais j'aime encore plus les ordinateurs. Dommage qu'on n'en ait pas à la maison…

— Nous allons en avoir un très bientôt, lui déclara Meg, car l'université veut que tous les enseignants puissent communiquer par e-mails avec leurs étudiants. Je vais juste devoir apprendre à utiliser le courrier électronique.

— Demande à papa ! s'écria Kevin. Il m'a appris, pour que je puisse envoyer des messages à oncle Roarke et à mes cousins. Je ne sais pas encore écrire beaucoup de mots, mais ils sont plus grands, eux, et ils m'écrivent plein de trucs marrants. Tu verras, Kelly, c'est très amusant !

Brody regarda tour à tour Meg et sa fille, l'air un peu inquiet, avant de souligner :

— Il faut cependant savoir lire.

— Je sais lire ! protesta Kelly. Maman a commencé à m'apprendre l'an dernier, et on lit tous les soirs après le dîner.

— C'est vrai, et elle sait écrire des phrases simples en plus de son nom, précisa Meg.

— Je sais aussi compter, annonça fièrement la fillette, et lire l'heure… Je peux aller montrer ma chambre à Kevin, maintenant ? Je n'ai plus faim.

— Moi non plus, déclara son frère.

— D'accord, dit Meg. Nous prendrons le dessert un peu plus tard.

Les jumeaux se levèrent d'un bond et quittèrent la cuisine en courant, laissant une nouvelle fois leurs parents en tête à tête.

— Le repas était délicieux, observa Brody. Merci de l'avoir préparé.

Ce compliment inattendu fit rougir Meg de plaisir. N'ayant alors aucune expérience dans ce domaine, elle ne cuisinait pas beaucoup à l'époque où ils vivaient ensemble. Mais elle avait fait quelques progrès depuis.

— De rien, murmura-t-elle.

— La prochaine fois, Kevin et moi vous inviterons à dîner à notre tour.

Et malgré sa volonté de tenir son ex-mari à distance, elle accepterait cette invitation, songea Meg. Pour ne pas blesser Kevin, et aussi parce qu'elle ne voulait laisser passer aucune occasion d'être avec lui.

— Je me rends compte que j'ignore encore beaucoup de choses sur Kevin, dit-elle en commençant de débarrasser la table. Je viens d'apprendre que le courrier électronique n'a plus de secrets pour lui, mais que sait-il faire d'autre ?

— Il sait se servir de n'importe quel appareil qu'il me voit utiliser. Il a une intelligence intuitive très développée.

Brody s'était levé pour l'aider, et elle prit soin de ne pas croiser son chemin, de peur qu'un contact fortuit ne provoque l'étincelle qui les aurait amenés à s'embrasser, avant le dîner, si l'arrivée des enfants ne les en avait empêchés.

— Et Kevin a également une excellente mémoire visuelle, précisa Brody.

— Kelly aussi.

— Il aime vraiment les fêtes, comme tous les Irlandais, mais c'est toi qui lui as transmis ses réels talents de danseur et de chanteur. Mets-le dans une pièce remplie de gens, et il leur fera un *one-man show* qui les tiendra sous le charme pendant une heure entière.

Emue par le mélange d'affection pour son fils et d'admiration pour elle qui perçait dans la voix de Brody, la jeune femme reprit, avec un sourire attendri :

— Et c'est de toi que Kelly a hérité sa passion des ordinateurs et de tout ce qui est technologique. Quand j'ai voulu installer le magnétoscope et le lecteur de DVD, après notre emménagement ici, c'est elle qui m'a montré comment m'y prendre. Les connexions des appareils n'avaient pas de secret pour elle.

— Je suis fier de ma fille ! s'écria gaiement Brody. Mais si nous allions poursuivre cette conversation dehors, maintenant que la cuisine est rangée ? La nuit n'est pas encore tout à fait tombée, et j'aimerais voir ton jardin.

— Ça m'ennuie de laisser les jumeaux seuls dans la maison.

— Ils ne risquent rien. Viens !

Meg n'insista pas. L'atmosphère entre eux s'était détendue, et elle ne voulait pas tout gâcher en déclenchant une dispute. Trop longtemps séparés de l'un de leurs enfants, ils étaient aussi désireux l'un que l'autre de rattraper le temps perdu, et cela valait bien un petit effort de conciliation.

Après avoir fait le tour du jardin, ils s'assirent sur le banc de la terrasse, et Brody observa :

— Kelly doit être ravie d'avoir autant d'espace à sa disposition.

— Oui, elle est encore tout étonnée de n'avoir qu'une porte à franchir pour aller jouer dehors, si elle le veut et quand elle le veut.

— New York n'est pas un endroit facile pour élever un enfant.

— La vie n'y était pas désagréable — juste différente.

Brody posa un bras en travers du dossier du banc, et sa main frôla les cheveux de Meg avant de s'immobiliser à quelques centimètres de son épaule. Il se pencha ensuite vers elle et demanda distraitement, comme s'il pensait à autre chose :

— Tu es contente d'être ici ?

La jeune femme avait elle aussi l'esprit ailleurs : ce moment de calme complicité avec Brody dans la douceur du crépuscule lui rappelait les jours les plus heureux de leur vie commune.

— Oui, répondit-elle en s'obligeant à revenir au présent. Petite, j'ai été tellement ballottée en tous sens que je veux épargner cette épreuve à Kelly. Elle aurait pu avoir une enfance normale à New York, si j'avais exercé un autre métier, ou si nous étions restés mariés, parce que tu aurais alors été là pour t'occuper d'elle le soir et les week-ends… Mais je suis sûre d'avoir fait le bon choix.

— Tu as cependant dû renoncer pour cela à ta carrière au moment précis où tu allais percer après des années de seconds rôles… C'est un énorme sacrifice. Et même si Kelly est encore trop jeune pour s'en rendre compte, elle t'en sera un jour reconnaissante.

Il y avait de l'admiration dans les yeux de Brody, et Meg savait pourquoi : il la comparait à sa propre mère, si aigrie après le départ de son père qu'elle s'était complètement désintéressée de son fils.

Elle était morte quelques mois avant le mariage de Brody, et il avait alors effectué des recherches généalogiques sur la famille de son père. Il s'était ainsi découvert une ribambelle d'oncles et de cousins irlandais et avait pris contact avec eux. Leur impatience de le connaître, leur désir de l'accueillir au sein de leur clan l'avaient comblé de joie. Meg s'en était réjouie pour lui : le sentiment d'appartenance à une famille était quelque chose qui lui avait cruellement manqué, à elle aussi, pendant son enfance.

— Et toi ? demanda-t-elle. Cela n'a pas été trop difficile, de quitter l'Irlande et les parents que tu y avais trouvés ?

— Si, un peu. Même si je compte y retourner souvent, tantôt avec Kevin, tantôt seul, pour les besoins de ma société. Mais je voulais que Kevin se sente plus américain qu'européen, et il fallait pour cela qu'il grandisse aux Etats-Unis. C'est donc un sacrifice auquel j'ai volontiers consenti ; et il m'a moins coûté que je ne l'aurais cru.

— Alors de ce point de vue-là au moins, nous avons tous les deux changé.

— Changé, peut-être pas, mais mûri, certainement.

— Quand nous étions mariés…

— … nous attachions plus d'importance à nos carrières respectives qu'à notre couple.

— Je pensais que seule la réussite professionnelle m'apporterait le bonheur.

— Moi aussi.

— Mais au fur et à mesure que Kelly grandissait, je me suis aperçue qu'il y avait des choses beaucoup plus importantes.

— Kevin m'a amené à faire la même découverte, déclara Brody d'une voix douce.

Les confidences qu'ils étaient en train d'échanger affaiblissaient les défenses de Meg au point qu'elle se surprit à souhaiter renouer des relations véritablement amicales avec son ex-mari.

— Nous savons maintenant tous les deux que l'intérêt de nos enfants doit passer avant le nôtre, observa-t-elle, étrangement émue.

— Oui, mais nous étions malheureusement trop jeunes et trop égoïstes, il y a cinq ans, pour le comprendre.

Cette remarque traduisait une telle communion de sentiments entre Brody et elle que Meg se sentit plus proche de lui qu'elle ne l'avait sans doute jamais été. Si bien qu'il lui parut tout naturel, quand il posa la main sur son épaule, de venir se blottir contre lui.

Mais ce geste presque amical, d'abord inoffensif, ne tarda cependant pas à ranimer un désir toujours latent. Le trouble les gagna ensemble et, dans un vertige commun, ils joignirent leurs lèvres…

De doux et tendre, leur baiser devint vite ardent et passionné, jusqu'à arracher à Meg des soupirs de plaisir. Une volupté déferla alors en elle et, vague après vague, la submergea.

Les sensations délicieuses qui l'assaillaient lui firent un moment oublier tout le reste. Il y avait si longtemps que la mère avait pris le pas sur la femme en elle, si longtemps qu'un homme ne l'avait touchée, embrassée, serrée dans ses bras…

Et puis elle se rappela les conflits qui l'avaient autrefois opposée à Brody, la soumission totale à son autorité qu'il exigeait d'elle… Il était peut-être prêt à consentir certains sacrifices par amour pour ses enfants, mais sa conception des rapports hommes femmes n'avait sûrement pas changé ; elle ne voulait pas risquer de mettre en péril une indépendance acquise au prix d'un divorce qui lui avait brisé le cœur. Elle avait trop souffert, alors, pour commettre deux fois la même erreur !

Forte de cette résolution, elle trouva la volonté nécessaire pour s'écarter de Brody et déclarer :

— Non, il ne faut pas.

— Pourquoi ? demanda-t-il d'un air enjôleur en lui caressant les cheveux.

— A cause des jumeaux, répondit-elle, choisissant parmi les raisons de sa rebuffade celle que Brody accepterait le mieux.

Elle repoussa ensuite sa main et se leva pour ne pas être tentée de revenir sur sa décision.

— Je ne comprends pas, dit-il. Les enfants ont très bien pris la nouvelle.

— Non, *trop* bien. Elle aurait dû provoquer chez eux une réaction beaucoup plus vive — de curiosité, mais aussi de colère contre nous, car ils savent maintenant ce que nous leur avons fait perdre en leur imposant ces longues années de séparation. Mais je pense que cette réaction va se produire à retardement, sous une forme ou sous une autre.

Plus Meg y réfléchissait, plus elle était sûre de ne pas se tromper, mais Brody, lui, observa d'un ton irrité :

— Tu dramatises, comme toujours !

La trêve qu'ils venaient de connaître aurait été de courte durée, songea Meg. Leur attirance mutuelle était toujours là, mais leurs différences de vues aussi...

— Non, je ne dramatise pas ! répliqua-t-elle. Je trouve même que les jumeaux se font bien discrets, depuis la fin du dîner, et je me demande si ce n'est pas le calme qui précède la tempête.

Comme pour lui donner raison, la porte du jardin s'ouvrit alors, et deux petits visages rouges d'excitation surgirent dans l'embrasure.

— Restez là ! ordonna Kevin. On vous prépare une surprise !

La porte claqua, puis un petit bruit sec retentit...

— Oh ! non, murmura la jeune femme.

— Ne me dis pas qu'ils ont mis le verrou ! s'exclama Brody.

— Malheureusement si, et la porte de devant est elle aussi fermée de l'intérieur. Je savais bien qu'ils mijotaient quelque chose...

Pour une fois, Meg aurait préféré se tromper : même si elle s'était montrée plus perspicace que Brody, quelle satisfaction pouvait-elle éprouver à voir les faits confirmer ses pires craintes ?

# 3.

— Kevin ! Kelly ! Ouvrez immédiatement ! ordonna Meg de son ton le plus impérieux.

— On peut pas ! répondit Kelly.

— Non, renchérit Kevin, parce qu'on vous prépare une surprise !

La jeune femme se tourna vers Brody et souligna :

— C'est exactement le genre de réaction émotionnelle que je redoutais. Nous devons leur parler.

— A travers la porte ?

— Nous n'avons pas vraiment le choix.

— Si. Il faut user d'autorité.

— Je viens d'essayer, et ça n'a pas marché.

— Laisse-moi faire… Ecoutez-moi bien, les enfants : nous sommes sérieux, votre mère et moi ! Ouvrez-nous, et tout de suite !

Des bruits confus résonnèrent derrière la porte, des chuchotements, puis la voix de Kevin s'éleva :

— On ouvrira seulement quand la surprise sera prête. On ne veut pas de vous dans la cuisine en attendant !

La cuisine ? A l'idée de tous les accidents domestiques qu'y risquaient deux enfants de cinq ans livrés à eux-mêmes, Meg frémit, et Brody dut lire dans ses pensées, car il s'empressa de la rassurer :

— Kevin sait qu'il ne doit toucher ni aux couteaux, ni aux allumettes.

— Kelly aussi, mais elle sait également qu'il lui est interdit de sortir dans la rue toute seule et de fouiller dans mon sac, et cela ne l'a pas empêchée de le faire... Tu m'as dit que Kevin était assez agité depuis votre installation à Seattle, et c'est vrai aussi pour Kelly. Ce changement complet de cadre de vie les a tous les deux perturbés ; et là-dessus, tu leur annonces de but en blanc qu'ils sont jumeaux...

Ce rappel de son initiative malencontreuse déplut visiblement à Brody.

— Arrête de raisonner, cela ne nous mènera à rien ! déclara-t-il d'un ton brusque. Il faut agir, et il n'y a pas trente-six solutions : je vais enfoncer la porte.

— Impossible, elle est trop solide : tu ne réussiras qu'à te démolir l'épaule, mais attends... J'ai laissé l'une des fenêtres de ma chambre ouverte. Nous pourrions entrer par là... à condition de l'atteindre, et le mur n'offre pas beaucoup de prises pour grimper.

— Ne bouge pas ! Je reviens tout de suite !

Brody partit comme une flèche, laissant Meg écouter, impuissante, les bruits et les cris excités qui résonnaient maintenant derrière la fenêtre de la cuisine — dont les rideaux étaient malheureusement tirés, lui interdisant de voir ce qui se passait à l'intérieur.

Une exclamation de surprise lui échappa quand Brody, trois minutes plus tard, apparut à l'angle de la maison, une échelle coulissante sur l'épaule.

— Où l'as-tu trouvée ? demanda-t-elle.

— Chez ton voisin d'en face. Je l'avais aperçue dans son garage quand je suis arrivé, et il a accepté de me la prêter.

Le cœur rempli de soulagement et de gratitude, la jeune femme regarda Brody appuyer l'échelle contre le mur, gravir souplement les échelons, puis disparaître dans sa chambre.

A son tour, elle le suivit, enjamba le rebord de la fenêtre et descendit l'escalier quatre à quatre, si bien qu'elle franchit le seuil de la cuisine juste derrière lui… pour découvrir qu'il y régnait une pagaille indescriptible.

— On prépare le dessert, annonça Kelly.

Les gâteaux avaient été sortis de leurs boîtes et divisés en quatre parts qui débordaient d'autant d'assiettes avec, pour faire bon poids, tout ce que les enfants avaient trouvé de garnitures possibles dans les placards et le réfrigérateur : glace à la vanille, crème Chantilly, cerises confites, sauce au chocolat…

La bonne nouvelle, c'était qu'ils n'avaient pas utilisé un couteau, mais la pelle à tarte pour couper les gâteaux ; mais il y avait davantage de glace, de chocolat et de crème Chantilly sur la table, sur le sol et sur les jumeaux eux-mêmes que dans les assiettes…

— Mais quelle mouche t'a piquée, Kelly ? s'écria Meg, consternée.

— Tu es privé de télévision pendant une semaine, Kevin ! décréta Brody d'un ton sévère.

— Fiona ne m'aurait pas puni, elle ! protesta le petit garçon.

— Désolé, mais elle n'est pas là, et c'est donc moi qui décide de ce qui mérite ou non une punition !

— On va quand même manger le dessert, hein ? demanda Kelly, pleine d'espoir.

— Oui, sinon ce serait pas juste, souligna son frère, parce qu'on s'est donné beaucoup de mal !

— Et c'était l'idée de Kevin, en plus ! s'exclama la fillette. Il a dit…

Un regard noir de l'intéressé la réduisit au silence.

— Qu'a-t-il dit ? demanda Meg.

— Que… que si on faisait un bon dessert, vous verriez qu'on est grands et qu'il faut plus nous cacher des trucs.

— Je comprends. Mais tu connais la règle, Kelly : celui ou ceux qui mettent du désordre doivent le réparer. Alors vous allez ranger et nettoyer la cuisine, tous les deux, pendant que votre père et moi irons discuter à côté… Et plus de bêtises, c'est bien clair ?

Les jumeaux acquiescèrent gravement de la tête. Certaine d'être obéie, Meg invita Brody à la suivre dans le séjour, où, devant son regard désapprobateur, elle expliqua :

— Ils ont agi de concert, et il faut donc les punir de la même façon. Cela implique que nous en parlions d'abord entre nous.

— J'ai déjà décidé de priver Kevin de télévision pendant une semaine. Tu n'as qu'à faire la même chose pour Kelly, tout simplement !

— Non, parce que je suis contre ce genre de sanction, qui n'a aucune valeur éducative. Les enfants doivent apprendre à assumer les conséquences de leurs actes : s'ils ont causé un problème, il faut qu'ils participent à sa solution. Cela les oblige à réfléchir et leur enseigne le sens des responsabilités beaucoup mieux qu'une punition sans lien logique avec la faute commise.

— Oui, tu as sans doute raison, admit Brody.

Satisfaite de le voir, pour une fois, se ranger à son avis, Meg sourit et se risqua ensuite à observer :

— A en juger par la remarque de Kevin à propos de sa nurse, elle était peut-être trop indulgente avec lui.

— Peut-être. J'avoue que je la laissais libre d'appliquer ses propres méthodes d'éducation. Je lui faisais confiance, et je n'étais pas souvent à la maison, surtout ces six derniers mois.

— Tu avais plus de travail que d'habitude ?

— Non, mais…

Brody ne termina pas sa phrase et Meg, intriguée, insista :

— Mais quoi ?

— Mes relations avec Fiona étaient devenues un peu… tendues.

— Vous vous étiez disputés ?

— Pas exactement.

— Que s'est-il passé, alors ?

Silence.

— Quel âge a Fiona ? demanda la jeune femme, alertée par l'expression mi-irritée, mi-coupable de son ex-mari.

— Vingt-quatre ans, grommela-t-il, mais ce n'est pas ce que tu penses.

Meg ne pouvait que l'espérer. Son père, directeur général d'une grosse société, avait eu un fâcheux penchant pour les amours ancillaires — avant et après son divorce. Jamais elle n'aurait cru Brody affligé du même travers, mais une certaine intimité se créait inévitablement entre des personnes vivant sous le même toit, et il avait toujours eu un tempérament ardent…

— Fiona est-elle une jolie femme ? demanda-t-elle.

— Quelle importance ?

Cette dérobade équivalait à une réponse affirmative, songea Meg en fronçant les sourcils. Mais les jumeaux interrompirent le cours de sa réflexion par leur brusque apparition. Hésitante, Kelly annonça d'une toute petite voix :

— On a fini de nettoyer la cuisine, maman, et on s'excuse... Tu veux venir voir ?

— Oui, ma chérie, déclara la jeune femme.

Et elle voulait aussi connaître la raison de la brusque tension des relations entre Fiona et Brody, mais le visage fermé de ce dernier l'avertissait qu'elle aurait du mal à lui soutirer cette information.

Dans un autre quartier de la ville, un dîner était donné en l'honneur de Louis Kinard. Alexandra Webber ne savait pas trop à quoi s'attendre lorsqu'elle gara sa voiture devant la jolie petite maison où Helen Kinard avait emménagé vingt ans plus tôt, quand la condamnation de son mari à une lourde peine de prison l'avait contrainte à quitter leur somptueuse demeure de Forrester Square : la réception se déroulerait-elle dans une ambiance de joie exubérante, de regret des années perdues, ou plus simplement de calme et de soulagement ?

Enfant, Alexandra avait elle aussi vécu à Forrester Square, près des Kinard et de leurs autres amis, les Richards. Des liens très étroits unissaient les trois familles, mais c'était avant l'incendie dans lequel le père et la mère d'Alexandra avaient péri, l'obligeant à aller vivre avec des parents dans le Montana.

Cet incendie lui faisait encore faire d'horribles cauchemars et, depuis son retour à Seattle, elle se sentait nerveuse, habitée par une sourde angoisse. Katherine Kinard et Hannah Richards avaient cependant insisté pour l'associer à la direction du centre de Forrester Square, et elle avait fini par accepter.

Leur amitié aurait peut-être raison de ses cauchemars et de son anxiété, se dit-elle — mais sans grande conviction — en appuyant sur la sonnette.

Ce fut Helen Kinard qui vint lui ouvrir. Maintenant âgée de soixante ans, elle avait certes un peu forci, mais elle était toujours aussi belle et fidèle au souvenir qu'Alexandra avait gardé d'elle. Ses cheveux châtains ondulaient joliment autour de son visage, une expression chaleureuse brillait dans ses yeux noisette, et elle portait un fourreau à manches longues couleur d'ambre dont la sobre élégance s'harmonisait parfaitement avec sa distinction naturelle.

— Alexandra ! s'écria-t-elle en serrant la jeune femme dans ses bras. Quel plaisir de te revoir !

Cet accueil cordial rassura la jeune femme : les choses allaient être moins difficiles qu'elle ne l'avait craint. Elle embrassa affectueusement Helen et, quand Louis Kinard apparut dans le vestibule, son cœur se serra à la pensée des terribles épreuves qu'ils avaient tous les deux traversées.

Les vingt années que Louis avait passées en prison l'avaient amaigri, et ses cheveux noirs grisonnaient. Mais son regard n'avait rien perdu de sa vivacité, ni de sa fierté. Bien que tous les faits aient semblé l'accuser, lors du procès, il avait toujours clamé son innocence, et sa femme et ses deux enfants n'avaient jamais mis sa parole en doute : ils le jugeaient innocent de l'escroquerie dont il avait été accusé par la société Eagle Aerotech, qu'il avait fondée avec le père d'Alexandra et Kenneth Richards.

Ce soutien indéfectible inspirait un immense respect à Alexandra. Garder la tête haute toutes ces années avait dû exiger une force de caractère exemplaire de la part des Kinard, en dépit du scandale et des rumeurs malveillantes que cette affaire avait provoqués. Ils s'étaient cependant serré les coudes, et l'amour qu'ils éprouvaient les uns pour les autres s'en était même peut-être trouvé renforcé.

— Comment s'est passé ton déménagement ? s'enquit chaleureusement Helen en guidant Alexandra vers le séjour. Tu es bien installée, chez Katherine ?

— Oui, répondit-elle en souriant. La maison de votre fille est très agréable, et décorée avec beaucoup de goût. Mais je n'ai pas besoin de vous vanter ses qualités de femme d'intérieur : vous les connaissez mieux que moi !

— Oui, et c'est aussi une excellente mère.

Katherine elle-même entra dans la pièce à ce moment-là, un gros bouquet de fleurs cueillies dans son jardin dans une main, et donnant l'autre à Carlos Vega, son fils adoptif de douze ans.

— Bonjour, tout le monde ! lança-t-elle gaiement au groupe de parents et d'amis rassemblés pour fêter la libération de son père.

Son frère Drew la suivait, accompagné de sa fiancée, Julia Stanton, et du fils de celle-ci, le petit Jeremy, qui dormait la tête posée sur son épaule.

Des embrassades et des accolades furent échangées, puis Helen et Katherine partirent mettre les fleurs dans un vase, tandis que Drew s'éclipsait en compagnie de

Carlos pour aller regarder la fin d'un match de base-ball. Olivia Richards, la mère d'Hannah, s'approcha alors d'Alexandra. Avec sa silhouette mince, son épaisse chevelure châtain clair rehaussée de mèches dorées et son visage parfaitement lisse — résultat d'un récent lifting, selon Katherine —, cette femme de cinquante-six ans en paraissait vingt de moins.

— Je suis tellement contente de te voir ! s'exclama-t-elle en prenant les mains d'Alexandra dans les siennes et en l'embrassant sur les deux joues. Où habites-tu ?

Alexandra esquissa un sourire poli, se dégagea et recula d'un pas avant de répondre :

— Chez Katherine, pour l'instant.

— Ce n'est donc pas définitif ?

— Non.

Depuis qu'elle avait atteint l'âge adulte, Alexandra n'avait jamais eu vraiment envie de rester longtemps nulle part — et surtout pas à Seattle, la ville où ses parents étaient morts. Katherine et Hannah avaient toutefois besoin d'une aide qu'elle était spécialement à même de leur apporter, puisqu'elle était titulaire d'un diplôme de gestion d'entreprise. Mais Alexandra n'excluait pas de revendre sa part de la société dès que sa présence n'y serait plus indispensable, et de partir ensuite vers d'autres aventures, ailleurs.

— Il paraît que tu vas travailler au centre de Forrester Square, toi aussi ! s'exclama Kenneth Richards en venant la rejoindre à son tour, et en lui tendant une coupe de champagne.

Alexandra savait que Kenneth avait toujours cru en l'innocence de Louis Kinard — contrairement à sa femme Olivia, et que c'était l'une des raisons de leur divorce. Ils semblaient néanmoins décidés ce soir à se montrer civils l'un envers l'autre, observa la jeune femme, soulagée. Les Kinard avaient déjà assez souffert sans que de vieilles discordes viennent gâcher leurs retrouvailles. Maintenant que Louis était enfin sorti de prison, il fallait les laisser savourer leur bonheur, puis tenter d'oublier leur douloureux passé.

— Oui, répondit-elle à Kenneth, et je suis très impatiente de faire la connaissance des enfants.

C'était vrai : malgré une nature instable qui l'empêchait de nouer des liens durables avec ses semblables, elle aimait beaucoup les enfants — peut-être parce qu'ils avaient une pureté, une innocence, que bien peu d'adultes possédaient.

— Nous espérons tous que tu vas t'installer ici pour de bon, lui dit Katherine qui s'était approchée sans bruit. Tu nous as tant manqué !

Ses amies d'enfance lui avaient manqué à elle aussi, d'une certaine façon, pensa Alexandra... Mais sa décision de se fixer ou non à Seattle dépendrait de ses cauchemars : s'ils empiraient, rien ne pourrait la persuader de rester. Elle partirait et reprendrait sa vie errante de conseillère en gestion allant de ville en ville, au gré des contrats qui lui étaient proposés.

— Tu es toujours fâchée contre moi, maman ?

En pyjama, l'air malheureux, Kelly avait poussé la porte de la chambre alors que Meg venait juste de se coucher.

— Non, je ne suis plus fâchée, ma chérie, la rassura-t-elle d'une voix douce.

— Mais je t'ai déçue…

— Et effrayée : vous vous étiez enfermés dans la maison, et je n'aurais donc pas pu vous secourir rapidement en cas d'accident.

La fillette alla rejoindre Meg dans son lit, se serra contre elle et promit solennellement :

— On ne recommencera pas.

— D'accord, mais je veux aussi savoir si tu as bien compris pourquoi je me suis mise en colère.

— Parce qu'on est trop petits pour faire certains trucs tout seuls.

— Exactement !

Kelly étouffa un bâillement, puis demanda :

— J'ai le droit de dire à tout le monde, demain, que j'ai maintenant un papa ?

— Oui, déclara Meg, à la fois heureuse que ses enfants se connaissent enfin et triste de n'avoir à leur offrir qu'une famille désunie.

— Et Kevin a le droit de dire à tout le monde que tu es sa maman ?

— Aussi.

— Je suis vraiment contente, parce que j'ai toujours voulu avoir un papa. Et Kevin a toujours voulu avoir une maman, sauf que lui…

— Oui ?

— Il avait Fiona, et c'était presque une maman, même si elle n'en était pas une vraie. Il m'a dit qu'elle lui manquait beaucoup.

La voix de Kelly était ensommeillée, et ses yeux se fermaient d'eux-mêmes. Meg la ramena dans son lit, la borda, mais une fois de retour dans sa chambre, elle ne se recoucha pas : les pensées qui se bousculaient dans sa tête lui avaient enlevé toute envie de dormir.

Le carton qui contenait ses souvenirs les plus précieux était rangé dans le bas de sa penderie. Elle le sortit et l'ouvrit. Sur le dessus se trouvaient des photographies de Brody et de Kevin prises en Irlande — Kevin à deux ans, juché sur les épaules de Brody ; à trois ans, en train de faire du tricyle ; à quatre ans, en haut du toboggan d'un parc de loisirs... Le père et le fils souriaient sur tous les clichés, l'air insouciants et heureux.

Mais Kelly et elle avaient été heureuses, elles aussi, songea Meg en fouillant le carton à la recherche d'une cassette vidéo reconnaissable au petit morceau de tulle blanc collé à son étui. Elle s'était parfois sentie seule, inutile de le nier, mais ce n'était guère surprenant : la poursuite de sa carrière et ses devoirs de mère lui avaient pris tout son temps. Elle avait pensé — et même espéré, pour être parfaitement honnête — que Brody avait vécu une situation à peu près analogue.

Ayant finalement trouvé la cassette, elle la mit dans le magnétoscope et appuya sur la touche « lecture ». La tonnelle installée au bord du lac Tahoe apparut sur l'écran, et Meg se vit marcher à pas lents vers celui qui l'attendait, sous les cascades de roses blanches : un Brody beau comme un dieu dans son smoking neuf.

Cette mariée en robe de dentelle, avec un voile de tulle sur les cheveux et un bouquet de lis et de roses dans les mains, avait l'air si jeune et si innocente que son cœur se serra. Sa grossesse n'était pas encore visible, à ce moment-là, et Brody et elle souriaient, tout à la joie d'avoir réuni leurs parents et amis pour fêter avec eux ce qui était censé être le plus beau jour de leur vie. Ils ne pensaient pas à l'avenir, alors ; ils ne se demandaient pas s'ils étaient vraiment prêts à tenir l'engagement solennel qu'ils allaient prendre.

La réalité n'avait cependant pas tardé à les rattraper... Moins d'un an plus tard, ils divorçaient. La cause officielle de leur rupture était un conflit de carrières, mais au fond d'eux-mêmes, ils savaient qu'elle était surtout due à la découverte que la passion physique et une grossesse imprévue ne suffisaient pas à assurer la pérennité d'un couple, marié ou non. Seul l'amour en était le garant, et c'était un sentiment qu'aucun d'eux n'avait jamais été sûr d'inspirer à l'autre.

Meg regrettait maintenant qu'ils se soient séparés si vite, sans essayer de trouver un moyen de faire durer leur mariage ou, au moins, de continuer à jouer leur rôle de parents auprès de leurs deux enfants. Elle avait réussi professionnellement, mais compris avec le temps que le travail n'était pas tout dans la vie, que le vrai bonheur reposait sur un équilibre harmonieux entre famille et métier, même si cela exigeait un certain nombre de sacrifices et de compromis.

Il était cependant trop tard pour changer le cours des choses. Brody et elle devaient juste s'appliquer désormais à offrir aux jumeaux le sentiment de cohésion familiale qui leur avait manifestement manqué, tout en préservant une indépendance à laquelle Brody et elle étaient profondément attachés.

Ce ne serait pas facile, compte tenu de l'attirance qu'ils ressentaient toujours l'un pour l'autre, et pourtant il le fallait...

Le souvenir du baiser fougueux qu'ils avaient échangé après le dîner lui revint alors, mais elle le chassa résolument. Peu importait la force de leur désir mutuel, se dit-elle. Il n'avait pas suffi, autrefois, à aplanir leurs dissensions, et il n'y avait donc aucune raison pour qu'il les aide aujourd'hui à construire une relation viable au quotidien.

Le cœur lourd, Meg rembobina la cassette, se coucha et s'efforça d'effacer de son esprit ces images d'un passé où tout était encore possible.

Pourquoi avait-elle voulu les revoir, d'ailleurs ? se demanda-t-elle soudain.

Cette question n'avait toujours pas trouvé de réponse quand, après s'être longtemps tournée et retournée dans son lit, la jeune femme finit par s'endormir.

# 4.

Meg finissait de ranger son matériel lorsque Julia Stanton entra dans la salle de classe, le petit Jeremy dans les bras. Récemment victime d'une tentative de meurtre perpétrée par son oncle, un sénateur connu, elle se préparait maintenant à épouser Drew, le frère cadet de Katherine Kinard.

— Comment s'est passé ce premier cours de musique ? demanda-t-elle avec un sourire chaleureux.

— On ne peut mieux, répondit Meg. Les enfants ont été très coopératifs.

— Tout le mérite vous en revient... Ecoutez, vous allez peut-être me trouver indiscrète, mais je discutais avec Katherine et Hannah, à l'instant, et...

— Elles vous ont dit que j'étais la mère de Kevin, c'est ça ?

Une demi-douzaine de personnes l'ayant abordée pour lui parler du même sujet depuis son arrivée dans l'établissement, en début d'après-midi, Meg n'avait pas eu de mal à deviner où Julia voulait en venir.

— Oui, déclara cette dernière, et que Brody Taylor, le père de Kevin, était votre ex-mari.

— C'est exact.

— Vous avez donc inscrit tous les deux vos enfants dans la même école, et au même moment... Quelle extraordinaire coïncidence ! A moins qu'il ne faille y voir la main du destin...

— Je n'en sais rien, mais en tout état de cause, j'en suis heureuse, car les jumeaux vont maintenant avoir leurs deux parents pour s'occuper d'eux.

Une expression émue se peignit sur le beau visage de Julia, et Meg en connaissait la raison. Le père de Jeremy était mort avant sa naissance, laissant Julia affronter un dur avenir de mère célibataire... Et puis sa rencontre avec Drew avait complètement changé sa vie : ils étaient tombés amoureux l'un de l'autre et allaient se marier dans quelques semaines.

— Je ne suis pas venue dans le seul but de satisfaire ma curiosité, précisa Julia en souriant, mais aussi pour vous annoncer que nous serons désormais collègues : je vais travailler ici, ce qui me permettra à la fois de faire un métier que j'aime et d'avoir toujours mon bébé près de moi.

— C'est merveilleux ! s'écria Meg, sincèrement heureuse pour Julia.

— Et Drew a entamé des démarches pour adopter Jeremy...

— Je suis sûre que ce sera un excellent père !

— Moi aussi. Vous savez que nous nous marions le mois prochain ?

— Oui, Katherine me l'a dit.

— Le samedi 11 octobre, très exactement.

Le jour de l'anniversaire de Brody, pensa Meg avec un petit pincement au cœur.

— Drew et moi aimerions que vous chantiez à l'église, reprit Julia.

— Très volontiers ! Nous devrons juste trouver un moment pour choisir tous les trois ensemble des chants qui vous plaisent… et que je suis capable d'interpréter !

A peine Julia était-elle partie qu'Amy Tidwell, lycéenne de dix-huit ans et aide maternelle à temps partiel au centre de Forrester Square, poussa la porte et s'enquit auprès de Meg, l'air interrogateur :

— Il paraît que vous vouliez me parler ?

— Oui. La réunion d'information pour les parents des élèves du jardin d'enfants a lieu ce soir, et j'ai absolument besoin d'une baby-sitter : celle sur laquelle je comptais a un empêchement de dernière minute. Je sais que Katherine laissera la garderie ouverte plus tard que d'habitude pour l'occasion, mais je préférerais que Kelly soit à la maison.

— M. Taylor m'a déjà retenue, annonça Amy en jouant avec la tresse blonde qui lui descendait presque jusqu'à la taille, mais je peux m'occuper de Kevin et de Kelly en même temps : ça ne pose aucun problème.

— On ne fera pas de bêtises ! promit Kevin à son père avant qu'il ne laisse les jumeaux à la garde d'Amy Tidwell.

— Oui, maman a dit qu'on devait être sages comme des images, renchérit Kelly.

Voilà qui ressemblait bien à Meg, songea Brody avec un sourire amusé. Il reporta ensuite son attention sur Amy. Contrairement à la plupart de ses contemporaines, adeptes de tenues ajustées et un peu trop provocantes au goût de Brody, elle était vêtue d'un pantalon large et d'un grand T-shirt arborant le nom de son lycée.

— Vous avez bien noté mon numéro de portable ? lui demanda-t-il.

— Oui. J'ai aussi celui de Meg, et je connais par cœur celui des pompiers et des urgences de l'hôpital. Ne vous tracassez pas, tout se passera bien, mais si vous avez la moindre inquiétude pendant la réunion, n'hésitez pas à m'appeler. Je ne me vexerai pas : beaucoup de parents le font, surtout quand ils ont affaire à une nouvelle baby-sitter.

Cette attitude très professionnelle impressionna favorablement Brody, mais il n'en continua pas moins d'édicter les règles qu'il entendait voir respecter :

— Pas de visite de petit ami !

— Bien sûr que non.

— Et pas de coups de téléphone interminables.

— Je ne me permettrais pas d'utiliser votre téléphone pour des appels personnels, et je n'ai donné votre numéro à aucun de mes amis. Ils ne peuvent pas non plus me joindre sur mon portable : je l'éteins toujours quand je travaille.

— Et vous ne devez évidemment quitter la maison ni seule ni avec les enfants, même s'ils insistent pour aller manger une glace ou louer une vidéo.

— Non, monsieur Taylor, je serai ferme.

— Il faut que tu y ailles, papa, sinon tu vas être en retard, intervint Kevin en tirant Brody par la manche.

— Oui, maman est partie il y a longtemps, elle, souligna Kelly, l'air aussi soucieux que son frère.

Brody n'était malheureusement pas là quand Meg avait déposé la fillette chez lui : il était sorti acheter une pizza pour le dîner d'Amy et des jumeaux.

— Vous avez raison, dit-il avant de se pencher pour embrasser chacun des enfants à son tour. A plus tard !

Amy ne put cacher son soulagement lorsqu'il se dirigea finalement vers la porte et, après le quart d'heure qu'il venait de passer à lui donner des instructions, Brody le comprenait. Il avait conscience d'être exagérément anxieux, mais c'était plus fort que lui : il avait l'habitude de laisser Kevin à la garde d'une personne en qui il avait toute confiance, et non à une adolescente quasi inconnue.

Ce problème serait néanmoins réglé quand il aurait trouvé une nouvelle nurse. Dans l'intervalle, il devait faire comme Meg : écourter ses journées de travail et engager des baby-sitters quand il était obligé de sortir le soir.

Une fois arrivé au centre de Forrester Square, Brody se rendit dans la salle de classe de Kevin et de Kelly. Meg n'y était pas, mais Carmen Perez, l'institutrice des jumeaux, lui remit une brochure détaillant le programme scolaire que suivraient les enfants. Les parents furent invités à la lire attentivement, puis à poser toutes les questions qui leur venaient à l'esprit, et ils furent ensuite emmenés dans la pièce attenante, réservée aux activités artistiques.

Meg se tenait sur l'estrade, vêtue d'une robe bleu vif et d'un boléro assorti qui lui allaient à ravir. Son regard croisa celui de Brody, mais il n'aurait su dire quel sentiment s'y exprimait : était-ce de la méfiance ? Du plaisir ? Quoi qu'il en soit, elle détourna vite les yeux et, dès que tout le monde fut assis, commença de parler de cette voix mélodieuse qui avait nourri les fantasmes de Brody le jour et hanté ses rêves la nuit :

— Permettez-moi de me présenter : je m'appelle Meg Bassett, et je vais enseigner la musique, la danse et les rudiments du théâtre aux élèves de quatre et cinq ans. Nous donnerons plusieurs spectacles au cours de l'année, et le premier aura lieu dans un mois environ. Nous vous en préciserons la date en temps voulu, et nous comptons naturellement sur votre présence à tous ce jour-là.

Elle passa les dix minutes suivantes à expliquer ses choix et ses méthodes, et dix minutes encore à répondre aux questions des parents — en évitant avec soin, pendant tout ce temps, de croiser de nouveau le regard de Brody, si bien qu'une sourde colère finit par le gagner. Sans demander un traitement de faveur juste parce qu'ils avaient été mariés, il aurait aimé que Meg lui prête un minimum d'attention. Avait-elle décidé de le battre froid quand ils seraient avec d'autres personnes ? Il espérait que non, car il n'était pas homme à se laisser ignorer.

Dès que Meg eut terminé, Katherine Kinard monta sur l'estrade, une feuille de papier à la main, et déclara :

— Comme vous le savez tous, il est important que les parents s'investissent dans la vie scolaire de leurs enfants. Je voudrais donc que chacun de vous participe en tant que bénévole à l'une des activités au moins de la classe. Nous avons affiché dans le hall des imprimés semblables à celui-ci — un par matière —, et vous pourrez vous y inscrire avant de partir. En attendant, nous vous invitons à visiter l'établissement, cuisines et cour de récréation y compris, et je vous signale que des gâteaux et du punch sont servis dans le réfectoire.

J'ajoute que tout le personnel est à votre disposition si vous avez besoin de précisions ou de renseignements complémentaires.

Les parents restèrent un moment à bavarder entre eux, puis quittèrent la pièce par petits groupes. Voyant Meg en grande conversation avec une mère d'élève, Brody décida d'aller jeter un coup d'œil aux feuilles d'inscription dont Katherine avait parlé. Il se rendit ensuite dans le réfectoire, où il s'entretint avec quelques parents avant de sortir dans la cour de récréation et d'en inspecter l'aire de jeux.

Le temps qu'il rentre dans l'école, elle s'était presque entièrement vidée, et il trouva Meg devant le tableau d'affichage. Elle se tourna vers lui, les sourcils froncés, et observa d'un ton agressif :

— Je vois que tu t'es porté volontaire pour collaborer à mes cours !

— En effet.

— C'est très gentil de ta part, mais il me semble que tu serais plus utile dans l'atelier d'informatique.

Autrement dit, elle refusait d'avoir avec lui plus de contacts que ceux strictement nécessaires, pensa Brody. De quoi avait-elle donc peur ? Qu'ils ne s'embrassent de nouveau et que cela ne les entraîne plus loin ? Et alors ? Quoi qu'il se passe entre eux, il était prêt à l'assumer. Il avait trop souffert de leur séparation pour laisser Meg le tenir à l'écart maintenant qu'un heureux hasard les avait réunis.

— Je me suis *aussi* inscrit pour l'atelier d'informatique, souligna-t-il.

— Tu auras le temps de participer aux deux ?

— Je le prendrai.

Meg le fixa un moment en silence avant de pivoter sur ses talons et de regagner sa salle de classe. Sans prêter attention à Brody, qui l'avait suivie, elle alla ramasser les brochures abandonnées sur les sièges par quelques parents distraits.

— Tu as l'air contrariée, remarqua Brody après avoir fermé la porte.

Et il voulait savoir pourquoi. Il avait cru — visiblement à tort — que Meg serait sensible à ses efforts pour établir de bonnes relations entre eux. C'était dans ce but qu'il s'était proposé pour la seconder, et il comprenait d'autant moins son hostilité à l'égard de cette initiative que les jumeaux seraient probablement ravis de voir leurs parents travailler main dans la main.

Quand elle se tourna vers lui, ses boucles auburn dansèrent autour de son visage, et il eut soudain envie d'y glisser les doigts, de les relever pour embrasser sa nuque, son cou, ses épaules, puis de lui ôter sa robe et de la faire sienne... Mais cette femme ne lui appartenait plus, et ne négligeait rien pour le lui rappeler.

— Je suis surtout déconcertée, dit-elle d'un ton posé. Tu ne t'es jamais intéressé ni au chant, ni à la danse, ni au théâtre ; tu n'as de compétence dans aucun de ces domaines... Alors quelle aide concrète pourrais-tu m'apporter ?

— Je peux concevoir les affiches et les programmes de tes spectacles avec le logiciel de microédition développé par ma société, et les imprimer en couleurs. Je peux aussi envoyer des e-mails aux parents pour leur annoncer la date de la prochaine représentation, bref, prendre en charge toutes les tâches qui font appel à l'informatique.

— Je n'y avais pas pensé, reconnut Meg.

— Alors tu m'acceptes comme collaborateur, ou bien tes réserves sont-elles motivées par une autre raison que mon incompétence en matière artistique ?

— Une autre raison ? Non, bien sûr que non !

Elle mentait, Brody l'aurait su même si ses joues rouges et sa respiration précipitée ne l'avaient trahie. Il s'approcha d'elle, lui souleva le menton pour l'obliger à le regarder dans les yeux et déclara :

— Tu n'aurais pas peur que je t'embrasse de nouveau, par hasard ?

Une lueur sombre s'alluma dans ses prunelles vertes, la même que celle que Brody avait vu y briller si souvent dans les derniers temps de leur mariage, et qui disait : « Bas les pattes ! »

— Il n'y a aucune chance pour que cela se reproduise ! répondit-elle en se dégageant d'un geste brusque.

— Tu en es bien sûre ?

— Oui, ce serait… déraisonnable.

— Mais tellement agréable… Et inutile d'essayer de me convaincre que tu n'en as pas envie autant que moi, parce que je ne te croirais pas.

Meg quitta la pièce sans un mot, et Brody comprit alors qu'elle cherchait seulement à se protéger de nouvelles blessures. Et le meilleur moyen d'y parvenir était de maintenir entre eux toutes les barrières — physiques et affectives — qui les séparaient depuis le jour où ils avaient pris la décision stupide de divorcer.

*
* *

Encore profondément troublée par sa conversation avec son ex-mari, Meg aurait aimé pouvoir rentrer directement chez elle, mais elle devait aller récupérer Kelly...

Brody ne se trompait pas, pensa-t-elle en chemin. Elle avait envie de l'embrasser de nouveau, mais elle craignait de ne pas avoir une deuxième fois la force morale nécessaire pour résister à la tentation de faire l'amour avec lui.

Cela n'aurait pas tellement prêté à conséquence si elle avait été capable de dissocier le sexe des sentiments, mais elle savait en être incapable. Aussi voulait-elle à tout prix éviter de se retrouver dans la situation où l'avait placée son mariage, la menace d'une rupture planant alors constamment sur le bonheur d'avoir enfin la famille dont elle avait toujours rêvé.

Son équilibre reposait aujourd'hui entièrement sur ses enfants et son travail, et elle refusait de le compromettre en s'engageant dans une liaison sans avenir.

Brody, lui, était un homme d'action, adepte des décisions rapides et pragmatiques. C'était pour cela qu'il avait tenu à l'épouser à peine informé de sa grossesse. Ils n'étaient cependant prêts ni l'un ni l'autre pour le mariage et, faute d'avoir cherché une autre solution, celle-là avait abouti à un douloureux échec.

Que cela plaise ou non à Brody, il allait donc devoir dominer ses pulsions, et comprendre qu'elle était résolue à faire de même.

Maintenant arrivée à destination, Meg se rangea en même temps que son ex-mari devant la maison qu'il avait achetée, une grande demeure de style victorien entourée d'un parc paysagé.

La voiture d'Amy était garée dans la rue, et une grosse limousine noire occupait la contre-allée. La jeune femme lança un regard interrogateur à Brody quand ils se rejoignirent sur le trottoir, mais il déclara, l'air aussi surpris qu'elle :

— J'ignore à qui appartient ce véhicule. Je n'attendais aucune visite.

— Il s'agit peut-être du père d'Amy.

La mère de l'adolescente était morte des années plus tôt, et son père, un riche homme d'affaires, la surveillait de près. Meg l'avait appris par Katherine Kinard, et il était donc possible que Russ Tidwell soit venu vérifier si sa fille était bien en train de garder des enfants.

— Nous n'allons pas tarder à le savoir, remarqua Brody en prenant la jeune femme par le bras et en se dirigeant vers le perron.

L'intérieur de la maison était aussi luxueux que l'extérieur. Un immense vestibule menait à un majestueux escalier à double révolution, et une arcade, sur la gauche, donnait accès à un salon où deux canapés de cuir et une paire de fauteuils assortis étaient disposés en cercle autour de la cheminée de marbre. Un jeu de Monopoly s'étalait sur la table basse, au milieu, mais ni Amy ni les jumeaux n'étaient là.

Des éclats de rire retentirent soudain, venant de l'arrière de la maison, et Brody indiqua :

— Ils doivent être dans la cuisine.

Reprenant le bras de Meg, il la mena vers une vaste pièce, dont les placards blancs et les plans de travail recouverts de céramique noire fournissaient un élégant contrepoint au dallage en damier recouvrant le sol.

Kevin et Kelly étaient assis devant une grande table ronde, près d'un colosse au teint fleuri vêtu d'un pull-over irlandais et d'un pantalon de flanelle grise, et qui riait aussi fort que les enfants. Amy, elle, était en train de laver deux tasses à café dans l'évier.

— Vous arrivez juste à temps ! dit-elle gaiement à Meg et à Brody. Deux minutes de plus, et les scones que M. Taylor a apportés auraient tous été mangés !

— Je les ai achetés en Irlande ce matin même, précisa l'intéressé.

— Tu as vu, papa ? Oncle Roarke est là ! s'écria Kevin d'une voix excitée.

— Oui, j'ai vu, répondit Brody avec un sourire affectueux à l'adresse de son visiteur inattendu.

Roarke passa la main dans ses épais cheveux noirs et se leva pour aller embrasser Meg. Consciente d'être observée par Amy et les jumeaux, elle lui rendit son baiser malgré les sentiments mitigés qu'il lui inspirait. Elle était contente que Brody se soit trouvé une famille accueillante et chaleureuse, mais elle n'aimait pas la liberté que prenait Roarke de s'immiscer dans la vie privée de son neveu.

— Vous êtes toujours aussi belle, dit-il après l'avoir considérée d'un œil critique.

— Merci. Vous n'avez pas changé, vous non plus.

— Non, je suis en pleine forme !

— Tu aurais dû m'avertir que tu venais, fit remarquer Brody à son oncle. Je serais allé te chercher à l'aéroport.

— Je ne voulais pas te déranger, et je comptais de toute façon louer une voiture pour la durée de mon séjour aux

Etats-Unis. Et puis cela m'a permis d'avoir mes *deux* petits-neveux tout à moi le temps que tu rentres !

Cette pique irrita Meg, mais ne la surprit pas : elle savait que Roarke la rendait entièrement responsable d'un arrangement qui avait privé Brody — et sa famille irlandaise par contrecoup — de tout contact avec Kelly.

— Il paraît que vous êtes enseignante, à présent ? lui demanda-t-il d'un ton engageant.

— C'est exact.

— Vous allez peut-être trouver que je me mêle de ce qui ne me regarde pas…

— Alors tu ferais sans doute mieux de te taire ! intervint Brody.

— … mais vous pourriez arrêter de travailler, continua Roarke sans tenir compte de cette interruption. Brody gagne maintenant assez d'argent pour subvenir à vos besoins à tous les quatre, et même pour vous assurer un train de vie que bien des femmes rêveraient d'avoir.

— Ce ne sont pas tes affaires, oncle Roarke ! s'exclama Brody.

— Je me contente de fournir à ton ex-épouse un renseignement qu'elle ignorait peut-être, souligna-t-il avec un haussement d'épaules désinvolte.

Résolue à laisser les jumeaux en dehors des conflits qui l'opposaient à leur grand-oncle, Meg articula d'une voix aussi calme que le lui permettait son exaspération :

— Merci de m'avoir éclairée sur ce point, Roarke, mais je tiens à garder mon indépendance financière, et Brody le sait.

— J'en suis sûr !

Amy semblait mal à l'aise, et c'était compréhensible, songea Meg. Elle chercha désespérément un moyen de détendre l'atmosphère, mais Brody la devança en demandant d'une voix enjouée à son oncle :

— Et comment va le reste de la famille ?

— Très bien ! Tout le monde t'envoie ses amitiés, et Fiona m'a chargé de vous dire, à ton fils et à toi, que vous lui manquiez beaucoup.

— Elle me manque à moi aussi ! s'écria Kevin. Elle fait des supercakes, avec plein de raisins secs et de fruits confits dedans !

— Fiona est une remarquable femme d'intérieur, déclara Roarke d'une voix appuyée.

Impassible, Meg ne douta pas un instant, néanmoins, que cette information ne lui fût directement destinée.

Roarke se tourna vers son neveu et poursuivit, d'un ton de reproche :

— Elle est toujours prête à t'épouser, tu sais.

— Oncle Roarke, soupira Brody.

— Et ce n'est pas comme si vous ne vous connaissiez pas, tous les deux, après avoir vécu pendant quatre ans sous le même toit.

— Il n'y a jamais rien eu entre Fiona et moi, précisa Brody à Meg.

— Il faudrait vraiment être idiot pour repousser une femme qui a tout pour elle, y compris la beauté, enchaîna Roarke comme si de rien n'était.

La question que Brody avait éludée la veille venait de trouver sa réponse, avec en prime des détails qui confirmaient les soupçons de Meg.

— Excusez-moi, mais il faut que je parte, annonça-t-elle avec un flegme affecté. Il commence à se faire tard, et Kelly comme Amy doivent rentrer se coucher : il y a école demain.

— Vous avez raison, dit l'adolescente. Viens, Kelly, je vais t'aider à remettre tes chaussures. Elles sont restées dans la chambre de ton frère.

— Je te raccompagne, Meg ! décréta Brody.

Elle l'ignora. Déçue de n'avoir pu passer ne serait-ce qu'une minute seule avec Kevin, elle l'embrassa tendrement, souhaita une bonne nuit à Roarke et quitta la cuisine à grands pas, mais Brody la rattrapa dans le vestibule, la saisit par le bras et l'emmena d'autorité dans le salon.

— Tu es en colère et je le comprends, déclara-t-il, mais tu connais oncle Roarke…

— Assez bien pour savoir que nous ne sommes d'accord sur rien, lui et moi !

— Et surtout pas sur le fait que je sois allé vivre en Irlande…

— Je ne lui ai jamais reproché d'avoir financé la création de ta société. J'admets que c'était généreux de sa part.

— Mais tu lui en as voulu d'avoir exigé que cette société soit installée dans son village.

— Evidemment ! Si je t'accompagnais là-bas, c'en était fini de ma carrière d'actrice !

— Il pensait que tu y renoncerais de toute façon pour t'occuper de nos enfants.

— Eh bien, il se trompait ! Et toi aussi, si tu croyais vraiment que j'étais prête à abandonner mon métier pour devenir femme au foyer ! Je t'avais pourtant informé de mon intention de retourner travailler après la naissance des jumeaux !

Même si Brody était trop orgueilleux pour reconnaître ouvertement ses torts, le fait même qu'il ne cherche pas à se justifier montra à Meg que sa remarque avait porté.

— Roarke est un peu vieux jeu, se borna-t-il à observer. Pour lui, la place d'une épouse est à la maison.

— Et Fiona partage sûrement ses vues, pour qu'il plaide sa cause avec autant de conviction ! ne put s'empêcher de souligner Meg.

— Laisse Fiona en dehors de ça !

— Pourquoi ? Ton oncle considère manifestement qu'elle a encore un rôle important à jouer dans ta vie ! répliqua Meg.

Et aussi dans celle de Kevin, ajouta-t-elle pour elle-même. Il était de plus en plus évident qu'il vouait une véritable adoration à la jeune Irlandaise, et l'idée qu'il préfère une autre femme à sa propre mère lui déchirait le cœur. C'était pourtant le risque qu'ils avaient pris, Brody et elle, en décidant d'élever les jumeaux séparément, plutôt que de les expédier d'un continent à l'autre, tels des colis.

— D'après Roarke, Fiona est *toujours* prête à t'épouser, poursuivit Meg. Cela veut-il dire que vous en avez déjà envisagé la possibilité, tous les deux ?

Brody garda le silence, et elle se demanda ce qu'il fallait en déduire. Fiona et lui avaient-ils vraiment parlé de se marier ? Mais dans ce cas, pourquoi avait-il quitté l'Irlande sans elle ?

Peut-être Meg aurait-elle insisté si Amy et Kelly n'étaient alors entrées dans le salon...

— On y va, maman ? questionna la fillette. J'ai sommeil !

La jeune femme acquiesça de la tête. Elle n'était pas sûre, finalement, d'avoir envie de savoir quels liens avaient uni — ou unissaient encore — Brody et la belle Fiona.

# 5.

Meg venait juste de coucher Kelly et de descendre dans la cuisine pour préparer leur déjeuner du lendemain quand le timbre de l'entrée retentit. Qui pouvait bien sonner à sa porte à une heure aussi tardive ?

Inquiète, elle alluma la lampe extérieure, colla son œil au judas... C'était Brody. Elle ouvrit aussitôt et demanda anxieusement :

— Pourquoi es-tu là ? Il est arrivé quelque chose à Kevin ?

— Mais non ! Il est avec oncle Roarke... Je voulais seulement te parler.

Furieuse qu'il lui ait fait une telle peur en lui rendant ainsi visite à l'improviste, la jeune femme objecta d'un ton glacial :

— Il est tard. Nous parlerons demain.

— Non. Tout de suite ! répliqua Brody.

Puis, sans attendre d'y être invité, il franchit le seuil et referma la porte derrière lui.

Sachant pertinemment qu'il ne partirait pas avant d'avoir dit ce qu'il avait à dire, Meg l'invita d'un signe de la main à la suivre dans la cuisine.

— Je t'écoute, déclara-t-elle en reprenant ses préparatifs pour bien lui montrer qu'il la dérangeait.

— Je voudrais d'abord te détromper sur un point important : contrairement à ce que tu as l'air de penser, oncle Roarke n'a jamais eu l'intention de briser notre couple.

— Alors pourquoi a-t-il exigé que ta société soit basée dans son village pour t'aider à la monter ?

— Parce que ce village était en train de mourir. Il n'y avait plus de travail, plus aucune perspective d'avenir pour ses habitants. L'implantation de mon entreprise a créé des emplois, redynamisé l'économie locale et incité d'autres compagnies à venir s'y installer. La législation fiscale est en outre beaucoup plus favorable à la création d'entreprises en Irlande qu'aux Etats-Unis.

Meg s'en voulut d'avoir tellement reproché à Brody sa décision de s'expatrier, mais pourquoi avait-il attendu aujourd'hui pour lui en donner les raisons pratiques, aussi ? Parce qu'il estimait, à l'époque, ne lui devoir aucune explication ?

— Tu aurais quand même pu refuser, grommela-t-elle.

— Et renoncer ainsi à mon rêve ?

— Tu savais pourtant qu'on m'avait offert un rôle dans un spectacle de Broadway, et que c'était l'occasion pour moi de lancer ma carrière.

— Je ne l'ai appris qu'après avoir accepté la proposition d'oncle Roarke, lui rappela Brody.

— Et alors ? Tu pouvais encore te rétracter... Mais plutôt que de le décevoir, lui, tu as pris le risque de détruire notre mariage ! Et c'est ce qui est arrivé, naturellement ! Tu as toujours fait passer les autres avant moi, et je souhaite bien du plaisir à Fiona, si jamais tu l'épouses !

— Je me moque de Fiona !

— Vraiment ? Ton oncle aurait donc menti ?

Brody soupira, puis il s'approcha de Meg, se pencha vers elle et dit d'une voix à la fois chaude et douce qui lui donna la chair de poule :

— Fiona est tombée amoureuse de moi, et je l'aurais remerciée dès que je m'en suis aperçu si Kevin ne lui avait été autant attaché. Elle s'occupait aussi très bien de lui, et j'ai pensé qu'elle finirait par se lasser si j'ignorais les mille façons par lesquelles elle cherchait à attirer mon attention. Je l'ai même encouragée à sortir avec des garçons de son âge.

— Mais ça n'a pas marché…

— Non, et un soir tard, elle est entrée dans mon bureau, en chemise de nuit… Il m'a suffi d'un coup d'œil pour comprendre ce qu'elle avait en tête, mais avant que j'aie eu le temps de réagir, elle m'avait déclaré son amour et s'était jetée à mon cou. J'avais eu tort de faire l'autruche, car cela avait entretenu ses espoirs. Je l'ai repoussée, bien sûr, et j'ai même failli la renvoyer sur-le-champ, mais j'ai eu peur des conséquences.

— Quelles conséquences ?

— Les gens du village se seraient posé des questions, et livrés à toutes sortes de conjectures, parce que je leur aurais caché une vérité qui nuisait à la réputation de Fiona : je ne voulais pas qu'elle soit en butte aux commérages. Je me suis ensuite contenté de l'éviter dans toute la mesure du possible, et il n'était évidemment pas question qu'elle m'accompagne aux Etats-Unis. Je sais qu'elle en mourait d'envie, mais j'avais là une excellente excuse pour me séparer d'elle sans lui causer de tort.

Brody soupira de nouveau et se passa une main lasse dans les cheveux. Son regret d'avoir laissé se créer une situation aussi embarrassante semblait sincère, mais lui avait-il vraiment tout dit ? songea Meg, encore méfiante.

— Tu n'as donc jamais donné à Fiona aucune raison concrète de croire que tu t'intéressais à elle en tant que femme ? demanda-t-elle.

— Non, mais elle a sans doute lu trop de romans dont la jeune héroïne tombe amoureuse d'un homme mûr et finit par l'épouser… Je t'assure que je n'ai pas eu envers elle le moindre geste, le moindre regard équivoques. Et je lui ai exprimé clairement, ce fameux soir, mon refus de m'engager dans une quelconque relation intime avec elle.

— Pourquoi Roarke s'obstine-t-il à te vanter ses mérites, dans ce cas ?

— Parce qu'il veut que je me remarie, et que Fiona n'a apparemment pas abandonné l'idée de devenir ma femme.

Meg était heureuse que Brody ne soit pas amoureux de Fiona, mais l'influence que sa famille irlandaise exerçait sur lui l'inquiétait. Il attachait notamment beaucoup d'importance à l'opinion de Roarke, et le bonheur de Kevin lui tenait à cœur. Meg et Kelly comblaient pour l'instant le vide que l'absence de Fiona créait dans la vie du petit garçon, mais que se passerait-il quand ses affaires obligeraient de nouveau Brody à voyager ? Opterait-il alors pour la solution la plus facile, et celle qui rendrait en outre Kevin le plus heureux — à savoir Fiona ?

Cette idée déplaisait profondément à Meg, et elle dut reconnaître qu'elle était jalouse. Brody affirmait pourtant que Fiona ne l'attirait pas, et il était libre de se lier, voire de se marier avec qui il voulait, de toute façon... Elle n'avait plus aucun droit sur lui.

— Merci de m'avoir fourni des explications, déclara-t-elle, car rien ne t'y obligeait : ta vie privée ne me regarde pas. Nous n'avons fait vœu de chasteté ni l'un ni l'autre, quand nous nous sommes séparés, après tout !

Mais elle avait secrètement espéré que Brody regretterait vite leur divorce et lui reviendrait alors. Ce n'était cependant pas arrivé, et il lui avait fallu se résigner à tourner la page, apprendre à vivre sans Brody — et sans Kevin. Elle était même sortie avec plusieurs hommes, mais ces tentatives pour se trouver un nouveau compagnon n'avaient jamais abouti. Au fond d'elle-même, elle n'avait jamais vraiment eu envie de remplacer Brody. La solitude lui semblait préférable à une relation qui serait un simple pis-aller.

— Ah !... Est-ce à dire que tu as eu, ou que tu as une liaison avec quelqu'un d'autre ? demanda Brody, l'air aussi jaloux de cet hypothétique amant que Meg de Fiona.

La jeune femme baissa les yeux et feignit d'être trop occupée à emballer les sandwichs qu'elle venait de préparer pour répondre tout de suite.

— Je disais juste que nous avions tous les deux le droit de refaire notre vie, finit-elle par indiquer. Et il y a des hommes qui me trouvent assez séduisante pour rechercher ma compagnie.

— Ici, à Seattle ?

— Oui.

— Tu as eu des invitations ?

— Oui.

— Et tu as accepté ?

— Pas encore, mais seulement par manque de temps.

A la façon dont Brody scrutait son visage, Meg comprit qu'il cherchait à savoir si elle mentait ou non. Mal à l'aise, elle esquissa un geste pour se détourner, mais il l'en empêcha en la prenant par les épaules.

— Tu n'as pas répondu à ma question, observa-t-il.

— Laquelle ?

— As-tu entretenu une ou des liaisons sérieuses depuis notre séparation ?

Le seul contact des mains de Brody sur ses épaules électrisant les sens de Meg, elle jugea plus sage de s'écarter de lui avant de déclarer :

— Je ne te répondrai pas, et je ne te poserai pas non plus la même question. Nous n'avons plus de comptes à nous rendre.

— Tu n'as pas changé !

— Ce qui signifie ?

— Que tu es soi-disant toujours prête à discuter à fond des problèmes, mais que tu préfères en fait les éluder, de peur de leur trouver une solution qui t'obligerait à accepter un compromis. Et, dans ce cas précis, à te dévoiler.

Ce reproche justifié piqua Meg au vif. Elle ne voulait effectivement pas que Brody sache à quel point elle s'était sentie seule, à quel point il lui avait manqué. Leur incapacité à se montrer honnêtes l'un envers l'autre avait davantage nui à leur couple que leurs semblables entêtements au sujet de leurs carrières respectives. Et Roarke s'en était aperçu. C'était pour cela qu'il poussait Brody dans les bras d'une femme qui, elle, semblait disposée à lui céder en tout.

Roarke avait-il raison ? se demanda soudain Meg. Brody et Kevin seraient-ils plus heureux avec quelqu'un comme Fiona, dont le caractère malléable était à l'opposé du sien ?

Meg l'ignorait. Tout ce qu'elle savait, c'était que Brody et elle s'étaient infligé de graves blessures, et que leurs désaccords n'avaient aucune chance de disparaître tout d'un coup, comme par enchantement.

— Il est tard, dit-elle en prenant Brody par le bras et en le guidant vers le vestibule. Merci d'être venu, mais il faut que tu rentres, maintenant, sinon ton oncle et Kevin vont s'inquiéter.

— Alors, comment ça s'est passé ? demanda Roarke quand Brody le rejoignit dans le salon après avoir couché Kevin. Elle est toujours en colère contre toi ?

Encore furieux que Meg l'ait pratiquement mis à la porte de chez elle, Brody alla se verser un doigt de l'excellent whisky irlandais que son oncle avait apporté.

— D'où te vient l'idée qu'elle est en colère contre moi ? déclara-t-il ensuite d'un ton faussement dégagé.

— Je ne suis pas né de la dernière pluie, mon garçon : je sais reconnaître une femme jalouse quand j'en vois une. Elle t'aime toujours, mais cela ne change rien : elle n'est pas plus faite pour toi aujourd'hui qu'autrefois. Ce qu'il te faut, c'est une épouse qui restera à la maison et se consacrera entièrement à toi, à Kevin et à vos futurs enfants.

— Quelqu'un comme Fiona ?

Brody secoua la tête, agacé par l'obstination de son oncle. L'ancienne nurse de son fils était la dernière personne dont il avait besoin dans son existence. La seule qu'il voulait — et qu'il avait été assez idiot pour laisser partir —, c'était Meg, leurs cinq années de séparation le lui avaient fait comprendre. Malgré tous ses efforts, aucune femme n'avait pu la remplacer, ni dans ses pensées ni dans son cœur.

— Tu devrais appeler Fiona, insista Roarke. Ou, mieux encore, lui envoyer un billet d'avion pour qu'elle vienne vous aider à vous installer, Kevin et toi.

Le désir d'échapper à l'ingérence de sa famille dans sa vie privée était l'une des raisons du retour de Brody aux Etats-Unis, mais il avait une énorme dette envers un oncle qui avait cru en lui, qui lui avait permis de réaliser ses rêves de réussite matérielle et professionnelle. Aussi irritants et déplacés que fussent les conseils de Roarke, il ne pouvait donc pas l'envoyer promener.

— J'y réfléchirai, se borna-t-il à déclarer.

Arrivée à Forrester Square une demi-heure avant le début de sa première heure de cours, Meg décida d'aller boire un café au Caffeine Hy's, le bar voisin de l'école.

Elle n'y était encore jamais entrée, et l'originalité de son décor la surprit agréablement : des murs peints en jaune et orange, des sièges disparates, des lanternes japonaises et un plafond orné d'étoffes multicolores conféraient à ce lieu étonnant une atmosphère à la fois chaleureuse et pittoresque.

— Je ne crois pas que nous nous connaissions, lui dit l'homme aux cheveux et aux yeux noirs debout derrière le comptoir. Je suis Hiram Berg, le propriétaire du Caffeine Hy's.

— Et moi, je suis Meg Bassett, professeur de musique à temps partiel dans l'école d'à côté.

— Vous y avez aussi un enfant, non ?

— Deux, rectifia la jeune femme, heureuse de pouvoir enfin revendiquer ses droits de mère sur Kevin.

— Alors, qu'est-ce que je vous sers ?

Meg s'assit sur l'un des tabourets de bar et étudia le tableau noir qui faisait office de carte.

— Un café crème et un croissant aux amandes, répondit-elle.

Aucun autre client ne réclamant son attention, Hiram resta à bavarder avec elle après lui avoir apporté sa commande et, pendant qu'ils parlaient, un homme à la barbe broussailleuse et aux vêtements usés jusqu'à la corde passa devant la porte. Il émanait de lui une étrange douceur, une sorte de détachement du monde extérieur.

— Je vois cet homme chaque fois que je suis dans le quartier, observa-t-elle. Vous savez qui c'est ?

— C'est l'un des sans-abri qui ont été chassés des tunnels où ils avaient élu domicile, sous la ville, par l'incendie qui s'y est déclaré il y a quelques semaines.

Il est gentil, mais un peu bizarre : il refuse de dire son nom et d'expliquer comment il en est arrivé là. D'après lui, le passé et l'avenir n'ont pas d'importance ; seul compte le présent.

— Il n'a pas de famille ?

— Pas à ma connaissance.

L'espace d'un instant, Hiram parut aussi troublé que Meg par le mystérieux clochard, puis il ajouta en écartant les bras dans un geste d'impuissance :

— Je lui donne régulièrement à manger, et je lui ai proposé de l'aider, mais sa situation actuelle semble lui convenir pour le moment.

Pour essayer de désamorcer la tension grandissante qui régnait entre eux, Meg évita de parler directement à Brody pendant tout le reste de la semaine. Néanmoins, quand le vendredi arriva, elle se trouva à court d'excuses. Il avait visiblement conscience de son petit jeu et, lorsqu'il vint chercher Kevin à l'école, ce soir-là, il attendit qu'elle soit libre pour l'aborder.

— Kevin m'a dit que tu avais l'intention d'acheter un ordinateur ce week-end, annonça-t-il d'un ton dégagé.

La jeune femme terminait de ranger son matériel, mais Carmen Perez et Alexandra Webber discutaient non loin de là, et elle ne pouvait pas ignorer Brody sans exciter leur curiosité.

— C'est exact, répondit-elle, et je compte même y aller avec Kelly dès que j'en aurai terminé ici.

— Tu veux que je t'accompagne pour t'aider à choisir ? Et Kevin viendrait lui aussi, bien sûr !

D'un point de vue pratique, cette assistance serait la bienvenue, songea Meg. Qui, mieux que Brody, saurait la conseiller en matière d'équipement informatique ? Son offre la tentait, mais elle ne se sentait pas en droit de l'accepter après s'être montrée si dure avec lui.

— C'est gentil de me le proposer, déclara-t-elle, mais tu as sûrement mieux à faire de ton temps.

— Non, je serai ravi de te rendre ce service ; et en échange, tu nous inviteras à dîner, Kevin et moi. Cela le changera des surgelés, et ainsi, nous serons quittes.

— Tu n'as toujours pas appris à cuisiner ?

— Non. Alors, marché conclu ?

— Et ton oncle ?

L'idée de passer une soirée avec Roarke n'enchantait pas Meg, mais s'il était toujours à Seattle, il aurait été indélicat de ne pas l'inviter lui aussi.

— Il est allé à Austin pour se renseigner sur une société de création de logiciels en difficulté, indiqua Brody. Il pense que nous devrions l'acquérir.

— Et toi, qu'en penses-tu ? demanda Meg, profitant de cette occasion pour prendre la mesure exacte des ambitions de son ex-mari.

— J'attendrai d'avoir étudié les informations recueillies par Roarke pour me forger une opinion.

— Et comme c'est toi le P-D.G. de Taylor Software...

— C'est moi qui décide en dernier ressort... Mais revenons-en à ton achat d'ordinateur... J'aimerais vraiment que tu acceptes ma proposition ! Kevin voudrait voir Kelly en dehors de l'école, et moi, j'ai besoin d'apprendre à connaître ma fille. Comme ils n'ont pas classe demain, les enfants pourront se coucher plus tard que les autres jours, et toi, tu as besoin d'aide dans un domaine qui est justement ma spécialité : non seulement je te conseillerai dans le magasin, mais une fois chez toi, je brancherai les différents éléments entre eux, je te montrerai leur fonctionnement, et je t'abonnerai même à un fournisseur d'accès à Internet, si tu veux.

Cette avalanche d'arguments eut raison des scrupules de Meg.

— D'accord, d'accord ! s'écria-t-elle en riant. J'accepte !

Ils allèrent ensemble chercher Kevin et Kelly, puis se rendirent dans le magasin choisi par Brody. Là, il lui expliqua avec des mots simples ce dont elle avait besoin, et ce témoignage d'attention la toucha particulièrement, car elle avait craint qu'il ne cherche à l'impressionner en multipliant les termes savants et les considérations techniques.

Dans la mesure où il savait exactement ce qu'il voulait, leurs achats ne prirent pas beaucoup de temps : à 18 h 30, Meg était de retour chez elle et déchargeait avec Brody et les jumeaux les cartons dont le coffre était plein. Elle laissa ensuite Kelly aider son père à déballer le matériel et, suivie de Kevin, se dirigea vers la cuisine pour remplir sa partie du contrat.

— Qu'est-ce que tu vas faire ? demanda le petit garçon en se perchant sur un tabouret.

Heureuse de le voir s'intéresser aux préparatifs du repas — chose qui ennuyait profondément Kelly —, la jeune femme lui répondit en souriant :

— Je vais d'abord saupoudrer ces morceaux de poulet de farine et d'épices, et je les mettrai ensuite à revenir dans une sauteuse avec un peu de beurre et d'huile, jusqu'à ce qu'ils soient bien dorés.

Elle effectua ces opérations sous l'œil attentif de son fils, puis émința des champignons et mit de l'eau à bouillir.

— Tu t'y connais drôlement bien en cuisine ! observa Kevin. Aussi bien que Fiona... J'aimais bien la regarder faire, et elle m'expliquait tout au fur et à mesure, elle aussi... Papa aime pas cuisiner, lui, et il mangeait même pas toujours avec nous, parce qu'il avait beaucoup de travail.

Et c'était toujours le cas, pensa Meg. Pendant qu'ils étaient dans le magasin d'informatique, le portable de Brody avait sonné toutes les deux minutes. Elle devait cependant reconnaître qu'il avait chaque fois écourté la conversation. Il semblait disposé à accorder plus de temps à sa famille qu'autrefois, mais cela durerait-il ? Rien n'était moins sûr, et elle ne voulait pas commencer à dépendre de lui : ils n'étaient plus mariés, et elle ne pouvait pas se permettre d'agir comme s'ils l'étaient encore.

— Ça sent bon ! s'écria Brody.

Debout dans l'embrasure de la porte, il portait sur ses épaules une Kelly rayonnante, et une immense joie inonda le cœur de Meg : la fillette s'entendait déjà si bien avec son père !

Pour cacher son émotion, la jeune femme se détourna et se concentra sur ses préparatifs : elle retira le poulet de la sauteuse, versa les champignons dedans, enfourna le pain à l'ail, puis sortit une salade du réfrigérateur et entreprit de la trier.

Il aurait été dangereux de se laisser griser par la joyeuse atmosphère familiale qui régnait soudain dans la cuisine, elle en avait conscience. Il fallait être réaliste : ce moment de bonheur à quatre n'était dû qu'à un concours de circonstances exceptionnel.

— Vous avez fini d'installer l'ordinateur ? demanda-t-elle sans se retourner.

— Oui, répondit Brody, et tu as même une connexion à Internet. Je t'en expliquerai le fonctionnement après le dîner.

— Papa m'a déjà montré ! annonça fièrement Kelly. Et il m'a installé un jeu très amusant, qui apprend à faire des additions et des soustractions.

— C'est un petit logiciel de calcul conçu par ma société et destiné aux enfants, précisa Brody.

Posant ensuite Kelly sur le tabouret voisin de celui de Kevin, il s'approcha de Meg, maintenant occupée à préparer une vinaigrette pour la salade. Le cercle qu'ils formaient tous les quatre s'était encore rétréci, et elle sentit une douce chaleur l'envahir, une impression de plénitude si exaltante qu'elle ne put s'empêcher de lever la tête vers Brody et de lui sourire.

Partageait-il ce sentiment de bonheur parfait ? Avait-il conscience, comme elle, qu'ils auraient connu ce bonheur tous les jours, et pendant leur vie entière, s'ils n'avaient bêtement décidé de divorcer ?

Il lui rendit son sourire, mais se détourna juste après pour demander aux enfants de l'aider à mettre le couvert, interdisant à Meg de chercher dans ses yeux la réponse aux questions qu'elle se posait.

Meg avait toujours eu le don de rendre festifs les événements les plus ordinaires, et Brody tenta pendant tout le repas de se persuader que c'était cela qui lui avait tant manqué au cours des cinq années précédentes.

A la fin du dîner, cependant, quand les enfants partirent regarder une vidéo dans la chambre de Meg et qu'il se leva pour débarrasser la table, Brody dut admettre qu'il se mentait à lui-même : c'était Meg tout entière qui lui avait manqué. Il avait souffert de ne plus l'entendre rire, de ne plus voir le sourire qui illuminait son visage, ni ses yeux briller lorsqu'elle parlait de musique ou de théâtre, ni les reflets cuivrés qu'allumait le soleil dans ses cheveux...

Et il avait souffert, aussi, d'être séparé de Kelly, de ne pas avoir été là quand elle avait prononcé ses premiers mots, fait ses premiers pas, connu sa première joie et son premier chagrin d'enfant...

Tous les regrets du monde n'y changeraient rien, mais Brody avait la ferme intention de rattraper le temps perdu. Meg devrait pour cela accepter qu'ils se retrouvent tous les quatre ensemble le plus souvent possible, et il serait sans doute difficile de l'en convaincre... Mais il finirait par y arriver. En affaires, il fallait agir vite, et parfois même forcer le destin pour réussir ! En revanche, s'il brusquait Meg, Brody savait qu'elle se défendrait en dressant encore plus de barrières entre eux.

La patience n'était pas son fort, mais il se ferait violence : c'était sa seule arme, finalement...

— Tu es prête pour ton cours d'initiation à l'informatique ? lui demanda-t-il quand ils eurent fini de ranger la cuisine.

— Il faut que je m'y mette : le plus tôt sera le mieux, répondit-elle avec un mélange d'appréhension et de résignation.

— Quel enthousiasme ! observa Brody, taquin.

— Tu me connais : tout ce qui est technologique me dépasse complètement.

— Tu es pourtant capable de monter une chaîne stéréo en un rien de temps, si mes souvenirs sont bons.

— Parce que j'en ai besoin dans mon métier ; sinon, je n'aurais même pas eu le courage d'ouvrir le manuel d'instructions.

— Le courrier électronique est beaucoup plus simple à utiliser, tu verras.

Une demi-heure plus tard, Meg savait déjà se connecter à Internet, envoyer des e-mails et consulter un moteur de recherche.

— C'est très facile ! s'écria-t-elle, l'air infiniment soulagée.

— Je te l'avais dit... Maintenant, si tu veux, je peux te créer un carnet d'adresses contenant le nom et l'adresse électronique de tous tes correspondants potentiels. Il te suffira ensuite de cliquer sur un nom, et son adresse apparaîtra automatiquement. Ainsi, tu n'auras pas à la taper chaque fois.

— Oui, je...

Un bruit de pas précipités retentit soudain dans l'escalier, interrompant la phrase de Meg, puis les jumeaux surgirent dans le séjour.

— On l'a vue, maman ! s'exclama Kelly, les joues rouges d'excitation.

— Oui, tout en entier ! précisa Kevin.

— Vous avez vu quoi ? leur demanda Brody, perplexe.

— La vidéo de votre mariage ! répondirent-ils en chœur.

# 6.

Surpris que Meg ait gardé la vidéo de leur mariage, Brody se tourna vers elle et haussa un sourcil interrogateur.

— Je ne l'avais encore jamais vue ! souligna Kelly.

Les yeux obstinément baissés, Meg se leva et s'éloigna de l'ordinateur.

— Alors comment l'avez-vous trouvée ? déclara Brody aux enfants, venus s'asseoir chacun sur un de ses genoux. Vous n'avez pas fouillé dans les affaires de votre mère, j'espère ?

— Non ! protesta Kelly. La cassette était dans le magnétoscope. Je l'ai allumé, Kevin l'a mis tout de suite en marche, et on vous a vus, maman et toi, en tenue de mariés.

Brody se tourna de nouveau vers Meg, qui feignait d'être trop occupée à ranger les partitions posées sur le piano pour suivre la conversation.

— Tu as regardé cette vidéo récemment ? lui demanda-t-il d'un ton volontairement neutre.

— Je suis tombée dessus l'autre soir, alors que je défaisais un carton, répondit-elle en rougissant, et je l'ai visionnée, mais par simple curiosité, rien de plus.

Pour avoir voulu se replonger dans le passé, Meg devait pourtant éprouver la même nostalgie, et peut-être les mêmes regrets que lui, pensa Brody.

Plaidant le faux pour savoir le vrai, il suggéra :

— Puisque tu ne tiens pas particulièrement à cette cassette, tu pourrais me la donner ?

— Non ! s'écria Meg avec une impétuosité révélatrice.

— Juste me la prêter, alors ?

— Euh… oui, bien sûr.

— On peut avoir une glace pour le dessert ? intervint Kelly.

Cette diversion parut soulager sa mère : elle acquiesça de la tête, et le temps que Brody éteigne l'ordinateur, elle avait recouvré son sang-froid.

Quand ils furent tous de nouveau assis dans la cuisine, un cornet de glace à la main, Kelly demanda :

— Comment ça se fait que vous n'êtes plus mariés, tous les deux ?

— Nous ne nous entendions pas très bien, votre père et moi, répondit Meg.

— Oui, mais il y a des fois où on se dispute, toutes les deux, maman. Mais ça ne dure pas longtemps… Alors pourquoi pas vous ?

— C'est vrai, renchérit Kevin, vous vous embrassez tout le temps, sur la cassette… Pourquoi plus maintenant ?

« Bonne question », songea Meg.

Elle lança à Brody un appel silencieux, mais il semblait aussi embarrassé qu'elle pour expliquer aux enfants l'échec de leur mariage.

— C'est compliqué, finit-il par dire.

— Tu étais amoureux de maman, quand tu l'as épousée ? demanda Kelly entre deux coups de langue.

Meg et Brody échangèrent un regard. S'aimaient-ils, alors, ou bien ne s'agissait-il que d'une simple flambée de passion ?

— Nous étions évidemment très attachés l'un à l'autre, déclara Brody.

Pour vague qu'elle fût, cette réponse avait le mérite d'être vraie. Meg crut que les jumeaux allaient s'en satisfaire et changer de sujet... Elle se trompait.

— Les gens mariés s'aiment toujours ? insista Kelly.

— Oui, en général, indiqua Meg.

— Et ils se séparent quand ils ne s'aiment plus, expliqua Kevin à sa sœur.

— Mais alors... vous arrêterez un jour de nous aimer, nous aussi, et... et... vous ne voudrez plus de nous ? balbutia la fillette.

Ses yeux se remplirent de larmes, ceux de Kevin aussi, et Meg, bouleversée, s'empressa de les rassurer :

— Bien sûr que non ! Nous vous aimerons toujours, votre père et moi. C'est quelque chose qui ne changera jamais.

— Vous avez pourtant arrêté de vous aimer, tous les deux ! objecta Kevin.

Sentant une migraine commencer de lui marteler les tempes, Meg décida de laisser Brody trouver un moyen de mettre fin à cette conversation gênante.

— L'amour entre un homme et une femme est très différent de celui qu'éprouvent des parents pour leurs enfants, dit-il. Vous le comprendrez mieux quand vous serez plus grands, mais tout ce que vous avez besoin de savoir pour l'instant, c'est que votre mère et moi, nous vous aimons très fort. Nous vous aimerons *toujours*. Vous n'avez donc pas à vous inquiéter pour ça, d'accord ?

Les jumeaux se fixèrent un instant, l'air pensif, puis, comme s'ils avaient conclu un accord tacite, ils se tournèrent d'un même mouvement vers leurs parents, et Kelly demanda :

— Si vous n'aviez pas arrêté de vous aimer, vous seriez encore mariés aujourd'hui ?

Meg et Brody échangèrent un nouveau regard. Que pouvaient-ils répondre à cela ?

— Oui, se décida finalement à déclarer la jeune femme en leur nom à tous les deux.

— C'est très simple, expliqua Kevin à sa sœur lorsque leur père fut sorti mettre la poubelle dehors et leur mère partie chercher de quoi nettoyer leurs visages maculés de glace au chocolat. On veut avoir une vraie famille et vivre tous ensemble dans la même maison, hein ? Alors on n'a qu'à se débrouiller pour que papa et maman s'aiment de nouveau, comme le jour de leur mariage.

— Oui, mais comment on va faire ? observa Kelly. Je connais bien maman, et elle ne veut pas aimer papa.

— Peut-être, mais s'ils se remariaient, elle serait obligée, puisqu'elle a dit que les gens mariés s'aimaient toujours.

Ils réfléchirent un moment en silence, puis Kelly suggéra :

— Et si on achetait un bouquet comme celui qu'a maman sur la cassette ?

— Bonne idée, et des bagues, aussi, comme celles qu'ils se mettent au doigt.

— Ça s'appelle des alliances, indiqua la fillette d'un air important.

Le retour de Meg dans la pièce interrompit la conversation. Elle leur tendit à chacun un gant de toilette humide et annonça d'un ton enjoué :

— Je vous laisse vous débarbouiller tout seuls... Mais je vous trouve bien graves, tous les deux... Qu'y a-t-il ?

— Rien ! répondirent-ils d'une même voix.

Voyant sa mère les fixer tour à tour, les sourcils froncés, Kevin comprit qu'elle se doutait de quelque chose. Ils devaient cependant garder le secret en attendant que leur plan soit au point.

Kevin avait souvent entendu son père dire qu'il suffisait de vouloir pour pouvoir, et comme sa sœur et lui avaient très, très envie de former une vraie famille, ils y arriveraient forcément.

— On peut regarder encore la vidéo de votre mariage avant qu'on parte, papa et moi ? demanda Kevin une heure plus tard à Meg, occupée à ranger le jeu de Mille Bornes auquel ils venaient de jouer tous les quatre.

— Ça ne prendra pas longtemps, souligna Kelly.

Meg le savait : la cérémonie n'avait pas duré plus de vingt minutes. Et elle souhaitait parler à Brody seule à seul, de toute façon.

— D'accord, répondit-elle.

Les jumeaux s'élancèrent aussitôt vers la porte, mais elle attendit d'entendre leurs pas dans l'escalier pour se tourner vers Brody et déclarer d'un ton ferme :

— Nous devons absolument dissiper leurs illusions.

— Le sens de leurs questions ne t'a donc pas échappé, à toi non plus ?

— Non. Il est évident qu'ils veulent nous réconcilier, et il faut leur faire clairement comprendre que c'est impossible.

Assis sur le canapé, les jambes allongées devant lui et les mains croisées derrière la tête dans une pose nonchalante, Brody paraissait se sentir là comme chez lui. Et Meg n'était pas loin de penser qu'il l'était, en effet, car sa présence dans la pièce y comblait un vide dont elle ne prenait que maintenant la mesure exacte. Etait-ce parce qu'il était le père de ses enfants ? Sans doute, mais pas seulement : un autre lien les unissait, celui d'un désir que les années n'avaient en rien diminué, et qui les attirait l'un vers l'autre comme un aimant invisible.

— Plutôt que dire aux jumeaux ce qui est impossible, si nous leur montrions ce qui est encore possible ? suggéra Brody.

— Je ne comprends pas.

— Emmenons-les demain au lac Tahoe.

— Quoi ?

— Ils se sont mis en tête que nous devions nous remarier, parce que nous habiterions ainsi tous ensemble et qu'ils en rêvent depuis que nous nous sommes retrouvés. Nous savons que cela n'arrivera pas, mais avec un peu de bonne volonté, nous pouvons malgré tout leur offrir des moments de vrai bonheur familial.

— Je suis d'accord, mais pourquoi veux-tu les emmener au lac Tahoe ? demanda Meg.

C'était là que Brody et elle s'étaient rencontrés, là qu'ils avaient fait l'amour pour la première fois, là qu'ils s'étaient mariés... et, moins d'un an plus tard, qu'ils avaient décidé de divorcer.

— C'est l'endroit qui a servi de cadre aux événements les plus marquants de notre vie à tous les deux, déclara Brody, et donc celui qui convient le mieux pour en ouvrir un nouveau chapitre.

Brody était sûr que Meg avait accepté cette excursion au lac Tahoe dans le seul but d'exorciser les démons du passé et de pouvoir ensuite se concentrer sur l'organisation pratique de leur avenir. Cela ne le surprenait pas : dans ses relations avec lui, elle avait toujours soufflé le chaud et le froid.

Pendant les six premiers mois de leur liaison, elle jouait dans une comédie musicale avec une troupe itinérante. Il allait la retrouver dans les villes où se donnaient les représentations, et jamais il n'avait connu femme plus romantique et plus passionnée. Mais quand une grossesse imprévue avait précipité leur mariage, tout avait changé. Meg avait compris qu'elle ne pourrait plus jouer dès que sa grossesse serait visible, et que son rêve de jouer le spectacle à Broadway avec le reste de la troupe ne se réaliserait jamais. Elle s'était sentie piégée et n'avait plus ensuite regardé Brody qu'avec de la tristesse, de la déception ou, pire encore, une gaieté forcée dans les yeux.

A partir de ce moment-là, une gêne et une distance grandissantes s'étaient établies entre eux, privant leurs rapports de tout ce qu'ils avaient auparavant d'insouciant et de spontané. C'était comme si Meg avait élevé une muraille autour de son cœur et forcé Brody à faire de même.

Le destin les avait maintenant réunis, et le temps n'avait visiblement pas éteint la flamme de leur passion d'autrefois, mais Brody était prêt, pour le bien de leurs enfants, à se contenter d'être l'ami de Meg.

Sa raison lui disait même qu'il y allait de son intérêt à lui aussi, car il aurait été stupide de s'exposer à un nouveau chagrin d'amour.

Au grand soulagement de leurs parents, aucune des innombrables questions que posèrent les jumeaux pendant le vol de Seattle à Reno, puis le trajet en voiture jusqu'au lac Tahoe, ne porta sur le mariage, le divorce ou les relations hommes femmes en général.

Et lorsqu'ils se furent installés dans le bungalow que Brody avait loué au bord du lac, une suite ininterrompue d'activités accapara l'attention des enfants : Meg et Brody les emmenèrent se promener en bateau pour qu'ils puissent admirer le paysage majestueux des montagnes qui entouraient le lac ; ils dînèrent sur la rive léchée par des eaux d'un bleu profond et, lorsque le soleil commença de descendre sur l'horizon, ils mirent un pull-over afin de pouvoir rester dehors malgré la fraîcheur de cette soirée de septembre.

Kevin et Kelly ne cachaient pas leur joie de passer ainsi tout un week-end avec leurs parents, mais une fois couchés dans les lits jumeaux de leur chambre, leur humeur changea brusquement.

— Je ne veux pas rentrer à Seattle ! décréta Kelly à

Brody quand il se pencha pour l'embrasser. Je veux rester dans cette maison pour toujours !

— Moi aussi, annonça Kevin. On est trop bien, ici !

— Je comprends, dit Meg d'une voix apaisante, mais c'est impossible.

— Nous devons reprendre l'avion pour Seattle demain après-midi, de façon à ce que vous puissiez vous reposer avant de retourner à l'école lundi matin… Vous aimez bien l'école, non ?

— Oui, mais c'est mieux ici, répliqua Kelly, parce qu'on y a un papa et une maman tout le temps.

— Exactement ! s'écria son frère.

— Votre père et moi vous avons déjà expliqué que nous vous aimons tout le temps, et pour toujours, même si nous ne vivons pas ensemble, leur rappela Meg en s'asseyant au bord du lit de Kelly. Maintenant, je vais vous lire une histoire, et vous vous endormirez ensuite bien sagement, d'accord ?

Les enfants firent oui de la tête, visiblement déçus de ne pas avoir obtenu gain de cause, mais trop désireux d'écouter une histoire pour discuter plus longtemps.

Brody quitta alors la pièce pour allumer un feu dans le séjour : la maison commençait à se refroidir. Il venait de mettre le pare-étincelles devant la cheminée quand Meg le rejoignit. Elle portait un jean et un gros chandail de laine, et ses cheveux, attachés par un ruban sur sa nuque, retombaient en une masse de boucles flamboyantes dans son dos. Avec ses joues rosies par le grand air et ses yeux brillants comme des émeraudes, elle était si belle que Brody sentit une vague de désir le submerger avec la soudaineté et la puissance d'un raz de marée.

Pour se donner le temps de se ressaisir, il déboucha la bouteille de cabernet offerte par l'agence qui louait le bungalow, remplit deux verres et en apporta un à Meg, maintenant pelotonnée sur le canapé.

— Les enfants dorment ? parvint-il à lui demander d'une voix presque normale.

— Oui, et heureusement, parce que je suis fatiguée d'essayer de leur faire comprendre que nous n'habiterons jamais tous les quatre ensemble.

— C'est une idée qu'ils ne semblent pas prêts à accepter, en effet.

— Ils voient dans cette journée en famille la preuve que nous pouvons nous entendre, toi et moi. Ils ignorent que nous étions si malheureux, lors de notre dernier séjour ici, que nous avons décidé de nous séparer.

Un flot de souvenirs assaillit Brody. Il s'assit près de Meg, but une gorgée de vin, puis murmura, les yeux fixés sur les flammes :

— Oui, je m'en souviens... Je t'avais amenée ici pour te dire que tout était réglé : j'avais signé les papiers avec oncle Roarke, et nous allions déménager en Irlande, tous frais payés.

Mais il se rappelait aussi sa surprise devant la réaction de Meg : au lieu de se réjouir de l'avenir prometteur qui s'ouvrait devant lui, au lieu de lui être reconnaissante de se donner les moyens de subvenir aux besoins de sa famille, elle s'était sentie trahie.

— Et je t'avais juste avant annoncé une grande nouvelle, moi aussi, déclara-t-elle avec une pointe d'amertume dans la voix. On venait de me proposer un rôle dans un spectacle de Broadway — un second rôle, mais c'était l'occasion ou jamais de percer dans le milieu du théâtre new-yorkais après des années de tournées en province.

— Et tu l'as saisie… Tu es partie pour New York le soir même…

— Je n'avais pas le choix : les répétitions commençaient deux jours plus tard. J'avais tout juste le temps de faire le voyage et de poser mes valises dans la chambre d'hôtel que le metteur en scène m'avait réservée avant de foncer au théâtre.

— Je ne savais pas que tu avais décroché ce rôle.

— Et moi, je ne savais pas que tu étais en négociation avec ton oncle pour monter ta propre société.

— Il nous en avait pourtant parlé au téléphone, après notre mariage…

— Oui, mais je pensais qu'il s'agissait de promesses en l'air, le genre de projet que les Irlandais échafaudent sans vraiment y croire eux-mêmes.

— Ça l'était… jusqu'à la naissance des jumeaux. Oncle Roarke s'est alors dit qu'il devait prendre les choses en main ; faute de quoi, ma famille irlandaise n'aurait pas pu nous connaître.

Meg soupira, et Brody, tournant la tête vers elle, lut de la tristesse dans ses yeux.

— Ton oncle n'aurait pas pu choisir plus mal son moment, observa-t-elle.

— Ce n'était pas juste une question de moment. Il faut regarder les choses en face, Meg : avec ou sans l'intervention de Roarke, nous nous serions séparés. A cette époque, rien ni personne ne nous semblait plus important que nos ambitions professionnelles.

Et, même s'il répugnait à l'admettre, le travail avait alors procuré à Brody un sentiment d'accomplissement que le mariage ne lui avait pas apporté.

Meg ouvrit la bouche pour protester, mais il lui fit signe de le laisser poursuivre et enchaîna :

— Notre couple et notre famille n'étaient pas notre priorité. Si cela avait été le cas, je ne serais jamais allé m'installer en Irlande sans toi, et tu ne serais pas partie à New York. Nous aurions trouvé un moyen de rester ensemble.

— Mais nous ne nous sommes même pas donné la peine d'en chercher un, souligna Meg, et ce n'est guère surprenant, dans la mesure où nous nous étions mariés uniquement parce que...

Les mots moururent sur ses lèvres, et Brody compléta :

— Tu étais enceinte.

— Oui.

— Cette grossesse nous a causé un choc à tous les deux, puisque nous avions toujours pris des précautions, mais l'idée d'avoir un enfant avec toi m'a tout de suite rendu très heureux. Et je l'ai été doublement en apprenant que nous allions avoir des jumeaux.

— Moi aussi, mais nous n'aurions pas dû nous marier juste pour régulariser la situation.

— Je ne t'ai épousée ni par devoir, ni par souci des convenances, objecta Brody, et tu le sais très bien !

Il avait voulu fonder la famille aimante que Meg et lui n'avaient pas eue, mais elle ne le comprenait visiblement pas.

— Tout ce que je sais, s'écria-t-elle en se tournant vivement vers lui, c'est que, sans cette grossesse et la perte d'emploi qui en a résulté pour moi, nous ne nous serions pas mariés à ce moment-là ! Nous aurions continué comme avant de nous voir régulièrement, mais en menant notre vie chacun de notre côté dans l'intervalle. Il y avait quelque chose d'excitant à nous retrouver ainsi dans des villes toujours différentes, et nous brûlions de passion l'un pour l'autre ; mais nous nous connaissions à peine !

Brody, qui s'était demandé si Meg se rappelait leurs nuits torrides d'autrefois, avait maintenant la réponse.

— Et ce genre de passion disparaît toujours avec le temps, conclut-elle d'une voix ferme.

— Tu racontes des bêtises !

— Pardon ?

Certain que Meg l'avait parfaitement entendu, Brody jugea inutile de répéter, mais il ne comptait pas pour autant la laisser nier l'évidence.

Alors il lui souleva le menton, la regarda droit dans les yeux et déclara en articulant bien ses mots :

— Le temps n'a en rien diminué notre passion l'un pour l'autre, au contraire.

# 7.

Meg n'avait jamais su mentir, et elle se sentit rougir sous le regard scrutateur de Brody.

— P... pourquoi dis-tu cela ? bredouilla-t-elle.

— Parce que c'est la vérité, répondit-il en lui prenant la main et en la portant à ses lèvres. Seul notre amour-propre nous a empêchés jusqu'ici d'agir en conséquence.

— Non, les choses sont différentes, aujourd'hui, protesta la jeune femme bien que le contact de cette bouche sur sa peau suffise à mettre tous ses sens en émoi.

— En quoi sont-elles différentes ? demanda Brody.

Consciente de la nécessité de s'éloigner de lui, Meg dégagea sa main, se leva et alla s'appuyer au montant de la cheminée avant d'expliquer avec autant de conviction qu'elle en était capable :

— Nous éprouvions une attirance irrésistible l'un pour l'autre, autrefois. Ce n'est plus le cas.

Un lent sourire se forma sur les lèvres de Brody.

— Tu crois ? observa-t-il d'une voix sensuelle qui la fit frissonner de la tête aux pieds.

Puis il la rejoignit et, toujours souriant, l'enlaça et l'attira vers lui.

Le cœur battant, elle posa les mains sur sa large poitrine, inspira à fond et déclara :

— Brody...

Elle avait voulu parler d'un ton sévère, pour le persuader de la lâcher, alors pourquoi avait-elle finalement prononcé son nom dans un murmure aussi doux qu'une caresse ?

Le sourire de Brody exprimait maintenant un mélange de compréhension et d'affection qui acheva de la troubler.

— Je vais être honnête avec toi, Meg : j'ai eu envie de t'embrasser toute la journée et toute la soirée, dit-il. Et comme je sais que tu en as envie, toi aussi...

La pause qu'il marqua ensuite devait être destinée à lui laisser le temps de réfléchir, pensa la jeune femme, mais elle n'était plus en état de le faire, et quand, interprétant à juste titre son silence comme un consentement, il se pencha vers son visage, elle lui tendit ses lèvres sans l'ombre d'une hésitation.

Le long baiser qu'ils échangèrent déclencha en elle les mêmes sensations grisantes qu'autrefois, mais, curieusement, à la passion s'ajoutait aujourd'hui une immense tendresse, et au plaisir un profond sentiment d'osmose. Pour la première fois de sa vie, Meg se sentait vraiment protégée, respectée, acceptée telle qu'elle était.

Alors elle passa les bras autour du cou de Brody et se serra plus fort contre lui. Il l'embrassait avec une sorte de frénésie, comme s'il s'était langui d'elle pendant toutes ces années et en avait assez, comme elle, de prétendre le contraire.

Un feu liquide courait dans ses veines, et elle se haussa sur la pointe des pieds pour mieux s'offrir et répondre aux assauts d'une bouche qui buvait à la sienne avec une avidité grandissante. Un instant plus tard, il glissait une main sous son chandail, refermait les doigts sur un sein à la pointe durcie, et elle poussa un gémissement tandis qu'un violent frisson la secouait.

— Brody..., répéta-t-elle. Les enfants...

— Ils dorment, murmura-t-il.

Meg se rendait compte qu'elle ne l'avait encore jamais autant désiré, mais cela ne voulait pas dire que c'était le bon moment et le bon endroit pour céder à ce désir. Ni même, d'ailleurs, qu'il y aurait jamais un bon moment et un bon endroit pour le satisfaire.

— Mais ils pourraient se réveiller, souligna-t-elle en s'obligeant à reculer d'un pas.

— Alors il ne faut pas faire de bruit, se contenta d'observer Brody avec un sourire amusé.

Il l'attira ensuite de nouveau contre lui et traça un sillon de baisers le long de son cou et de sa gorge. Mille sensations fusaient en elle, et plus rien n'eut soudain d'importance que la caresse de ces lèvres chaudes sur sa peau, que l'envie, d'une intensité presque douloureuse, d'aller jusqu'au bout de sa passion.

La force même de cette passion finit cependant par l'alarmer et, faisant appel à ce qu'il lui restait de volonté, elle repoussa Brody en déclarant :

— Non, nous ne pouvons pas redevenir amants juste parce que les circonstances s'y prêtent.

— C'est ainsi que tu vois les choses ? demanda-t-il d'une voix teintée d'amertume.

Désemparée, consciente d'être plus vulnérable qu'elle ne l'avait été depuis très longtemps, la jeune femme se détourna. Elle refusait qu'ils se servent l'un de l'autre pour se sentir moins seuls, parce que, pas plus qu'une simple attirance physique, cela ne constituait pas une base assez solide pour construire une relation.

— Ce que je veux dire, répondit-elle, c'est que l'idée de renouer ne nous serait pas venue si nous n'avions décidé au même moment de nous installer à Seattle. Et nous ne sommes plus seuls en cause, aujourd'hui : nous devons penser à Kevin et à Kelly.

Brody parut se détendre, et ce fut avec un sourire d'une infinie tendresse qu'il murmura :

— Je pense à eux, justement. Tu les as entendus, tout à l'heure… Ils souhaitent que nous vivions tous les quatre ensemble, comme une vraie famille.

Mais lui, Brody, que voulait-il ? s'interrogea Meg. Voyait-il dans l'éventuelle reprise de leur vie commune autre chose qu'un moyen de joindre l'utile — l'intérêt des enfants — à l'agréable — la satisfaction de son désir pour elle ?

— Nous nous sommes autrefois mariés pour de mauvaises raisons, observa-t-elle. Cela s'est mal terminé, et je n'ai pas l'intention de refaire la même erreur. Je te propose donc mon amitié, pour le bien des jumeaux, mais rien de plus dans l'immédiat.

— J'ai cru un moment pouvoir m'en contenter, mais la journée d'aujourd'hui m'a prouvé que je me trompais. Tu es bien sûre de…

— Oui ! coupa Meg.

Brody la fixa un moment sans chercher à cacher sa frustration, puis il soupira, l'emmena se rasseoir sur le canapé et dit d'un ton soudain neutre, presque froid :

— Dans ce cas, nous allons passer au sujet dont j'avais prévu à l'origine de te parler ce soir.

Contre toute logique, ce brusque changement d'attitude piqua la jeune femme au vif. Elle avait atteint son objectif, non ?... Alors, pourquoi trouvait-elle que Brody avait accepté sa décision un peu trop facilement ? Parce qu'il lui était difficile, à elle, de s'y tenir alors qu'ils savouraient un verre de vin devant un bon feu de bois et que leurs enfants endormis au premier étage étaient là pour leur rappeler un lien qui les unirait toujours, quoi qu'il arrive ?

— Je t'écoute, murmura-t-elle.

— J'ai ouvert dans une banque de Seattle trois comptes, respectivement destinés à Kevin, à Kelly et à toi. J'ai mis sur chacun une grosse somme d'argent, qui rapportera en outre des intérêts substantiels. Même si tu arrêtais définitivement de travailler demain, tu aurais donc largement de quoi vivre.

— Pourquoi as-tu fait cela ? demanda Meg, stupéfaite. Je comprends que tu veuilles assurer l'avenir des enfants, et je sais que tu en as les moyens ; mais moi ?

— Je m'estime responsable de la sécurité matérielle de ma famille, répondit Brody en plongeant les yeux dans les siens.

Quand il la regardait ainsi, elle avait l'impression d'être encore sa femme, mais elle ne l'était plus et ne le redeviendrait jamais.

— Nous sommes divorcés, souligna-t-elle — autant pour le lui rappeler que pour s'empêcher, elle, de l'oublier.

— Peu importe ! Tu es la mère de mes enfants, et je veux avoir la certitude que tous tes besoins seront toujours satisfaits.

Cette façon d'agir sans la consulter avant lui ressemblait bien ! songea Meg. Il décidait unilatéralement de choses qui la concernaient pourtant personnellement, et la mettait ensuite devant le fait accompli…

Comme s'il lisait dans ses pensées, Brody demanda alors :

— Cette initiative te contrarie ?

— Elle m'évoque de mauvais souvenirs, certains qui datent de notre vie commune, et d'autres qui remontent à beaucoup plus loin.

— Parce que tes parents étaient divorcés, comme nous, et qu'ils ont eu des dispositions financières à prendre ?

Meg hésita à parler à Brody des blessures qu'il venait de raviver. A l'époque de leur liaison, puis de leur mariage, elle s'efforçait de les cacher, préférant adopter une attitude optimiste plutôt que de remâcher son enfance malheureuse. Cela l'avait aidée dans son travail et ses rapports quotidiens avec les gens, mais sa relation avec Brody avait pâti de cette dissimulation.

Si elle voulait maintenant que les choses changent entre eux, il lui fallait donc faire preuve de plus de franchise : pour que Brody la comprenne comme elle désirait l'être, il devait savoir ce qu'elle ressentait, et pourquoi.

— L'argent a toujours été un problème dans ma famille, expliqua-t-elle. Quand mes parents étaient encore mariés, ils n'arrivaient pas à s'entendre sur la façon de le dépenser, et quand ils se sont séparés, il a continué de constituer une pomme de discorde, parce qu'il n'y en avait pas assez pour leur permettre à tous les deux de maintenir le train de vie auquel ils étaient accoutumés. Et même plus tard, lorsqu'ils sont parvenus à régler leurs différends dans ce domaine, ils ont gardé la mauvaise habitude d'utiliser l'argent pour me dédommager du mal qu'ils m'avaient infligé. Ils ne m'ont pas ouvert un compte en banque, eux, mais ils m'offraient une robe, ou une voiture, ou un séjour à la montagne... Le principe était cependant le même : leur « générosité » servait avant tout à les délivrer de leur mauvaise conscience et — pensaient-ils — à me faire oublier ce qui s'était passé avant.

Brody l'avait écoutée avec une extrême attention, et dans les yeux ce qu'elle avait espéré y voir : non pas de la compassion, mais de la compréhension.

— J'aimerais te dédommager de toutes les peines que j'ai pu te causer autrefois, déclara-t-il d'une voix douce, et je reconnais que c'est l'une des raisons de ma « générosité », même si ce n'est pas la seule. Je sais aussi que tu as souffert, pendant ton enfance, d'être constamment ballottée entre tes parents, et que cela t'a rendue méfiante, vis-à-vis du mariage et du divorce.

— J'ai également souffert du fait que l'on me dicte constamment la manière dont je devais agir et réagir.

Meg s'interrompit, réticente à blesser Brody alors qu'il lui témoignait une telle sollicitude ; mais l'établissement de relations plus proches entre eux exigeait une parfaite honnêteté de sa part, aussi reprit-elle :

— Quand nous nous sommes mariés, j'ai cru que les choses allaient changer, mais tu as adopté exactement la même attitude que mes parents : tu décidais de tout à ma place, et si je n'étais pas d'accord, tu me disais que tu savais mieux que moi ce qu'il fallait faire. Tu refusais même d'en discuter !

— En tant que chef de famille, je..., commença Brody.

— Tout le problème est là ! Ce n'était pas un « chef » dont j'avais besoin, mais d'un compagnon qui me traiterait comme son égale, qui m'écouterait et tiendrait compte de mes opinions.

— Je t'ai donc déçue.

— Oui.

— Mais toi aussi, tu m'as déçu.

Ces mots laissèrent la jeune femme sans voix. L'idée que Brody pourrait lui aussi avoir envie d'exprimer ses sentiments ne lui avait pas traversé l'esprit.

— En quoi t'ai-je déçu ? finit-elle par demander.

— En te comportant comme si l'engagement que nous avions pris l'un envers l'autre était un boulet à traîner, et non une promesse qui venait du cœur.

Un flot d'émotions dont Meg n'aurait su préciser la nature l'envahit. Brody lui étant toujours apparu comme un homme essentiellement pragmatique, jamais elle n'aurait cru l'entendre un jour faire ce genre de déclaration.

— Pour toi, les serments que nous avons échangés il y a cinq ans n'étaient donc pas une simple formalité ? observa-t-elle.

— Bien sûr que non ! Comment peux-tu le penser ?

— Peut-être parce que, à partir du moment où tu as été au courant de ma grossesse, tu as considéré notre situation comme un problème à régler, répondit Meg d'un ton sarcastique.

— Tu me reproches d'avoir été réaliste ?

— Tu as surtout manqué de la délicatesse la plus élémentaire. Tu ne m'as même pas demandée en mariage !

— Pas directement, non, mais…

— Tu t'es contenté de me dire que ton assurance maladie ne prendrait en charge les frais médicaux liés à cette grossesse et à l'accouchement que si nous étions mariés.

Et comme elle était sur le point de perdre son travail et la couverture sociale qui allait avec, Meg avait dû ravaler son orgueil et accepter sans discuter le plan de Brody.

C'était également l'orgueil qui l'avait ensuite poussée à agir comme si leur mariage était pour elle aussi une solution adoptée par nécessité, et non un choix dicté par l'amour, mais cette situation lui avait brisé le cœur. Elle ignorait alors que Brody endurait les mêmes tourments, et qu'il le cachait lui aussi par orgueil.

Songeant aux souffrances qu'ils s'étaient infligées mutuellement sans le savoir, elle ressentit une immense tristesse et, d'un geste impulsif, elle prit les mains de Brody dans les siennes.

— Je suis désolée, murmura-t-elle, au bord des larmes. Je n'ai jamais eu l'intention de te faire du mal.

— Moi non plus, et pourtant nous nous en sommes fait… Ecoute, nous ne pouvons pas changer le passé, mais le fait d'en avoir parlé devrait maintenant nous permettre de l'oublier et de repartir sur de nouvelles bases… Qu'en penses-tu ?

Bien que Meg trouvât cette idée très séduisante, elle s'obligea à tempérer son enthousiasme. Elle ne voulait pas précipiter les choses et risquer ainsi de connaître un deuxième chagrin d'amour. La femme romantique et passionnée qui n'avait jamais cessé de vivre en elle lui disait cependant que toute résistance était vaine : elle rêverait toujours de conquérir l'amour de Brody, elle nourrirait toujours le secret espoir d'un avenir heureux avec lui.

— Tu crois vraiment que les choses peuvent être différentes, cette fois ? déclara-t-elle.

Le sourire qu'il lui adressa semblait venir du fond du cœur.

— Cela ne dépend que de nous, répondit-il avant de se pencher vers elle et de lui effleurer la tempe d'un baiser.

# 8.

— Alors, où en êtes-vous, Brody Taylor et vous ? demanda Katherine Kinard à Meg, venue s'asseoir à la table du Caffeine Hy's qu'elle occupait avec ses deux associées.

— Comment cela ? dit Meg, méfiante, en posant son sac, son porte-documents et son parapluie près de sa chaise.

Il ne pleuvait pas encore, mais la météo avait annoncé l'arrivée d'une grosse perturbation dans l'après-midi et, à en juger par les nuages noirs qui s'amoncelaient dans le ciel, elle ne s'était pas trompée.

— Kevin et Kelly racontent à tout le monde que vous avez passé le week-end tous les quatre ensemble, répondit Katherine. Et pas n'importe où : au lac Tahoe, là où Brody et vous êtes tombés amoureux l'un de l'autre !

Oh ! non, songea Meg. Ils avaient effectivement dit aux enfants qu'ils s'étaient rencontrés et mariés au bord de ce lac, mais pas que c'était aussi l'endroit où ils avaient décidé de se séparer. Ils avaient visiblement eu tort, car les enfants avaient mal interprété cette tentative pour leur montrer qu'ils pouvaient malgré tout former une famille. Et ces deux jours durant lesquels pas une fois le mot de divorce n'avait été prononcé n'avaient fait qu'alimenter leurs espoirs de voir leurs parents se réconcilier.

— C'est donc vrai ? s'enquit gaiement Alexandra Webber.

— Oui, vous allez reprendre la vie commune, tous les deux, après toutes ces années ? renchérit Hannah Richards, ses yeux bleus brillant d'excitation.

— Holà ! Pas si vite ! s'écria Meg en levant la main pour stopper cet interrogatoire.

Dehors, sur la terrasse, le clochard qu'elle ne cessait de croiser dans le quartier était attablé devant un sandwich et un café malgré la pluie qui menaçait.

— Il n'est pas question que nous nous remettions ensemble, Brody et moi, ajouta-t-elle d'un ton ferme.

C'était cependant ce qu'elle commençait à espérer en secret. La voix de sa raison avait beau lui rappeler les risques que comportait ce projet, il la tentait de plus en plus.

— Peut-être, observa Katherine, mais Kevin et Kelly, eux, sont persuadés du contraire.

Sa nature généreuse la poussait à prendre sous son aile tous les gens qu'elle côtoyait — y compris Meg, pourtant de cinq ans son aînée et qui, contrairement à elle, avait l'expérience du mariage et de la maternité. En cet instant précis, le sort de Meg semblait lui inspirer autant de sollicitude que celui de Carlos, son fils adoptif.

— J'ai discuté avec Carmen Perez, tout à l'heure, poursuivit-elle. Elle m'a dit que les jumeaux n'avaient cessé de parler de votre prochain remariage pendant toute la matinée.

Sachant que Carmen n'aurait pas rapporté les propos des enfants à Katherine s'ils ne l'avaient quelque peu inquiétée, Meg déclara avec véhémence, mais sans pouvoir s'empêcher de rougir :

— Kevin et Kelly ont trop d'imagination.

— Je crois que vous devriez le leur expliquer clairement, indiqua Alexandra.

— C'est bien mon intention !

Puis, se sentant en confiance avec ces trois jeunes femmes qu'elle considérait déjà presque comme des amies, elle leur raconta les événements du week-end. Juste au moment où elle terminait son récit, Millie Gallagher apporta leur commande. Petite et menue, avec des cheveux blonds frisés et de beaux yeux bleu-gris, elle travaillait dans la cuisine de l'école le matin, et au Caffeine Hy's l'après-midi.

— Vous êtes sûre que les enfants n'ont pas senti quelque chose de fort passer entre Brody et vous ? demanda Alexandra. Quelque chose que vous n'êtes vraiment prêts à admettre ni l'un ni l'autre ? Ils n'auraient pas complètement tort, dans ce cas : ils ne feraient que se livrer à des conclusions hâtives.

— C'est vrai, dit Meg en rougissant de plus belle. Malgré nos désaccords, j'ai encore beaucoup d'affection pour Brody, et je crois que c'est réciproque.

Quant à savoir si leur relation en resterait là ou non, Meg elle-même l'ignorait.

— Alors ce doit être cette profonde affection que vos enfants perçoivent, observa Katherine d'un ton conciliant.

Elle ne semblait cependant pas convaincue, et son intuition ne la trompait pas, pensa Meg un quart d'heure plus tard en se dirigeant vers l'école sous la pluie qui avait commencé de tomber.

Ses sentiments pour Brody allaient en effet bien au-delà de la simple *affection*, mais elle ne pouvait pas les lui avouer. Cela le mettrait mal à l'aise, ou rendrait la situation plus compliquée encore qu'elle ne l'était déjà.

Car Meg connaissait Brody… Les baisers passionnés qu'ils avaient récemment échangés prouvaient que leur désir avait résisté au temps, mais s'il apprenait qu'elle éprouvait pour lui plus que de l'attirance physique, il risquait de se servir de cette révélation comme d'une arme pour la persuader de transformer en réalité le rêve des jumeaux de réunir toute la famille sous le même toit.

Il le ferait avec les meilleures intentions du monde, bien sûr, pour que Kevin et Kelly connaissent le bonheur familial que ni Meg ni lui n'avaient eu enfants… Il le ferait peut-être aussi, plus égoïstement, parce que la solitude lui pesait, mais quelles que soient ses motivations, il ne se contenterait pas d'une relation clandestine : c'était un homme qui agissait toujours ouvertement, et qui ne supporterait pas longtemps d'entretenir une liaison avec la mère de ses enfants sans vouloir la convertir, pour des raisons d'ordre à la fois pratiques et morales, en union légitime.

Autrement dit, si Brody et elle redevenaient amants, il finirait par souhaiter qu'ils se remarient. Il oublierait les obstacles qui se dressaient toujours entre eux et mettrait tout en œuvre pour atteindre son objectif.

Le risque de nouvelles blessures aurait moins effrayé Meg s'ils avaient été seuls en cause, mais ce n'était pas le cas : ils devaient penser aux enfants… Et à ce propos, songea-t-elle en refermant son parapluie avant de franchir le seuil de l'établissement, il allait lui falloir parler en tête à tête avec Brody de cette rumeur de remariage que les jumeaux propageaient dans l'école.

L'occasion s'en serait présentée quand il vint chercher Kevin en fin d'après-midi... si les enfants ne s'étaient précipités au-devant d'eux à peine leur dernière heure de classe terminée.

— Kevin peut dormir à la maison ce soir ? demanda Kelly à Meg.

— Je peux aller dormir chez Kelly et maman ce soir ? demanda Kevin à son père au même moment.

— C'était trop cool de coucher dans la même chambre, avant-hier, expliqua la fillette. On veut recommencer !

— Oui, on veut recommencer ! répéta son frère.

Ils se prirent ensuite par la taille, et leurs petits visages exprimaient tant d'espoir, ils illustraient si bien le lien très particulier propre aux jumeaux, qu'il paraissait impossible à Meg de rien leur refuser. En les séparant à l'âge de deux mois, Brody et elle les avaient déjà privés de tellement de choses... Elle se tourna vers lui et vit qu'il était aussi ému qu'elle par leur requête.

— Normalement, ça ne me poserait pas de problème, lui dit-elle, mais Drew Kinard et Julia Stanton doivent venir ce soir chez moi pour choisir les morceaux que je chanterai à l'église le jour de leur mariage, et je ne pourrai pas m'occuper d'eux et des enfants en même temps.

— On sera sages, promit Kevin. On restera en haut, dans la salle de jeux, et on ira se coucher tout seuls.

— Oui, on sera très, très sages, renchérit sa sœur en hochant vigoureusement la tête.

Meg ne doutait pas de leur sincérité, mais elle hésitait encore. C'était à la chanteuse professionnelle que Drew et Julia s'étaient adressés, et elle se devait de leur accorder toute son attention, ce que la présence de deux enfants turbulents dans la maison lui interdirait. L'idée de décevoir soit les premiers, soit les seconds lui déplaisait, mais comment faire autrement ?

— Je peux surveiller les petits dans la salle de jeux pendant que tu reçois les futurs mariés au rez-de-chaussée, si tu veux, proposa Brody.

Il n'avait pas fini de parler que les jumeaux poussaient un cri de joie et couraient chercher leurs cartables.

— Il faut que je sois à l'aéroport à 22 heures au plus tard, mais je suis libre en début de soirée, enchaîna Brody.

— A l'aéroport ?

— Oui, je dois aller à Austin pour visiter cette société de création de logiciels qu'oncle Roarke me conseille de racheter, et il m'a envoyé son jet privé.

— Comment te serais-tu débrouillé, si je n'avais pas pu accueillir Kevin pour la nuit ?

— Je l'aurais emmené, déclara Brody avec un haussement d'épaules désinvolte, et laissé à la garde de Roarke le temps d'aller à mes rendez-vous.

— Tes recherches pour trouver une nurse n'ont toujours pas abouti ?

Une expression gênée se peignit sur le visage de Brody, et il passa la main dans ses cheveux mouillés avant de répondre :

— J'ai eu trop à faire, récemment, pour m'en occuper. Il faudra pourtant que j'en engage une quand je serai obligé de me remettre à voyager.

« Pas nécessairement », songea Meg, car une idée venait de se former dans son esprit.

— Et si tu me confiais Kevin lorsque tu dois t'absenter ou rester au bureau jusqu'à tard le soir ? suggéra-t-elle impulsivement.

— Ça ne t'ennuierait pas ?

— Au contraire ! s'écria Meg, le cœur rempli de joie à la pensée de voir ainsi son fils plus souvent.

Et Brody également, elle était trop honnête pour le nier — mais assez prudente pour lui laisser croire que seule la réjouissait cette possibilité de passer plus de temps avec son fils.

— Alors j'accepte, bien sûr ! déclara Brody, l'air aussi heureux qu'elle de cet arrangement.

— Tu vas un jour partir encore loin, très loin, papa, et je ne te verrai plus pendant très, très longtemps ? demanda Kelly quelques heures plus tard.

Comme convenu, Brody gardait les jumeaux dans la salle de jeux pendant que Meg recevait Drew et Julia au rez-de-chaussée. Il était assis par terre, en train d'aider Kelly à habiller ses Barbie tandis que Kevin, le front plissé par la concentration, faisait un dessin pour Meg.

C'était la première fois de sa vie que Brody tenait une poupée dans ses mains et, contre toute attente, il ne se sentait pas ridicule. Mieux encore, il s'amusait vraiment !

La question de sa fille le ramena cependant à un passé qui lui donnait de plus en plus mauvaise conscience au fil des jours, et ce fut d'un ton grave qu'il répondit :

— Non, nous ne serons plus jamais séparés.

— Tant mieux, parce que j'aime bien jouer avec toi !

— Moi aussi, j'aime bien jouer avec toi, dit-il en souriant tendrement à la fillette.

Comme il aimait la regarder, l'écouter, découvrir ses goûts et son caractère…

Kelly posa sa poupée, alla s'asseoir sur les genoux de son père et se blottit contre lui dans un geste si naturel, si spontané qu'il en eut les larmes aux yeux.

— Est-ce que ton papa jouait avec toi, quand tu étais petit ? s'enquit-elle.

Cette question ramena Brody à un passé plus lointain, mais lui aussi douloureux, et il s'éclaircit la voix avant de déclarer :

— Je n'ai pas beaucoup connu mon papa.

Son père avait quitté le domicile conjugal alors que Brody avait juste sept ans, mais la façon dont il lui avait expliqué ce départ restait gravée dans sa mémoire : « Je n'ai rien à faire ici. Je n'aime pas ta mère et je ne suis pas un bon père. Vous serez plus heureux sans moi. »

Il avait eu l'air de considérer qu'il leur rendait service en s'en allant, et peut-être était-ce le cas, après tout… Autant que Brody s'en souvienne, ses parents ne pouvaient pas se parler sans se disputer, et leur séparation avait au moins mis un terme à l'atmosphère de guerre permanente qui régnait dans la maison.

— Et ta maman, elle jouait avec toi ? reprit Kelly.

Brody dut de nouveau faire un effort pour parler d'un ton posé, comme s'il n'avait pas vraiment souffert de l'indifférence de ses parents.

— Son travail l'occupait beaucoup.

— Mais tu lui demandais de jouer avec toi ?

— Oui, quelquefois.

Avec pour seul résultat de rendre sa mère encore plus irritable qu'elle ne l'était déjà…

— Et qu'est-ce qu'elle disait ? insista Kelly.

« Tu ne vois donc pas que je n'ai pas une minute à moi, qu'à cause de ton bon à rien de père, je dois subvenir seule à tous nos besoins ? »

Certaines douleurs s'estompaient avec les années, mais ne disparaissaient jamais complètement, songea Brody, la gorge nouée.

— Elle disait qu'elle n'avait pas le temps, se borna-t-il cependant à répondre.

C'était le leitmotiv de sa mère, quoi qu'il lui demande. Elle n'avait assisté à aucun des matchs de football qu'il avait joués avec l'équipe de son école, elle ne l'avait pas accompagné le jour où il s'était rendu dans la capitale de l'Etat pour participer à un concours d'informatique — qu'il avait gagné haut la main. Arrivée en retard à la cérémonie de remise des diplômes de son université, elle était repartie juste après, en refusant d'aller déjeuner avec lui…

Elle était morte quelques années plus tard, sans qu'il l'ait revue, et sans qu'il parvienne à la pleurer vraiment : cette disparition ne créait aucun vide dans son existence, car il s'était alors depuis longtemps résigné à ne rien attendre d'une mère qui ne l'avait jamais aimé.

— T'as l'air triste, remarqua Kelly.

Brody se força à lui sourire pour la rassurer, et pourtant elle avait raison : bien qu'il répugne à l'admettre, le souvenir d'une enfance où toute vie de famille lui avait été refusée l'attristait. Il regrettait d'autant plus les années que son inconséquence lui avait fait passer loin de sa fille. Il avait cru bien faire en la confiant à la garde exclusive de Meg, en lui évitant, comme à Kevin, des allers et retours incessants entre ses deux parents. Ils avaient pensé, Meg et lui, que leurs enfants grandiraient ainsi dans une atmosphère plus stable, plus sereine. Ce que les jumeaux n'avaient jamais connu ne pouvait pas leur manquer, s'étaient-ils dit, et ils leur avaient certes épargné les désagréments d'une garde partagée, mais ils les avaient aussi privés d'une moitié de leur famille.

A cette pensée, Brody serra sa fille plus fort contre lui. Le passé était le passé, mais il avait la ferme intention de réparer l'erreur commise autrefois et, pour commencer, de témoigner par des actes l'amour qu'il vouait à ses enfants.

Il en était là de ses réflexions lorsque Kevin, son dessin terminé, vint s'asseoir près de lui et demanda :

— Qui veut jouer aux Lego ?

— Moi ! s'écria Kelly. Toi aussi, papa ?

— Volontiers.

Ils passèrent la demi-heure suivante à construire ensemble un château fort, avec tourelles, donjon et remparts. Les jumeaux ne cessaient de rire et de parler tout en manipulant les petits blocs de plastique multicolores, et Brody se sentit plus heureux qu'il ne l'avait jamais été. Il aurait juste voulu que Meg soit là, mais elle ne tarderait sans doute pas à venir les rejoindre.

— Maman a une jolie voix, hein, papa ? observa soudain Kelly.

— Oui, une très jolie voix.

Brody écoutait Meg chanter une chanson d'amour après l'autre depuis le début de la soirée et, de tous les interprètes qu'il avait pu entendre dans sa vie, c'était elle qui le touchait le plus. Quand elle se produisait sur scène, la salle entière était captivée par sa présence et l'émotion qu'elle faisait naître. Drew et Julia avaient de la chance, qu'elle ait accepté de chanter à leur mariage !

— Moi aussi, je trouve que maman a une jolie voix, intervint Kevin, et elle nous apprend des belles chansons, à l'école. Des trucs de *Mary Poppins* et de *La Mélodie du bonheur*.

Oui, songea Brody, Meg avait beaucoup de talent, et elle avait fait un immense sacrifice en changeant de métier afin de pouvoir consacrer plus de temps à Kelly.

La visite des futurs époux dura plus longtemps que Brody ne le pensait : les jumeaux étaient déjà couchés lorsque les deux jeunes gens partirent. Il descendit alors au rez-de-chaussée, rapporta à Meg les compliments des enfants — et y ajouta les siens.

Cela parut la mettre mal à l'aise, sans doute parce que ses ambitions professionnelles avaient toujours été une source de conflit entre eux. Brody les lui avait souvent reprochées, et il s'en voulait maintenant, car après l'avoir de nouveau entendue chanter, il avait conscience de ne jamais lui avoir témoigné le respect qu'elle méritait.

Mais les choses allaient changer, décida-t-il brusquement. Il serait désormais plus à l'écoute d'une femme qu'il n'avait pas su apprécier à sa juste valeur.

L'heure tournait, et il aurait déjà dû être sur le chemin de l'aéroport, mais il ne pouvait se résoudre à quitter Meg tout de suite.

— Je ne cherche pas à te flatter, précisa-t-il. Tu as vraiment une très belle voix.

— Merci, murmura-t-elle avec un sourire timide.

— J'admire aussi beaucoup la qualité de ton interprétation.

— Je la dois aux cours d'art dramatique que j'ai suivis pendant toutes mes années de lycée.

— Mais il y a des choses qui ne s'apprennent pas... Le talent, par exemple.

Brody avait conscience de débiter des banalités, comme s'il parlait à une étrangère, et, après un petit silence, il rassembla son courage et déclara :

— Je regrette que tu aies dû renoncer au théâtre, et c'est ma faute : si je n'étais pas parti m'installer en Irlande, j'aurais été là pour m'occuper de Kelly pendant que tu travaillais.

Une lueur de surprise s'alluma dans les yeux de Meg, vite remplacée par une expression de méfiance. Elle avait manifestement envie de croire qu'il était sincère, mais sans être sûre de le pouvoir, et il le comprenait.

— Je n'ai pas complètement renoncé au théâtre, dit-elle. C'est le sujet des cours que je donne à l'université, et je vais essayer de monter un classique de la comédie musicale avec mes étudiants l'été prochain, quand les enfants auront un emploi du temps plus flexible.

— Tu m'autoriseras à assister avec eux à quelques répétitions ? Cela les intéressera beaucoup, et moi aussi.

— Bien sûr, et de ton côté, il faudra que tu les emmènes visiter ta succursale américaine.

— Je le ferai, promit Brody.

« Et j'aimerais te la montrer à toi aussi. Je voudrais que tu mesures le chemin que j'ai parcouru depuis notre séparation », ajouta-t-il intérieurement

Mais, craignant que ces mots ne soient mal accueillis, il se tut, et un nouveau silence s'installa dans la pièce.

— Euh… il est tard, conclut-il enfin. Je dois m'en aller.

Meg l'accompagna jusqu'à la porte, mais elle paraissait aussi réticente à le laisser partir qu'il l'était à la quitter.

— Quand reviens-tu ? demanda-t-elle.

— Je ne le sais pas encore : dès demain si je renonce à acheter cette société, mais sans doute pas avant la fin de la semaine si j'entame des négociations. Cela te pose un problème ?

— Non, aucun.

Tirant une clé de sa poche, Brody la tendit à Meg en expliquant :

— Je te la donne au cas où Kevin aurait besoin d'aller chercher quelque chose à la maison.

— D'accord.

— Et s'il te semble perturbé par mon absence, préviens-moi tout de suite.

— Tu penses qu'il le sera ? déclara Meg d'une voix inquiète.

— C'est possible. Il n'a pas eu l'air particulièrement ému quand je lui ai dit au revoir, tout à l'heure, mais il n'aime pas que je parte en voyage. Il lui arrivait parfois, en Irlande, d'avoir des crises d'angoisse nocturnes que Fiona elle-même ne parvenait pas à calmer. Elle était obligée de m'appeler, et je restais au téléphone avec Kevin jusqu'à ce qu'il se rendorme.

— Tu le laissais souvent seul avec elle pendant plusieurs jours ?

— Trois ou quatre fois par mois, admit Brody à contrecœur.

— Et ces déplacements vont reprendre sur le même rythme ?

— Je croyais pouvoir attendre que Kevin se soit bien adapté à sa nouvelle vie et que je lui aie trouvé une nurse, mais cela ne va manifestement pas être possible. Tu es cependant sa mère, et non une simple employée, si bien que les choses devraient mieux se passer.

— Je l'espère.

— Tu as mon numéro de portable, de toute façon… Au moindre problème, appelle-moi, et je rentrerai immédiatement.

— Entendu.

— Ah ! Une dernière chose…

— Oui ?

— Je veux te dire au revoir, à toi aussi.

Sur ces mots, Brody referma les doigts sur le poignet de Meg et l'attira vers lui. Elle poussa un petit cri de surprise, qu'il étouffa en prenant possession de ses lèvres et en l'embrassant fougueusement, pour qu'elle sache combien elle allait lui manquer.

Et, à sa grande satisfaction, il comprit qu'il allait lui manquer tout autant : elle ne se serait pas ainsi abandonnée à son baiser, sinon, et, n'y aurait pas répondu avec une telle ardeur.

Un soupir de plaisir s'échappa de sa poitrine, et elle se serra fort contre Brody, jusqu'à lui donner l'impression que leurs corps fusionnaient, pressés l'un contre l'autre, dans une seule et même fièvre.

Alors Brody lâcha la bride à son désir, et sa bouche se fit plus avide, son baiser plus insistant. Un flot de sensations grisantes déferlait en lui, accompagné d'un tumulte d'émotions qui achevait de l'étourdir. Il se souvenait de certaines, mais d'autres étaient nouvelles : comme cette peur de brûler les étapes et de risquer de perdre Meg, alors même qu'il voulait se rapprocher d'elle…

Ou comme cet élan de tout son être qui l'obligeait à reconnaître en elle la seule femme qu'il ait jamais aimée, et qu'il aimerait jamais.

Meg n'avait pas eu l'intention de laisser Brody l'embrasser. Elle comptait même le repousser s'il essayait, mais dès qu'il l'avait prise dans ses bras, toute capacité de résistance l'avait quittée. Aucun autre homme n'avait eu le pouvoir d'abattre ainsi ses défenses, d'effacer en un instant les blessures du passé pour ne plus lui faire ressentir que la beauté du présent et l'espoir d'un avenir heureux.

Comme si elle avait attendu, pendant toutes ces années de séparation, de redécouvrir un plaisir que seul Brody était capable de lui procurer, la jeune femme donna libre cours à sa passion… jusqu'à ce qu'une sonnette d'alarme retentisse dans sa tête : du train où allaient les choses, ils en arriveraient vite à un degré de désir que ne suffirait pas à satisfaire un simple baiser, aussi voluptueux soit-il…

Un âpre combat s'engagea alors entre sa raison et l'appel impérieux de ses sens, et Brody dut s'en rendre compte, car il s'écarta d'elle pour lui murmurer d'une voix rassurante :

— Ce qui se passe entre nous t'effraie, et je le comprends, mais il y a une chose que tu ignores : je veux que tu me reviennes, et pas seulement pour réaliser le rêve des jumeaux, mais aussi et surtout parce que je suis perdu sans toi. Tu m'aides à distinguer ce qui est vraiment important de ce qui ne l'est pas comme personne n'a jamais pu et ne pourra jamais le faire.

L'émotion empêcha Meg de parler. Elle ne savait pas si la déclaration de Brody exauçait son vœu le plus cher ou annonçait de nouvelles souffrances.

Tout ce qu'elle savait, c'était que son cœur n'avait pas battu aussi fort et qu'elle ne s'était pas sentie aussi vivante depuis très longtemps.

Une profonde inspiration lui permit de recouvrer un semblant de calme. Elle leva les yeux vers Brody et lut sur son visage une tendresse, une compréhension qui manquèrent lui ôter le peu de sang-froid qu'elle avait réussi à récupérer.

— Brody, chuchota-t-elle.

Mais il ferma les lèvres de la jeune femme de son index et déclara :

— Non, ne dis rien. L'occasion s'offre à nous de repartir de zéro, et j'espère que tu partages mon envie de la saisir, mais tu dois te donner le temps de la réflexion.

Il avait raison, pensa Meg. Mariés trop vite, divorcés trop vite, ils savaient tous les deux ce que pouvait coûter une décision précipitée.

Les arguments en faveur d'une liaison avec Brody n'en commençaient pas moins d'affluer dans son esprit. Il était le père de ses enfants, après tout, et le seul homme qui lui ait jamais inspiré une telle passion… Aujourd'hui plus mûrs, moins narcissiques, ils étaient parvenus à renouer des relations amicales, à jouer ensemble leur rôle de parents auprès des jumeaux. Pourquoi n'arriveraient-ils pas à la même entente s'ils redevenaient amants ?

— Tu aurais donc vraiment changé ? s'enquit-elle d'un ton taquin en ouvrant la porte à Brody et en l'accompagnant sur le perron. Ta devise n'est plus : « C'est moi qui décide, et personne d'autre » ?

— Non, comme la tienne n'est plus : « Je veux être célèbre, et je me moque du reste ! »

Meg esquissa un sourire désabusé. L'époque où elle ne pensait qu'à sa carrière lui semblait si lointaine… Brody lui reprochait alors d'avoir des œillères, et il n'avait pas tort. Mais sa vision de l'existence s'était élargie : elle avait maintenant compris que la notoriété n'était ni le seul moyen, ni le meilleur de réussir sa vie.

— Ma devise, désormais, ce serait plutôt : « Rends quelqu'un heureux, et tu feras ton propre bonheur », déclara-t-elle.

Brody l'attira de nouveau vers lui et l'embrassa avec un merveilleux mélange de douceur et de sensualité. Il s'écarta ensuite d'elle et murmura, les yeux dans les siens :

— Ta nouvelle devise porte ses fruits, car tu rends les enfants très heureux, et moi aussi.

Puis il descendit d'un pas vif les marches du perron.

Meg ne s'était pas couchée avec un livre depuis deux minutes que Kevin poussa la porte entrouverte de sa chambre. Il avait l'air désemparé, et ses yeux encore lourds de sommeil étaient remplis de larmes.

— Je me suis réveillé, expliqua-t-il d'une voix tremblante, et je savais plus où j'étais… J'ai eu très peur.

— Viens ! dit Meg en lui tendant les bras.

Le petit garçon ne se fit pas prier, et quand il se fut glissé entre les draps, elle le serra contre elle et lui caressa doucement les cheveux.

— Ça va mieux, maintenant ? demanda-t-elle au bout d'un moment.

— Un peu, chuchota Kevin.

Cela signifiait qu'il n'était pas encore tout à fait rassuré, et Meg déposa sur son front une pluie de petits baisers. C'était la première fois qu'elle pouvait ainsi le réconforter, mais la joie qu'elle en éprouvait était troublée par la pensée de toutes les autres fois où il aurait eu besoin de la tendresse d'une mère, et où elle n'avait pas été là pour la lui donner.

— Je n'aime pas que papa s'en aille, confia-t-il en posant la tête sur l'épaule de Meg.

— Je comprends qu'il te manque, mais si tu as peur, ou si quelque chose te tracasse, tu peux toujours venir me voir.

— D'accord... C'est vraiment bien d'avoir une maman !

— Et c'est vraiment bien d'avoir un petit garçon, déclara Meg en souriant malgré les larmes d'émotion qui lui nouaient la gorge.

— Mais tu ne vas pas encore t'en aller avec Kelly, hein ?

— Non, mon chéri. Nous nous sommes installées à Seattle pour de bon, je te le promets.

— Papa et moi aussi ! Pourquoi on n'habite pas tous ensemble ? Ce serait bien mieux !

Ces derniers mots furent prononcés dans un murmure, et les paupières de Kevin se fermèrent juste après : il s'était endormi, évitant ainsi à Meg de lui fournir des explications qu'elle avait elle-même de plus en plus de mal à trouver convaincantes.

Avant de le ramener dans sa chambre, la jeune femme resta un long moment à le contempler, et à se demander comment elle avait pu accepter de se séparer de son fils. Elle était si heureuse que Brody et lui fassent de nouveau partie de sa vie !

Kevin avait complètement oublié ses frayeurs nocturnes quand il se réveilla le lendemain matin : débordant d'énergie et d'entrain, il descendit prendre le petit déjeuner avec Kelly, et ils bombardèrent aussitôt leur mère de questions sur les sujets les plus variés — du temps qu'annonçait la météo jusqu'aux activités de la soirée de la veille.

— Où Julia et Drew vont-ils se marier ? demanda Kevin une fois attablé près de sa sœur devant la montagne de crêpes que Meg leur avait préparées.

— Ici, à Seattle, répondit-elle en leur servant à chacun un grand verre de jus d'orange. Il y aura d'abord une cérémonie dans une église qui s'appelle Notre-Dame-de-la-Miséricorde, et ensuite une réception en plein air.

— Il y aura des fleurs ?

— Et un gros gâteau ? intervint Kelly.

— Les deux, dit Meg avec un sourire amusé.

Puis elle s'assit à son tour et, les jumeaux étant maintenant trop occupés à manger pour parler, elle pensa à son propre mariage.

Bien qu'il ait été organisé dans la précipitation, et avec un budget très réduit, Brody et elle avaient eu beaucoup de plaisir à le préparer et à inviter tous leurs amis et connaissances au lac Tahoe.

Avec le recul, cependant, Meg se rendait compte qu'ils s'étaient concentrés sur les détails pratiques au point d'en oublier l'essentiel — la gravité de l'engagement qu'ils allaient prendre l'un envers l'autre.

S'ils s'étaient donné le temps de réfléchir à ce qui devait se passer ensuite, songea-t-elle, s'ils ne s'étaient pas laissé étourdir par la fièvre et l'excitation des préparatifs, peut-être que…

Meg étouffa un soupir, chassa résolument les « si » et les « peut-être » de son esprit et reporta son attention sur les jumeaux qui, une fois leur appétit en partie calmé, reprirent leur interrogatoire.

— Qu'est-ce que tu préfères ? lui demanda Kevin après avoir échangé un regard entendu avec sa sœur. Te marier dehors ou à l'intérieur ?

Dans l'hypothèse où elle se remarierait un jour, Meg savait surtout qu'elle aimerait le faire entourée de sa seule famille et de ses amis les plus proches, pour ne pas risquer de sacrifier une nouvelle fois le fond à la forme.

— Tout dépend de la saison, répondit-elle, mais si je pouvais choisir, ce serait plutôt dehors.

— Il faut mettre de beaux habits, avoir plein de fleurs et un gros gâteau et tout ça, même si on se marie dans son jardin ? déclara Kelly.

— Oui, bien que ce ne soit pas le plus important.

— Et papa, quel genre de mariage il préfère ?

L'image de Brody passant une alliance au doigt d'une autre femme transperça le cœur de Meg. L'idée que Brody se remarie — avec Fiona ou qui que ce soit d'autre — lui était insupportable.

— Je l'ignore, dit-elle d'un ton faussement détaché avant de se lever et d'aller allumer la télévision pour connaître les prévisions météorologiques et les conditions de circulation dans l'agglomération de Seattle.

— Tu as entendu ça ? murmura Kelly à son frère dès que que leur mère fut montée s'habiller. Maman veut se marier dehors !

— Oui, mais on ne sait toujours pas ce que papa préfère, lui, observa Kevin d'un air soucieux, et maman ne le sait pas non plus.

Il en fallait plus pour inquiéter Kelly. Elle haussa les épaules et déclara avec assurance :

— Il suffit de lui demander !

# 9.

Trois jours plus tard, la sonnette de l'entrée retentit alors que Meg débarrassait la table du dîner, et son cœur bondit dans sa poitrine quand elle ouvrit la porte et se trouva face à Brody.

— Tu es de retour ! s'exclama-t-elle.

— Surprise ? dit-il en lui tendant un bouquet de roses blanches.

— Oui, mais agréablement !

S'efforçant de ne pas penser à ce que ces fleurs lui rappelaient, la jeune femme sourit et s'écarta pour laisser passer son visiteur.

— Je ne t'attendais pas avant demain matin, reprit-elle.

— J'ai terminé plus tôt que prévu, expliqua Brody.

Et il s'était dépêché de venir retrouver sa famille, songea Meg, inondée de bonheur.

— Papa ! s'écria Kevin.

Sa sœur sur ses talons, il traversa le vestibule comme une flèche, et les deux enfants se jetèrent dans les bras tendus de leur père.

— Tu nous as manqué, déclara Kelly.

— Vous aussi, vous m'avez manqué, indiqua-t-il avant de les reposer sur le sol.

— Tu nous as rapporté quelque chose ? demanda Kevin.

— Oui. Allez vous asseoir en bas de l'escalier, fermez les yeux, et je vais vous chercher vos cadeaux.

Les jumeaux obéirent, et Brody ressortit sur le perron sous le regard intrigué de Meg.

— Vous pouvez ouvrir les yeux, maintenant ! annonça-t-il après avoir regagné l'entrée, un gros paquet dans chaque main.

Kevin et Kelly poussèrent des cris de joie quand il tendit au premier la panoplie complète des personnages et des engins spatiaux de *La Guerre des étoiles*, et à la seconde une console de jeux vidéo semblable à celle que possédait son frère.

— Il n'y a que deux jeux dans le coffret, lui précisa Brody, mais je t'en achèterai d'autres plus tard.

— On peut l'installer tout de suite ?

— Bien sûr !

— Tu m'aides d'abord à ouvrir mon paquet, papa ? demanda Kevin, qui se débattait avec le papier cellophane de l'emballage.

— On dirait Noël ! observa Kelly, rayonnante.

Mais ça ne l'était pas, pensa Meg, les sourcils froncés.

— Pas du tout ! protesta Kevin en lançant un coup d'œil condescendant à sa sœur. A Noël, on n'a pas un seul cadeau, mais des tonnes et des tonnes !

Exactement ce que Meg craignait…

— Tu es en colère contre moi ? déclara Brody une demi-heure plus tard.

Parce qu'elle se refusait à jouer les rabat-joie, Meg était allée finir de ranger la cuisine, puis s'occuper de la lessive pendant que Brody installait la console de jeux de Kelly. Il venait de la rejoindre dans la buanderie et, pour éviter que les enfants n'entendent leur conversation, elle ferma la porte avant de répondre :

— Un peu, oui.

— Les cadeaux que j'ai rapportés aux jumeaux ne te plaisent pas ?

— Je les trouve trop coûteux.

— J'ai les moyens de leur en offrir d'aussi beaux tous les jours si j'en ai envie.

— Peut-être, mais moi pas, répliqua la jeune femme.

Et elle ne voulait pas avoir à rivaliser de générosité avec son ex-mari, par principe, et aussi parce que c'était un combat perdu d'avance.

— Si, tu les as, objecta Brody. Aurais-tu oublié le compte en banque que je t'ai ouvert ?

Meg avait reçu la veille les papiers qui confirmaient l'ouverture de ce compte. La somme versée dessus était très importante, mais elle la considérait comme un simple filet de sécurité. Elle avait l'intention de ne se servir de cet argent qu'en cas d'absolue nécessité et, autrement, de le partager entre les jumeaux à leur majorité.

— Non, je ne l'ai pas oublié, dit-elle, mais il n'est pas question que j'y touche.

— Même pas pour faire des cadeaux aux enfants ?

— C'est d'amour et d'attention qu'ils ont besoin, pas de nouveaux jouets.

Le visage de Brody s'assombrit, et il s'écria d'un ton belliqueux :

— Ils ont pourtant eu l'air contents de ceux que je viens de leur donner !

— Bien sûr, mais si tu continues comme ça, tu en feras des enfants gâtés et capricieux, incapables d'apprécier les joies simples de la vie.

— Et pourquoi ne profiteraient-ils pas des fruits de mon labeur ? J'ai travaillé dur pour que nous soyons tous définitivement à l'abri du besoin !

De peur que la proximité de Brody ne la trouble au point d'en oublier tout le reste, Meg s'éloigna de lui et se remit à trier le linge à laver avant de souligner :

— C'était ton absence, et non de stupides questions d'argent, qui ont tracassé Kevin ces trois dernières nuits, je peux te le garantir ! C'était toi qui lui manquais, quand il est venu se réfugier dans ma chambre en pleurant !

— Pourquoi ne m'en as-tu pas parlé, lorsque je t'ai téléphoné ?

— Parce que les jumeaux étaient dans la pièce.

Et aussi parce qu'elle ne voulait pas donner mauvaise conscience à Brody, mais à quoi bon le lui dire ?

— Ecoute, enchaîna-t-elle, je sais que tes fonctions t'obligent à voyager, mais ce n'est pas en couvrant les enfants de cadeaux que tu les dédommageras du temps que tu passes ainsi loin d'eux.

— Comment, alors ?

— En leur faisant sentir que tu les aimes quand tu es là. N'essaie pas d'acheter leur affection parce que cela...

La voix de la jeune femme se brisa, et Brody termina pour elle :

— ... te rappelle le comportement de tes parents ?

— Oui.

L'air soudain contrit, il franchit en deux enjambées la distance qui les séparait, posa les mains sur ses épaules et attendit qu'elle ait levé les yeux vers lui pour reprendre d'un ton grave :

— D'accord, j'en ai trop fait. Je tenais absolument à rapporter un souvenir du Texas aux jumeaux, mais il n'y avait rien de bien dans la boutique de l'hôtel, et comme j'étais pressé, je suis allé dans le magasin de jouets le plus proche. Là, en revanche, il y avait trop de choix, et je n'ai pas pu résister à la tentation de leur offrir autre chose qu'une simple babiole.

Il marqua une pause, puis ajouta dans un murmure :

— J'avais hâte de rentrer à Seattle. Vous m'avez beaucoup manqué, tous les trois.

Profondément émue par cet aveu, Meg résolut de se montrer conciliante.

— Je comprends, dit-elle, mais ne recommence pas. Même si tu as souffert de privations, enfant, ne tombe pas dans l'excès inverse en ce qui concerne les nôtres : ce serait un mauvais service à leur rendre.

— Tu as raison. Avant de leur donner ce genre de cadeau, désormais, j'en discuterai avec toi, et la prochaine fois que je m'absenterai pour affaires, je me contenterai de leur acheter à chacun un T-shirt ou une peluche à la boutique de souvenirs de l'aéroport.

— Merci, déclara Meg, soulagée car elle ne s'attendait pas à voir Brody se ranger à son avis avec une telle humilité.

Ils se sourirent, puis une lueur de malice s'alluma dans les yeux de Brody, le faisant ressembler à Kevin quand il manigançait quelque chose.

— Reste un problème à régler, susurra-t-il.

— Lequel ?

— Je ne t'ai rien rapporté, à toi.

— Tu m'as offert des fleurs, et je n'ai plus cinq ans, de toute façon !

— C'est vrai : tu es une femme. Une femme très désirable, même, et que je meurs d'envie d'embrasser... Cela te conviendrait-il, comme cadeau ?

Tout en parlant, Brody avait enlacé Meg, et la flamme sombre qui brillait dans son regard en disait encore plus long que ses mots.

Pour toute réponse, elle lui passa les bras autour du cou et joignit leurs lèvres. Aucun cadeau ne pouvait la rendre plus heureuse qu'un baiser de Brody.

Le téléphone sonna, le lendemain soir, alors que Meg allait se coucher, et elle ne fut pas étonnée d'entendre la voix de Brody au bout du fil : il ne lui avait pas caché, la veille, son intention de tout mettre en œuvre pour la reconquérir, et de faire en sorte qu'elle ne l'oublie pas en la voyant ou en l'appelant au moins une fois par jour... Comme si elle pouvait l'oublier !

— Combien de questions à propos du mariage Kelly t'a-t-elle posées aujourd'hui ? demanda-t-il sans préambule.

La jeune femme songea aux interrogatoires auxquels sa fille l'avait soumise tout au long du trajet entre l'école et la maison, pendant le dîner, le bain, et même la sacro-sainte séance de lecture du soir. Meg la savait curieuse et opiniâtre, mais jamais elle ne l'aurait cru aussi avide de détails : chaque fois qu'elle croyait le sujet épuisé,

Kelly trouvait un autre point à éclaircir, puis encore un autre…

— J'en ai eu des dizaines et des dizaines, répondit-elle en boutonnant son haut de pyjama de sa main libre. Toi aussi, j'imagine ?

— Oui, j'en ai la tête qui tourne… Aurais-tu permis aux jumeaux de regarder de nouveau la cassette de notre mariage, pendant que j'étais à Austin ?

— Oui, dans l'espoir qu'ils finiraient par s'en lasser.

— Je n'ai pas l'impression que cet objectif soit atteint.

— Moi non plus, malheureusement, mais j'ai un plan de secours.

— J'ai hâte de le connaître !

— Je vais leur louer demain le DVD des *101 Dalmatiens*.

Un petit rire de gorge, terriblement sensuel, salua cette déclaration.

— Tu vis dangereusement ! observa Brody d'un ton taquin. Les enfants te supplieront, ensuite, de leur acheter un chien !

— C'est possible, mais je suis prête à tout pour leur faire penser à autre chose qu'au mariage. D'ailleurs, j'ai déjà promis un chien à Kelly… mais pas avant qu'elle ait huit ans et soit capable de s'en occuper elle-même.

— Bravo ! Tu es la plus avisée des mères.

Meg rougit de plaisir et, dans le silence qui suivit, elle eut la certitude que Brody l'avait deviné et que cela le faisait sourire.

La complicité qui les unissait, au-delà de leur intérêt commun pour les enfants, au-delà, même, d'une attirance physique dont ils ne cherchaient plus à se défendre, semblait grandir de jour en jour, songea-t-elle avec un mélange de surprise et d'exaltation.

— Il est tard, je vais te laisser dormir, finit par déclarer Brody — mais visiblement à regret.

— Attends ! Tu es au courant de la dernière incartade de Kevin ?

— Non, qu'a-t-il donc encore inventé ?

— Il a dessiné une moustache et des cornes sur son autoportrait.

— Cela a amusé sa maîtresse ?

— Pas vraiment, et d'autant moins que cet exercice s'accompagnait de consignes très précises, dont le respect était justement le but recherché. Mais ses petits camarades, eux, ont beaucoup ri, et Kelly la première. Malgré toute son expérience, Carmen a eu ensuite du mal à reprendre le contrôle de la classe.

— Kevin va nous en faire voir de toutes les couleurs, observa Brody avec une sorte de sombre résignation.

— Hum. Il doit commencer à comprendre qu'il n'est pas obligé de faire le pitre pour exister aux yeux des autres, qu'il a maintenant deux parents, et une sœur, dont l'amour lui est tout acquis.

Brody partageait sa satisfaction, à en juger par le ton enjoué sur lequel il remarqua :

— J'ai l'impression que nous nous sommes inquiétés pour rien : la violente réaction émotionnelle que nous redoutions ne se produira finalement pas. Les jumeaux ne nous en veulent plus de les avoir séparés autrefois.

Plus tard, lorsqu'elle fut couchée, Meg ne put s'empêcher de se représenter Brody dans son lit. Or, sachant qu'il dormait toujours dans le plus simple appareil, des pensées érotiques vinrent l'assaillir... Et elle parvint difficilement à trouver le sommeil.

La suite des événements donna cependant tort à Brody : la fameuse crise dont Meg n'avait jamais vraiment exclu la possibilité éclata le jeudi suivant.

Le carillon annonçant l'heure de la sortie avait retenti, et elle était dans le hall d'entrée de l'école, en train d'essayer de convaincre Kelly d'enfiler son imperméable, lorsque Brody vint chercher Kevin.

— Il pleut à verse, dehors, expliqua Meg à Kelly. Tu ne peux pas sortir sans imperméable.

— Je n'en ai pas besoin, parce que je ne rentre pas à la maison avec toi !

— Pardon ?

— On va dormir dans la classe ce soir, Kevin et moi !

Gênée par les regards curieux que cette scène suscitait, la jeune femme baissa la voix et tenta de raisonner sa fille :

— Non, ma chérie, tu sais très bien que ce n'est pas possible.

— Si ! répliqua Kelly en tapant du pied. On mettra deux matelas par terre et on couchera dessus, comme quand on fait la sieste.

— Oui ! renchérit son frère, le front buté et les yeux luisant de défi. Et on dormira ici tous les soirs à partir de maintenant !

Carmen Perez s'approcha d'eux. A cinquante-six ans, elle était déjà grand-mère, et sa longue carrière d'institutrice lui donnait une expérience irremplaçable en matière d'éducation.

— Je trouve que vous faites un peu trop de bruit, déclara-t-elle doucement mais fermement aux jumeaux. On vous entend dans toute l'école.

— Ça m'est égal ! cria Kelly en tapant du pied encore plus fort.

Kevin l'imita, et leurs petits camarades les fixèrent, muets de stupeur et d'appréhension.

— Il n'y a plus personne dans leur salle de classe, indiqua Carmen à Meg et à Brody. Allez-y avec eux, vous y serez plus tranquilles pour régler le problème.

— Oui, vous avez raison, convint Meg.

Puis elle se tourna vers Kelly et lui tendit la main en murmurant :

— Viens, ma puce !

Elle s'attendait à être obéie, même si c'était à contrecœur, mais la fillette réagit de façon totalement inattendue : elle se laissa tomber sur le sol comme une poupée de chiffon, puis se mit à hurler et à trépigner sans plus se soucier ni de ses parents, ni de sa maîtresse, ni des enfants qui la considéraient avec un effroi grandissant — sauf Kevin, qui s'empressa de nouveau de l'imiter.

Meg ne savait pas quoi faire.

— Je n'avais encore jamais vu Kelly dans cet état, chuchota-t-elle à Brody.

— J'aimerais pouvoir en dire autant de son frère, grommela ce dernier.

Carmen Perez s'était éloignée de quelques pas et contemplait maintenant la scène en simple spectatrice. Elle estimait visiblement que c'était désormais à eux de prendre la situation en main.

— Ça suffit, maintenant ! s'écria Brody d'une voix de stentor.

Les jumeaux se figèrent, et leur père poursuivit, d'un ton lourd de menace :

— Je vous donne deux secondes pour vous relever et aller dans votre salle de classe !

Aux larmes de colère qui remplissaient les yeux de Kelly succédèrent de vraies larmes : c'était la première fois que son père la grondait. Kevin, lui, devait y être plus habitué, car il se contenta de demander :

— Et ensuite, qu'est-ce qui se passera ?

— Nous aurons une petite conversation, tous les quatre, annonça Brody avant de tendre une main à chacun des enfants pour les aider à se remettre debout.

Même si le comportement des jumeaux l'alarmait, Meg était soulagée d'avoir Brody à ses côtés. Jusqu'ici, elle avait dû assumer seule l'éducation de Kelly, et elle était contente, aujourd'hui, de partager cette responsabilité avec lui.

Et sa capacité à imposer son autorité l'impressionna : après avoir refermé la porte de la classe, il disposa quatre chaises en cercle, fit asseoir tout le monde et se tourna vers les enfants :

— Expliquez-moi ce qui vous arrive ! Il y a forcément une raison à votre comportement, et je veux la connaître.

Devant la possibilité qui lui était offerte de formuler ses griefs, Kelly ravala ses larmes et répondit d'un ton revendicatif :

— On ne peut pas dormir tous les soirs dans la même maison, Kevin et moi, et c'est pas juste ! Dans les autres familles, les frères et les sœurs habitent toujours ensemble !

— Même si leurs parents sont divorcés, souligna Kevin. Kelly et moi, on est les seuls à avoir été séparés, et c'est pas juste ! Mme Perez dit qu'il faut être juste, dans la vie !

Brody leva la main pour demander le silence, puis il indiqua :

— Bien, je crois que nous avons compris l'essentiel.

Il lança ensuite un regard interrogateur à Meg qui, après quelques instants de réflexion, déclara :

— Nous devons discuter ensemble du problème. Allons chez moi pour en parler.

— Revenons-en d'abord à la scène que vous nous avez faite à l'école, déclara Brody lorsqu'ils furent tous les quatre réunis dans le séjour de Meg.

— Oui, enchaîna cette dernière en fixant sévèrement chacun des enfants tour à tour, parce que votre père et moi ne voulons pas voir ce genre de chose se reproduire.

— La colère n'a jamais rien résolu, observa Brody. Il faut toujours lui préférer le dialogue.

Agréablement surprise de constater que leurs opinions concordaient, la jeune femme lui prit la main dans un geste de solidarité avant de remarquer :

— Vous vous êtes plaints de ne pas dormir tous les deux sous le même toit, mais j'ai l'impression qu'il y a autre chose... De quoi s'agit-il ?

— Je ne vois jamais papa, marmonna Kelly, le visage boudeur.

— Comment peux-tu dire cela ? s'écria Meg. Tu le vois presque tous les jours !

— Oui, mais il n'est pas là le soir. C'est normal, quand il est en voyage, mais je voudrais qu'il soit là tous les autres soirs, pour me montrer des nouveaux trucs sur l'ordinateur, et jouer à des jeux avec moi, et me lire des histoires, et… et tout ça.

Des larmes s'étaient remises à couler sur les joues de la fillette, et ce fut sans pleurer, mais le menton un peu tremblant, que son frère intervint :

— Et moi, je ne peux pas regarder maman faire la cuisine, ni l'écouter jouer du piano. Et je voudrais qu'elle me lise des histoires, à moi aussi !

— Je t'en lis une tous les soirs avant que tu t'endormes ! protesta Brody.

— Oui, mais tu lis pas aussi bien que maman. Elle joue les personnages, elle, et c'est comme une pièce de théâtre.

Son instinct ne l'avait pas trompée, songea Meg. La crise de colère des jumeaux était beaucoup plus qu'un simple caprice : un véritable appel de détresse, auquel Brody et elle devaient répondre vite, faute de quoi la situation ne cesserait de s'aggraver.

— Tout ce que vous dites est vrai, admit-elle, et je comprends votre désir de profiter à parts égales de vos deux parents, mais c'est impossible.

— Pourquoi ? demandèrent les jumeaux d'une même voix, et avec le même désespoir dans les yeux.

— Parce que nous ne sommes plus mariés, votre père et moi, expliqua patiemment la jeune femme. Mais nous pouvons faire en sorte de nous voir plus souvent : c'est une question d'organisation.

— Absolument ! approuva Brody.

Puis il sortit son Palm de sa poche pendant que Meg allait chercher son agenda.

— Je propose que nous passions tous ensemble au moins une heure par jour, reprit-il lorsqu'elle fut revenue s'asseoir. Et quand je serai en déplacement, je téléphonerai tous les jours et je parlerai aux deux enfants tour à tour. Ainsi, personne ne se sentira lésé.

— Chacun de nous pourrait aussi prendre les enfants après l'école un jour sur deux, suggéra Meg. Il faudrait également leur permettre de dormir tantôt chez toi, tantôt chez moi, l'un des deux soirs du week-end, et passer de temps en temps une journée entière tous les quatre ensemble.

— Comme quand on était au lac Tahoe ? intervint Kelly, dont les yeux brillaient maintenant d'excitation.

— Oui.

— Ça me va, déclara Brody.

— A nous aussi ! s'écria Kevin.

— Oui, à nous aussi ! s'exclama sa sœur avec un sourire radieux.

Pendant la demi-heure suivante, Meg et Brody se répartirent la garde des jumeaux en fonction de leurs emplois du temps respectifs.

— Que veux-tu faire pour ton anniversaire ? demanda la jeune femme quand ils arrivèrent au samedi 11 octobre. Julia et Drew se marient le matin, ce qui nous laisse tout l'après-midi pour fêter tes trente-cinq ans.

— On va inviter plein de gens ! décréta Kelly.

— Oui, et on les recevra dans le jardin de papa, parce qu'il est très, très grand ! précisa Kevin.

— Mais on s'occupera de tout, annonça sa sœur. On choisira les cartons d'invitation, on commandera le gâteau, on se chargera de la décoration et tout ça.

Puis, sa bonne éducation reprenant le dessus, elle ajouta presque timidement :

— Enfin... si vous nous donnez la permission.

Meg consulta Brody du regard, et elle eut de nouveau le plaisir de voir qu'ils étaient du même avis.

— C'est d'accord, répondit-elle en leur nom à tous les deux. Le temps et les efforts que cela vous demandera seront le plus beau cadeau que vous puissiez offrir à votre papa.

— Les choses se sont mieux passées que je ne le pensais, observa Meg après le dîner.

Les enfants étaient montés jouer dans la chambre de Kelly, la laissant en tête à tête avec Brody.

— C'est parce que nous sommes des parents parfaits, dit-il d'un ton malicieux en pliant la boîte de pizza vide et en la mettant dans la poubelle. Ou plutôt, parce que nous sommes complémentaires : toi, tu lis dans le cœur des gens et tu les prends par la douceur...

— Et toi, tu sais faire preuve d'autorité quand c'est nécessaire, compléta Meg.

Elle referma le lave-vaisselle, puis se tourna vers Brody et ajouta :

— J'admire la façon dont tu as coupé court à la crise de colère des jumeaux. Moi, je me sentais complètement impuissante.

— Peut-être, mais tu as été plus psychologue que moi.

Brody s'approcha d'elle, se pencha et poursuivit d'une voix douce :

— Tu m'avais dit que Kevin et Kelly exprimeraient tôt ou tard leur révolte contre notre décision de les séparer, autrefois. Je ne t'ai pas crue, et j'ai eu tort.

Ils ne se touchaient pas, et pourtant Meg sentit son sang marteler ses tempes et une bouffée de chaleur l'envahir.

— L'essentiel, c'est que nous ayons fait face à la situation, et surtout, que nous l'ayons fait ensemble, remarqua-t-elle d'un ton aussi posé que le lui permettait un trouble croissant. Et nous devrons continuer d'unir nos efforts, jour après jour, jusqu'à ce que les enfants aient recouvré leur équilibre.

« Même si je sais que, plus souvent je te verrai, plus il me sera difficile de te cacher des sentiments qui m'effraient », songea-t-elle.

Une expression d'inquiétude assombrit le regard de Brody. S'il partageait son désir, il ne le montrait pas, songea-t-elle avec un petit pincement au cœur : ses pensées semblaient entièrement tournées vers le problème des jumeaux.

— Combien de temps cela prendra-t-il, à ton avis ? demanda-t-il.

La jeune femme haussa les épaules et, malgré les ondes électriques qui la traversaient, répondit sans émotion apparente :

— Je n'en ai pas la moindre idée... malheureusement.

*
* *

Les enfants furent d'une sagesse exemplaire pendant toute la journée du lendemain, sans doute parce qu'ils savaient qu'ils dormiraient tous les deux chez leur père ce soir-là. Comme convenu, Meg les y accompagna et dîna avec eux, pour les quitter vers 21 heures.

Décidée à profiter de cette soirée tranquille, elle mit dans le lecteur de CD ses disques préférés, se fit couler un bain et s'y prélassa pendant une bonne demi-heure avant d'aller s'installer dans le séjour avec un verre de vin et un roman.

Toutes les conditions étaient réunies pour lui apporter la quiétude dont elle rêvait si souvent, mais le plaisir qu'elle en attendait n'était pas au rendez-vous : il lui manquait quelqu'un pour partager ces moments avec elle.

Incapable de se concentrer sur son livre, elle ferma les yeux et essaya de ne plus penser à celui dont elle brûlait pourtant, en cet instant précis, de sentir les bras l'envelopper, les baisers la griser, le corps s'unir au sien… Elle se rappela la phrase prononcée par Brody dans le bungalow du lac Tahoe : « Le temps n'a en rien diminué notre passion l'un pour l'autre, au contraire. » Elle avait alors refusé de l'admettre, mais c'était vrai, bien sûr : l'envie de faire l'amour avec lui ne la quittait plus depuis leurs retrouvailles, et s'amplifiait de jour en jour.

Restait à savoir si elle devait céder à son désir, alors qu'elle n'avait laissé aucun homme entrer dans sa vie depuis son divorce, pour préserver son indépendance et mettre son cœur à l'abri de nouvelles blessures.

Le bonheur et l'équilibre de Kelly étaient devenus sa seule priorité. S'y ajoutaient maintenant ceux de Kevin, et les deux enfants voulaient que toute la famille passe ensemble le plus de temps possible.

Pour eux, Brody et elle s'étaient déjà rapprochés. Ils se parlaient plus franchement qu'autrefois, et chacun découvrait chez l'autre des facettes qu'il ignorait, des changements dus à une plus grande maturité et à l'expérience de l'éducation.

Mais s'ils se voyaient encore plus souvent, si la complicité qui était en train de s'instaurer entre eux se confirmait, combien de temps résisteraient-ils à la tentation de redevenir amants ?

Ni Brody ni les enfants n'étaient encore levés quand le timbre de l'entrée résonna. Brody enfila hâtivement un jean et un T-shirt avant de descendre regarder par le judas qui pouvait bien lui rendre visite, un samedi matin, à une heure aussi matinale

C'était Meg, et il se dépêcha de lui ouvrir.

Debout sur le perron, ses boucles auburn illuminées par les rayons du soleil, elle était plus belle que jamais ; Brody admira la sobre élégance de sa tenue — un chemisier blanc à col ouvert, un pantalon noir tout simple mais impeccablement coupé, des boots à talons hauts et, attaché par les manches autour de son cou, un cardigan à larges rayures noires et blanches.

Soudain conscient de la fixer comme s'il était devant une apparition, Brody se força à revenir à la réalité. Ils avaient promis la veille aux jumeaux qu'ils iraient faire des courses tous les quatre ensemble, mais Meg n'était censée venir qu'à 9 heures…

— Je ne t'attendais pas si tôt, observa-t-il.

— Ne te plains pas : je suis là pour préparer le petit déjeuner, déclara-t-elle. Des œufs au bacon et des gaufres, ça te va ?

Trop occupé à la regarder, Brody n'avait pas remarqué le sac en papier calé sur sa hanche.

— Très bien, répondit-il. Le seul problème, c'est que je n'ai pas de gaufrier.

— Je m'en doutais, et j'ai apporté le mien. Il est dans la voiture.

Juste au moment où Meg entrait dans le vestibule, laissant dans son sillage les effluves d'un parfum entêtant, des pas retentirent dans l'escalier. Les jumeaux vinrent se jeter dans ses bras avec autant d'enthousiasme que s'ils ne l'avaient pas vue depuis des mois.

— Je vais chercher le gaufrier, et j'irai ensuite me doucher, annonça Brody.

— Ne te presse pas ! lui dit Meg avec un sourire. Il me faudra sûrement un peu de temps pour trouver mes marques dans ta cuisine.

Avant de sortir, il ne put s'empêcher de lui lancer un dernier coup d'œil admiratif. Elle semblait avoir apporté un soin particulier à son apparence, comme pour aller à un rendez-vous galant, et non à une simple expédition dans les magasins…

Avait-elle voulu se faire belle pour lui, ou bien prenait-il ses désirs pour des réalités ?

Quand Brody redescendit au rez-de-chaussée, les jumeaux étaient habillés et attablés devant des gaufres garnies de fraises et de crème Chantilly. Son couvert était mis, les œufs au bacon grésillaient dans son unique poêle et une cafetière pleine attendait sur la plaque chauffante.

Cela lui rappela les samedis matin, du temps de leur mariage — sauf que Meg préparait le petit déjeuner en pyjama, alors, et qu'ils regagnaient ensuite leur chambre pour faire l'amour, encore et encore…

Un divorce et la présence de deux petits chaperons ne leur permettraient cependant pas de revivre aujourd'hui ce qui leur avait donné tant de bonheur autrefois, aussi Brody décida-t-il de se contenter de ce qu'il avait : un excellent repas, deux merveilleux enfants et la compagnie d'une femme aussi belle que talentueuse.

— On veut choisir tout seuls le gâteau, vous vous souvenez ? rappela Kelly à ses parents.

L'anniversaire de Brody approchant, ils avaient commencé par emmener les jumeaux dans la meilleure pâtisserie de Seattle pour qu'ils y passent leur commande.

— Oui, comme ça, ce sera une surprise ! souligna Kevin, les yeux fixés sur les somptueux gâteaux exposés dans les vitrines réfrigérées du magasin.

— Tu te rappelles celui que la troupe t'a offert pour ton dernier anniversaire, maman ? demanda Kelly. Tu ne t'y attendais pas, et ça t'a fait très, très plaisir !

— Vous allez avoir une grosse surprise, tous les deux, annonça Kevin, et elle vous fera très, très plaisir !

Sans doute les jumeaux pensaient-ils à tous les anniversaires que leur séparation les avait empêchés de fêter ensemble, songea Meg, et là se trouvait la raison de l'importance particulière qu'ils semblaient attacher à celui-ci.

Elle se tourna vers la pâtissière, femme avenante d'une cinquantaine d'années, et lui expliqua :

— Nous donnons une réception le samedi 11 octobre, et il nous faut gâteau pour quarante personnes environ, mais les enfants tiennent à le choisir eux-mêmes. Nous allons donc vous indiquer l'endroit où il doit être livré, et nous irons ensuite attendre dehors.

Puis elle lui tendit sa carte bancaire pendant que Brody écrivait son nom et son adresse sur le bon de commande.

— Mais il ne faudra pas leur dire ce qu'on a pris, parce qu'on veut que ce soit une vraie surprise, déclara Kevin à la pâtissière.

Une fois sortie du magasin, Meg s'adossa à la devanture et offrit son visage aux rayons du soleil. Cette journée s'annonçait exceptionnellement chaude et belle pour la saison.

— La fête que la troupe de théâtre a organisée pour moi a marqué Kelly davantage que je ne le croyais, observa-t-elle.

— Elle regrette peut-être les anniversaires que nous n'avons pas pu fêter ensemble, ces cinq dernières années, nota Brody.

— C'est drôle… Je pensais exactement la même chose il n'y a pas deux minutes !

Ils se sourirent et, Meg sentant un élan de désir la soulever, se demanda si Brody avait autant envie de l'embrasser qu'elle de lui offrir ses lèvres…

L'apparition des jumeaux interrompit ses réflexions. La pâtissière, qui les suivait, annonça en tendant à Meg sa carte bancaire et la facture :

— Voilà, ils ont passé leur commande. Le gâteau sera dûment livré chez M. Taylor le 11 octobre, mais je n'en ai pas spécifié la nature sur le reçu, pour ne pas gâcher la surprise.

— Merci, dit la jeune femme. Quoi qu'ils aient choisi, je suis certaine que ce sera parfait.

Leurs autres courses occupèrent le reste de la matinée. Ils avaient prévu de se séparer une fois de retour chez Brody, celui-ci gardant Kevin et Meg repartant avec Kelly. A la manière dont Brody la regarda quand ils descendirent de voiture, la jeune femme comprit cependant qu'il avait envie, comme elle, de revenir sur cette décision.

Et pourquoi passeraient-ils bêtement cette journée chacun de leur côté, alors qu'ils se sentaient si bien ensemble ? Il y avait encore des problèmes entre eux, mais tant de choses positives, aussi : l'immense amour qu'ils portaient tous les deux à leurs enfants, la satisfaction d'œuvrer en commun à leur bonheur, le sentiment exaltant de former avec eux un tout harmonieux et indivisible…

Et, si cela ne suffisait pas, s'y ajoutait la puissante alchimie qui les unissait l'un à l'autre et leur faisait vivre tout éloignement comme un déchirement.

Comme pour le lui confirmer, Brody s'enquit alors avec un sourire plein d'espoir :

— Tu es sûre de ne pas avoir besoin de moi cet après-midi, pour t'installer une étagère, par exemple, ou tondre la pelouse du jardin ?

Si, songea Meg, elle avait besoin de lui, mais pour tout autre chose : pour l'aider à donner une deuxième chance à leur couple, pour voir s'il n'existait pas aujourd'hui un moyen de résoudre les conflits qui les avaient séparés autrefois.

— Tu ne m'as pas répondu, observa Brody. A quoi penses-tu ?

Le lui aurait-elle dit ? Meg n'eut pas le temps d'y réfléchir.

A cet instant, un taxi s'arrêta de l'autre côté de la rue, et une ravissante jeune femme en sortit. Les yeux rivés sur Brody, elle se dirigea droit vers eux.

— Fiona ! s'écria Kevin avant de courir se jeter au cou de son ancienne nurse.

# 10.

— Kevin chéri ! Tu m'as tellement manqué ! s'exclama la jeune Irlandaise en serrant le petit garçon dans ses bras.

A en juger par la chaleureuse accolade dont elle gratifia ensuite Brody, il lui avait manqué au moins autant... Etait-ce réciproque ? s'interrogea Meg avec un douloureux pincement de jalousie. Et, dans l'affirmative, quoi de plus compréhensible ? Fiona était d'une beauté radieuse, avec ses cheveux de jais qui retombaient sur ses épaules en une masse lisse et brillante, ses grands yeux verts bordés de cils incroyablement longs et épais, son teint de porcelaine et sa silhouette de mannequin... Elle avait en outre dix ans de moins que Meg, s'était consacrée à Brody et à Kevin pendant ces cinq dernières années... et aurait continué de le faire si elle n'avait tenté de séduire son employeur.

Meg fut cependant soulagée de constater que Brody semblait plus surpris qu'heureux de voir Fiona : il se dégagea vite de son étreinte, et ce fut avec un sourire contraint qu'il présenta les deux jeunes femmes. Il n'y avait donc peut-être pas matière à s'inquiéter, finalement.

— Qu'est-ce qui vous amène ici, Fiona ? demanda-t-il d'un ton méfiant.

— C'est votre oncle Roarke qui m'a persuadée de venir, et il a fait preuve de sa générosité habituelle en m'offrant le billet d'avion.

— Je le reconnais bien là, marmonna Brody.

— Vous pouvez m'attendre une minute, le temps que je paie le taxi et que je prenne mes bagages ?

Ses bagages ? Meg sentit une colère froide l'envahir. Fiona avait-elle l'intention de s'installer chez Brody ? Ce n'était pas la place qui manquait — la maison comptait six chambres, toutes équipées d'une salle de bains —, mais tout de même…

Cette question ne tarda pas à trouver sa réponse. Quand Fiona, sans avoir quitté une seconde Brody des yeux, eut posé ses deux valises dans le vestibule, elle s'approcha de lui et annonça d'une voix suave :

— Roarke m'a dit que vos recherches d'une nurse pour Kevin n'avaient toujours pas abouti, et il a pensé que je pouvais vous être utile, surtout maintenant que vos affaires vont vous obliger à de nombreux voyages entre Seattle et Austin.

— Je vous ai déjà expliqué que je ne me sentais pas en droit de vous éloigner de votre famille et de votre pays, déclara Brody.

— Je suis assez grande pour savoir ce que je veux faire de ma vie !

— Allons dans la cuisine, grommela Brody. Nous y serons mieux pour discuter.

Fiona prit son bras et tendit la main à un Kevin qui s'empressa de la saisir, laissant Meg et Kelly fermer la marche.

— L'idée de m'installer à Seattle ne me déplaît pas du tout, indiqua Fiona quand tout le monde fut assis autour de la table de la cuisine. C'est même mon intention, que vous me repreniez ou non à votre service, Brody.

— Comment cela ?

— Je me suis inscrite sur le site Internet d'une agence de placement d'ici, et elle m'a déjà organisé des entretiens avec des familles qui recherchent une nurse expérimentée. Je comptais louer une chambre d'hôtel, mais Roarke m'a dit que vous aviez une très grande maison et que vous pouviez me loger.

— Fiona revient habiter avec nous, papa ? s'écria Kevin, le visage rayonnant.

— Si tu emmenais Kelly jouer dans ta chambre ? suggéra Brody. Nous vous appellerons quand le déjeuner sera prêt.

— Je m'en occupe ! annonça aussitôt la jeune Irlandaise en se levant et en se dirigeant vers la gazinière.

Sans prendre le temps de réfléchir, Meg sauta sur ses pieds et lui barra le passage.

— Il n'en est pas question ! déclara-t-elle d'une voix ferme. Je vais m'en charger pendant que vous irez avec Brody dans le salon, où vous pourrez parler et échanger des nouvelles tranquillement.

Un quart d'heure plus tard, alors que Meg terminait ses préparatifs, Brody vint la rejoindre — seul — dans la cuisine.

— Où est Fiona ? lui lança-t-elle d'un ton acerbe.

Elle avait conscience de se montrer exagérément agressive, mais c'était plus fort qu'elle : une jalousie féroce la torturait, et pas seulement parce que Fiona l'avait remplacée auprès de Kevin pendant cinq ans. La façon dont la jeune Irlandaise couvait Brody des yeux lui indiquait aussi qu'elle était toujours amoureuse de son ancien employeur.

— Fiona est montée jouer avec les enfants, répondit-il. Tu as trouvé de quoi faire à déjeuner ?

— Nous devrons nous contenter de sandwichs au beurre de cacahuètes et de pêches au sirop… Tes placards et ton réfrigérateur sont pratiquement vides.

L'air nullement offensé par cette critique à peine voilée, Brody remarqua en haussant les épaules :

— Tu sais bien que la cuisine n'est pas mon fort.

Puis il se rapprocha de Meg, sa haute silhouette paraissant soudain remplir tout l'espace d'une pièce aux dimensions pourtant respectables.

— Je suis prêt à faire des efforts, reprit-il, mais j'ai besoin de tes conseils. Nous pourrions aller ensemble au supermarché un de ces jours prochains, pour commencer, et tu m'aiderais à me constituer un stock de provisions à la fois saines et variées… Qu'en dis-tu ?

Cette suggestion aurait ravi Meg une heure plus tôt seulement. Elle se serait vue parcourir les allées d'une grande surface avec son ex-mari, comme s'ils formaient de nouveau un couple, mais le brusque retour de la jeune et belle Irlandaise dans la vie de Brody l'avait déstabilisée, et elle ne put se retenir de répliquer d'un ton hargneux :

— C'est plutôt à Fiona que tu devrais demander cela ! Elle connaît sûrement mieux que moi tes goûts et ceux de Kevin !

— Serais-tu jalouse ? observa Brody, l'air mi-surpris, mi-amusé.

— Non : juste réaliste.

— Ce n'est pas moi qui ai fait venir Fiona à Seattle, je te le rappelle, souligna-t-il sans tenir compte de cette dénégation.

Il prit ensuite la main de Meg et la serra dans la sienne, mais elle eut la nette impression qu'il ne comptait pas s'en tenir là, qu'il allait l'attirer dans ses bras et l'embrasser pour couper court à une conversation qui le gênait. Et elle n'avait pas l'intention de se laisser manipuler.

— Je le sais, déclara-t-elle en dégageant sa main et en reculant de quelques pas. C'est Fiona qui a pris cette initiative, pour le plus grand plaisir et avec le soutien de ton oncle Roarke, qui espère toujours vous marier.

Brody la fixa un moment en silence avant de murmurer d'une voix apaisante, comme s'il raisonnait un enfant buté :

— Fiona a le droit de chercher du travail là où elle en a envie.

Meg aurait compris que l'intéressée elle-même invoque cet argument, mais Brody ?

— Et comme par hasard, c'est ici, à Seattle, qu'elle est venue en chercher ? s'écria-t-elle.

— Cela n'a rien d'un hasard, je te le concède : elle est très attachée à Kevin et a voulu se rapprocher de lui.

— Et de toi aussi. De toi surtout, même, il faudrait être aveugle pour ne pas s'en rendre compte !

— De quoi as-tu peur, exactement ?

— Que Fiona ne se glisse un soir dans ta chambre en tenue légère et n'essaie de nouveau de te séduire, avoua piteusement la jeune femme.

— Cela n'arrivera pas. Elle a tenté sa chance une fois, sans succès, et elle a maintenant compris qu'il était inutile d'insister.

— Je suis sûre, moi, qu'elle a encore des vues sur toi, et tu as encouragé ses espoirs en acceptant de la loger.

— Que pouvais-je faire d'autre ? La jeter dehors ? Lui dire qu'elle n'était plus la bienvenue chez moi, même en tant qu'invitée, et décevoir ainsi Kevin, qui la considère comme un membre de la famille ?

Là se trouvait le deuxième sujet d'inquiétude de Meg : pendant des années, Fiona avait joué le rôle d'une mère auprès de Kevin, et l'idée qu'elle la supplante dans le cœur de son fils la mettait au supplice.

C'était injuste, car la jeune Irlandaise pouvait légitimement prétendre à l'affection de Kevin, et Meg en avait conscience. Mais elle ne parvenait pas à prendre le recul nécessaire pour juger la situation de manière complètement objective.

Pour que Brody ne lise pas son tourment dans ses yeux, elle pivota sur ses talons, mais il la saisit par les épaules et l'obligea à se tourner vers lui.

— J'ai expliqué à Fiona que je ne l'engagerais pas. Je lui écrirai une lettre de recommandation pour l'aider à trouver du travail. Je lui dois au moins cela.

Il marqua une pause, comme pour donner à ces mots le temps de pénétrer l'esprit de Meg ; puis il reprit, en accentuant la pression de ses mains sur les épaules de la jeune femme :

— Je l'ai également invitée à passer le week-end ici, pour faire plaisir à Kevin. *Mais* dès dimanche soir, je l'emmènerai dans un hôtel où elle logera — à mes frais — jusqu'à ce qu'elle ait trouvé un emploi.

Cet arrangement aurait dû satisfaire Meg. Alors pourquoi ne lui apportait-il aucun réconfort ?

Un silence tendu s'installa dans la pièce. Brody voulait de toute évidence l'entendre dire qu'il avait eu raison d'offrir l'hospitalité à Fiona, mais elle ne pouvait s'y résoudre. Pas en sachant ce qui s'était passé à l'époque où ils vivaient sous le même toit. Pas après avoir vu l'adoration de la jeune Irlandaise quand elle regardait son ancien employeur.

— Tu te méprends sur les raisons qui ont poussé Fiona à s'expatrier, finit par déclarer Brody. Tu l'ignores, mais les Etats-Unis l'ont toujours fascinée.

Son assurance et son ton paternaliste rappelèrent à Meg les pires moments de leur mariage. Elle se dégagea d'un geste brusque et rétorqua d'une voix vibrante de colère :

— Et toi, tu méconnais, comme d'habitude, la dimension affective de la situation ! Fiona est peut-être fascinée par les Etats-Unis, mais tu crois vraiment qu'elle aurait l'intention de s'y fixer, et justement à Seattle, si Kevin et toi n'y étiez pas ? Ouvre les yeux, Brody ! Même si elle va travailler ailleurs, elle reviendra sonner à ta porte tous les quatre matins, parce qu'elle t'aime, et qu'elle aime Kevin comme un fils !

— C'est possible, mais que veux-tu que j'y fasse ? riposta Brody.

Craignant sans doute que le bruit de leur dispute ne parvienne aux oreilles des enfants, il alla fermer la porte et entraîna Meg vers le fond de la cuisine avant d'enchaîner :

— Je n'ai jamais donné à Fiona aucune raison de croire qu'elle serait un jour pour moi autre chose qu'une employée !

— Cela ne l'a pas empêchée de tomber amoureuse de toi, ni de s'attacher à Kevin et de le choyer comme si c'était son propre enfant ! Vous avez formé une sorte de cellule familiale, tous les trois !

— Tu aurais préféré que je confie notre fils à une personne qui l'aurait considéré comme un simple moyen de gagner sa vie ?

— Bien sûr que non !

— Alors de quoi m'accuses-tu, au juste ?

— Je trouve que…

— Oui ?

Meg garda le silence. Brody refusait peut-être de voir que la présence de Fiona à Seattle posait un problème, mais elle avait des reproches à se faire, à elle aussi : ils n'étaient plus mariés. De quel droit lui disait-elle qui pouvait ou non loger chez lui, qui pouvait ou non venir lui rendre visite ?

S'efforçant de maîtriser les émotions qui bouillonnaient en elle, la jeune femme inspira plusieurs fois avant de reprendre :

— Je… Excuse-moi, parvint-elle seulement à déclarer, et d'une voix bredouillante. Je me mêle de ce qui ne me regarde pas.

— Tu crois ? susurra Brody, l'air soudain plus amusé qu'irrité.

Puis, avec une lenteur délibérée et sur le visage un sourire charmeur, il s'approcha de Meg. Il n'en fallut pas plus pour lui donner envie de se jeter dans ses bras et, pour s'en empêcher, elle recula jusqu'à sentir le bord de l'évier s'enfoncer dans son dos et se lança dans un déluge de paroles :

— Tu peux mener ta vie comme tu l'entends. Etant divorcés depuis cinq ans, nous avons eu tous les deux des aventures, et c'est normal... Nous ne sommes pas de purs esprits !

Brody, qui avait continué de s'avancer vers elle, s'arrêta net. C'était lui, maintenant, qui semblait en proie aux affres de la jalousie.

— Je t'ai déjà demandé s'il y avait eu d'autres hommes dans ta vie depuis notre séparation, gronda-t-il, et tu n'as pas voulu me répondre sous prétexte que nous n'avions plus de comptes à nous rendre ; mais les choses ont changé dans l'intervalle. Le passé est le passé, alors inutile d'y revenir, mais j'exige de savoir ce qu'il en est aujourd'hui : tu as un petit ami, en ce moment ?

— Puisque tu te rappelles cette conversation, tu dois aussi te souvenir de ce que je t'ai dit ce jour-là : que j'avais eu des invitations.

— Oui, et que tu les avais toutes refusées par manque de temps.

Un seul homme, en fait, avait témoigné de l'intérêt à Meg depuis son installation à Seattle : son collègue Ted Isaacs. Elle n'avait pas l'intention de sortir avec lui. La veille encore, elle avait décliné son offre de passer cette soirée de samedi en sa compagnie, mais, par défi, elle avait maintenant envie d'accepter. Il suffisait de lui téléphoner, et il serait sûrement ravi d'apprendre qu'elle avait changé d'avis.

— Eh bien, ce n'est plus vrai, annonça-t-elle. J'ai un rendez-vous galant ce soir.

— Ce soir ? répéta Brody, le visage de plus en plus sombre.

— Oui.

— Et à quelle heure ton soupirant doit-il venir te chercher ?

— Je… je ne le sais pas encore. Il faut que j'appelle Ted pour que nous en décidions.

A la grande surprise de Meg, les traits de Brody se détendirent soudain, et sa voix n'aurait pas été plus neutre s'il s'était enquis des prévisions météo du lendemain quand il demanda :

— Tu as déjà engagé une baby-sitter pour Kelly ?

— Non, pas encore.

— Alors si elle restait ici ?

— Avec toi et Fiona ? déclara la jeune femme en s'efforçant de cacher sa consternation.

— A moins que tu n'y voies une objection ?

Que pouvait-elle dire ? C'était elle, la responsable de cette situation ; elle qui avait résolu d'aller dîner avec un autre homme pour punir Brody d'avoir accueilli Fiona sous son toit…

Son orgueil et ses talents de comédienne lui permirent heureusement de sauver la face.

— Non, répondit-elle d'une voix posée, cet arrangement me convient parfaitement.

Comme Meg l'avait prévu, Ted Isaacs accueillit avec joie son revirement de dernière minute, mais elle eut beau essayer de lui témoigner toute l'attention qu'il méritait pendant ce dîner suivi d'une séance de cinéma, ses pensées ne cessaient de revenir à Brody, à Fiona et aux enfants — ses enfants et ceux de Brody !

— Tu as l'air distraite, ce soir, observa Ted lorsqu'ils quittèrent le cinéma d'art et d'essai de l'université. Je suis même prêt à parier que tu ne pourrais pas me raconter l'histoire du film que nous venons de voir.

La jeune femme rougit, parce que c'était vrai et qu'elle se sentait coupable : Ted était beau, intelligent, gentil et spirituel, et elle appréciait sa compagnie, mais juste en tant qu'ami. Il souhaitait à l'évidence que leur relation prenne un tour plus intime, et elle ne savait pas comment l'en décourager sans détruire une amitié à laquelle elle tenait.

D'un autre côté, il aurait été cruel de le laisser croire qu'elle accepterait de sortir de nouveau avec lui, car cette soirée lui avait appris au moins une chose : où qu'elle aille, quoi qu'elle fasse, elle ne parviendrait jamais à chasser Brody de son esprit.

— J'ai toujours du mal à suivre une intrigue et à lire les sous-titres en même temps, répondit-elle pour ne pas blesser Ted.

— Les bandes-annonces étaient sous-titrées, mais pas le film.

— Ah, murmura Meg, affreusement gênée.

Tandis qu'ils se dirigeaient vers sa voiture, Ted lui passa un bras fraternel autour des épaules et déclara avec un petit sourire désabusé :

— Je ne me suis donc pas trompé : tu avais vraiment la tête ailleurs.

— Je suis désolée… Je…

— Tu n'as pas à t'excuser. Je me doutais déjà avant aujourd'hui que tu en aimais un autre.

Oui, songea Meg. Les événements de la journée — sa jalousie envers Fiona, son incapacité à profiter d'une soirée agréable avec le plus charmant des compagnons — lui auraient prouvé, si nécessaire, que Brody était le seul homme qu'elle aimait... Et qu'elle aimerait jamais.

Reconnaissante à Ted de prendre les choses avec autant d'élégance, elle l'embrassa sur la joue et lui dit avec douceur :

— Je voudrais que nous restions amis, Ted. Cela te paraît possible ?

— Naturellement, et d'autant plus que...

— Oui ?

— Eh bien... tu connais Liza Culhane ?

— L'assistante qui enseigne la littérature anglaise en première et deuxième années ?

Ted hocha affirmativement la tête, puis avoua en rougissant :

— Cela fait des semaines que j'essaie de trouver le courage de l'inviter à dîner.

— Tu veux que je joue les intermédiaires ?

— Oui, si tu pouvais lui en toucher en mot...

— Volontiers ! s'écria Meg, infiniment soulagée. Et je te promets de lui dire ce que je pense de toi, c'est-à-dire le plus grand bien.

— C'est gentil. Mais... Ne lui brosse tout de même pas un portrait trop flatteur de moi... Elle serait déçue !

Ils éclatèrent de rire, et Meg y vit la meilleure preuve que leur amitié était intacte. Ils bavardèrent gaiement pendant tout le trajet du retour et, une fois à destination, Ted se gara dans la contre-allée, derrière la voiture de Meg.

— Il y a un homme dans le 4x4 stationné juste en face de chez toi, annonça-t-il après avoir coupé le moteur.

— Oui, j'ai vu, indiqua la jeune femme.

Et elle savait très bien de qui il s'agissait.

Le rire sensuel de Meg, les inflexions mélodieuses de sa voix rendaient Brody fou de jalousie tandis qu'il la regardait prendre congé de son compagnon sur le trottoir. Il était trop loin pour entendre ce qu'ils disaient, mais la tendre accolade qu'ils se donnèrent avant de se séparer lui parut plus éloquente que des mots.

Meg jeta ensuite un coup d'œil dans sa direction, lui faisant ainsi comprendre que sa présence ne lui avait pas échappé, puis elle se tourna de nouveau vers Ted, attendit qu'il soit remonté dans sa voiture et agita la main jusqu'à ce que les feux arrière du véhicule aient disparu au coin de la rue.

Les mâchoires serrées, Brody descendit du 4x4 et se dirigea vers elle. Il pensait qu'elle allait lui demander s'il était arrivé quelque chose aux enfants, mais ce ne fut pas le cas : elle ne semblait nullement inquiète. Elle arborait même un air satisfait qui mit le comble à sa jalousie.

— Qu'est-ce qui t'amène ici si tard ? demanda-t-elle d'un ton dégagé en sortant ses clés de son sac. Non, laisse-moi deviner… Tu es venu m'espionner.

Ayant été pris sur le fait, Brody ne jugea pas utile de nier. Il haussa les épaules, enfonça les mains dans les poches de son jean et marmonna :

— Oui, et cela m'a permis de constater que tu avais beaucoup d'affection pour cet homme.

— C'est vrai, mais tu auras aussi remarqué qu'il ne m'a pas embrassée avant de partir, ni accompagnée jusqu'à la porte dans l'espoir que je l'inviterais à entrer… Et tu sais pourquoi ?

— Non.

— Parce que nous sommes juste amis. Toi, en revanche, je suis sûre que tu meurs d'envie d'entrer…

— Oui, reconnut Brody.

La franchise de Meg, son attitude à la fois calme et déterminée le plongeaient dans un abîme de perplexité. Quand ils s'étaient séparés, après le déjeuner, il l'avait sentie encore furieuse contre lui malgré les efforts qu'elle avait déployés pour le cacher, et elle avait parlé de cette sortie comme d'un rendez-vous galant… Que s'était-il donc produit entre-temps ?

Il gravit les marches du perron derrière elle, pénétra dans le vestibule à sa suite, et ce fut seulement après avoir refermé la porte qu'elle s'enquit des enfants. Elle se comportait décidément de façon très étrange…

— Ils dorment, répondit-il, et Fiona est là pour les garder.

— Je vois, se borna-t-elle à dire alors qu'il s'attendait à de nouveaux reproches.

Avait-elle décidé de se désintéresser complètement de ce qui pouvait se passer entre Fiona et lui ? se demanda-t-il anxieusement. Sa jalousie l'avait irrité, ce matin, parce qu'il la savait injustifiée, mais il la regrettait maintenant, car c'était au moins la preuve qu'elle tenait à lui.

Et il tenait à elle, songea-t-il en la regardant poser son sac et ses clés sur la table de l'entrée. Après cette longue soirée dehors, elle était aussi fraîche et pimpante que quinze heures plus tôt, quand elle avait sonné à sa porte. Son pantalon noir et son chemisier blanc avaient seulement été remplacés par une robe mauve d'une exquise féminité, ses cheveux roulés sur la nuque en une élégante torsade, et sa peau avait le même aspect lisse et satiné que les perles accrochées à son cou.

Il la suivit dans le séjour et ne la quitta pas des yeux pendant qu'elle allait d'une fenêtre à l'autre pour tirer les rideaux. La vue du léger balancement de ses hanches et de ses courbes, qui se dessinaient sous le tissu léger de sa robe, embrasa ses sens. Mais elle paraissait si lointaine...

Si elle avait décidé de se détacher de lui, pourtant, lui aurait-elle ouvert sa porte à une heure aussi tardive ? Aurait-elle jugé nécessaire de lui préciser que ce Ted était juste un ami ?

Alors, incapable de supporter plus longtemps la torture de l'incertitude, il résolut de passer à l'action : il la rejoignit, l'enlaça et rapprocha son visage du sien. Si elle ne voulait vraiment pas de lui, elle le repousserait. Mais il espérait que la force de l'attirance qu'ils avaient toujours éprouvée l'un pour l'autre l'en empêcherait.

Et, après un bref instant d'hésitation, Meg s'abandonna en effet dans ses bras. Mieux encore, elle entrouvrit les lèvres et les unit aux siennes avec un feu éloquent. Le cœur en fête, Brody l'embrassa fougueusement, puis lui chuchota à l'oreille :

— Je veux faire l'amour avec toi... Ici et maintenant... Aujourd'hui, demain et tous les autres jours...

Comme elle se taisait, il rompit leur étreinte pour la regarder et vit qu'elle était partagée entre l'envie et la peur de lui céder.

— Nous avons déjà tenté l'expérience, et elle ne nous a apporté que des souffrances, finit-elle par déclarer. Si nous nous engageons dans la même voie, elle risque de nous mener au même résultat.

— Non, nous étions trop jeunes, alors, trop égoïstes ; mais nous avons changé, et nous ne commettrons pas les mêmes erreurs. En repartant sur de nouvelles bases, nous éviterons les écueils qui nous ont amenés à nous séparer autrefois.

Meg se sentait fléchir. L'honnêteté l'avait obligée à dire, tout à l'heure, que Ted n'était qu'un ami pour elle ; mais Brody semblait avoir interprété cet aveu comme une invitation tacite à remplacer Ted dans son lit. Et il savait se montrer persuasif. Ses arguments en faveur d'une reprise de leur relation amoureuse étaient, à la vérité, proches des réflexions qu'elle s'était faites elle-même la veille au soir...

Alors, sans plus penser aux conséquences, elle lui offrit de nouveau ses lèvres et s'abandonna tout entière au plaisir de l'instant.

L'ardeur que Brody mettait dans son baiser lui donnait pour la première fois depuis très longtemps le sentiment exaltant d'être une femme infiniment désirable — et désirée. Ces bras musclés autour d'elle, ce corps chaud et viril pressé contre le sien répondaient à un besoin dont elle ne s'autorisait à mesurer l'intensité que maintenant, après avoir décidé de le satisfaire pleinement.

Oui, il était temps de l'admettre : pendant ces cinq longues années, elle avait espéré en secret revivre un jour avec Brody ces moments de bonheur qu'aucun autre homme ne pourrait jamais lui faire connaître.

— Allons dans ma chambre, chuchota-t-elle quand, le souffle court, ils durent s'écarter l'un de l'autre.

— Vos désirs sont des ordres, madame ! souffla-t-il gaiement.

Puis, dans un geste aussi viril qu'excitant, il la souleva pour la porter, tel Rhet Butler avec Scarlett O'Hara, monta l'escalier et ne consentit à la poser sur le sol qu'une fois arrivé près du lit.

Le cœur de Meg battait la chamade lorsqu'elle tendit la main pour descendre la fermeture Eclair de sa robe. Brody ne la laissa cependant pas terminer son geste : il secoua négativement la tête et entreprit de la déshabiller lui-même, en se donnant le temps de caresser du regard chaque centimètre carré de peau que la chute d'une nouvelle pièce de vêtement avait dénudé.

Il ne l'avait pas encore touchée que des frissons délicieux parcouraient déjà la jeune femme. Elle avait l'étrange impression de retrouver des émotions familières… et de les éprouver pourtant pour la toute première fois. Quand il eut fini de la dévêtir, Brody la coucha doucement sur le lit, se déshabilla à son tour, puis vint s'allonger près d'elle. Ses lèvres et ses mains lui témoignèrent alors sa passion, attisant le feu qui la dévorait.

Longuement, ils échangèrent des caresses brûlantes. Seul le son de leurs soupirs, de plus en plus saccadés, emplissait la pièce. Une indescriptible chaleur montait entre eux ; la gorge sèche, Brody écarta sa peau moite de la sienne et posa les mains sur ses seins gonflés, admirant leur rondeur et leur fermeté, savourant le plaisir de les sentir si parfaitement galbés dans ses paumes. Ivre de désir, il en agaça les pointes dressées du bout des lèvres, tandis que Meg s'abandonnant à sa bouche affamée, se cambrait sous lui.Gémissant, elle enfonça les doigts dans ses cheveux, l'invitant à poursuivre encore et encore sa caresse qui la secouait d'ondes délicieuses. D'une main tremblante, elle chercha son membre dressé et le guida entre ses cuisses humides.

— Je ne peux plus attendre, souffla-t-il, la voix rauque.

— Viens, murmura-t-elle d'un ton suppliant.

Un spasme de plaisir la secoua quand il la pénétra, en murmurant son nom, avec dans la voix une ferveur qu'elle n'y avait encore jamais entendue. C'était comme s'il ne venait pas de s'unir à elle dans un acte seulement physique, mais spirituel, aussi, presque mystique. Elle sentit Brody entrer doucement en elle et imprimer son rythme à son corps. Ondulant dans un même élan, ils se soudèrent l'un à l'autre, et sentirent un feu lancinant s'allumer en eux.

— Oh, Brody, murmura Meg en refermant ses bras autour de son cou, comme elle sentait monter au plus profond d'elle-même une vague de plaisir inouï.

Il lui sourit et noya ses yeux dans les siens avant de se laisser porter par un flux de sensations aussi douces que violentes.

Attentive à lui donner autant de plaisir qu'elle en recevait, elle se soulevait et remuait les hanches, tantôt lascivement, tantôt fiévreusement, et, leurs corps soudés n'en formant plus qu'un, leurs cœurs battant à l'unisson, ils atteignirent ensemble un orgasme qui leur arracha un même cri d'extase.

Ils restèrent ensuite un long moment immobiles, collés l'un à l'autre, silencieux ; comme grisés par l'intensité de ce qu'ils venaient de vivre.

Quand les brumes de la passion se dissipèrent, toutefois, la réalité reprit ses droits, et Meg se rendit alors compte qu'ils avaient commis une grave erreur de jugement : ils n'auraient pas dû laisser leurs pulsions l'emporter sur les obstacles qui se dressaient encore entre eux.

Consciente d'avoir été trop impulsive et mis ainsi en péril ce qui lui tenait le plus à cœur, la jeune femme rompit leur étreinte, s'assit et, le drap remonté sur sa poitrine, dit d'une voix étranglée :

— Nous ne pouvons pas faire ça.

Brody se redressa sur un coude et demanda, visiblement perplexe :

— Pourquoi ?

« Parce que nous avons de nouveau agi sans réfléchir. Parce que nous n'avons parlé d'amour ni l'un ni l'autre », pensa Meg.

Mais elle se contenta de déclarer :

— Parce que nous ne sommes plus mariés.

Puis elle alla se réfugier de l'autre côté du lit pour ne pas être tentée de retourner dans ses bras. Elle l'aimait de tout son cœur, de toute son âme ; mais lui ? Eprouvait-il pour elle autre chose que du désir, doublé, peut-être d'un sentiment d'obligation morale ?

Elle se rappela la façon dont il lui avait expliqué l'ouverture d'un compte en banque à son nom : « Tu es la mère de mes enfants, et je veux avoir la certitude que tous tes besoins seront toujours satisfaits. »

Y compris ses besoins physiques ? songea-t-elle, les larmes aux yeux. Etait-ce pour y répondre, tout en comblant les siens, qu'il avait décidé de s'engager dans une liaison avec elle ?

— Qu'essaies-tu de me dire, Meg ? demanda-t-il en se calant confortablement contre les oreillers. Que nous ne referons plus jamais l'amour ensemble après ce soir ?

A en juger par son sourire narquois, il était certain du contraire, et Meg lui lança un regard noir. Il semblait si confiant dans son pouvoir de séduction, tellement sûr d'être maître de la situation, quoi qu'elle en pense...

— Si je te propose de venir t'installer chez moi, reprit-il d'un ton badin, je dois donc m'attendre à un refus catégorique ?

# 11.

Meg n'arrivait pas à savoir si Brody parlait sérieusement ou non. Elle trouvait pourtant qu'il n'y avait pas là matière à plaisanter : une reprise de la vie commune n'était pas une chose à prendre à la légère.

Pour se donner le temps de réfléchir, elle se leva et alla mettre son peignoir avant de demander d'un ton méfiant :

— Pourquoi me proposerais-tu de venir m'installer chez toi ?

— Cela me paraît évident ! Les enfants en rêvent, nous nous sentons bien ensemble et, plus important encore, nous éprouvons toujours une puissante attirance l'un pour l'autre. Si nous vivions sous le même toit, nous donnerions aux jumeaux le sentiment de former une vraie famille, et cela ferait comprendre à Fiona qu'elle n'a aucune chance de me conquérir.

Cette dernière remarque irrita tellement Meg qu'elle en oublia de relever, dans la plaidoirie de Brody, l'absence de l'argument le plus décisif : l'amour.

— Je refuse que tu te serves de moi pour te protéger des avances de ton ancienne employée ! s'écria-t-elle.

— Ce serait pourtant le meilleur moyen de les décourager.

C'était vrai, pensa Meg ; mais tous les problèmes ne seraient pas résolus pour autant. Comme à son habitude, Brody se contentait d'une solution qui simplifiait les choses à court terme, sans se préoccuper de savoir ce qui se passerait ensuite.

Pendant qu'ils parlaient, il avait remis son caleçon et s'était assis au bord du lit. La jeune femme alla le rejoindre et, s'exhortant au calme, elle observa :

— Je crois que nous devrions renoncer à avoir une liaison ensemble et redevenir juste amis, comme avant.

— Non, nous devons essayer de reconstruire notre couple !

— Pour les enfants ?

— Et pour nous également.

Le regard de Meg remonta des jambes musclées de Brody à ses hanches minces, à son ventre plat, à ses larges épaules... Elle n'avait jamais vu corps d'homme aussi parfait, même sur les scènes new-yorkaises. Il lui suffisait de poser les yeux sur lui pour sentir le désir monter en elle, et quand Brody entreprenait de la séduire, comme ce soir, elle perdait toute capacité de résistance.

Ce n'était pas si grave tant qu'ils s'entendaient bien le reste du temps ; mais que se passerait-il si elle allait habiter chez lui ? Les conflits qui les avaient opposés autrefois risquaient de reparaître et, les mêmes causes produisant les mêmes effets, ils finiraient par se séparer.

— Notre rupture, il y a cinq ans, m'a brisé le cœur, murmura-t-elle. Je ne veux pas revivre ça.

— Nous resterons ensemble, cette fois.

C'était l'engagement qu'ils avaient pris le jour de leur mariage et, moins d'un an plus tard, ils divorçaient…

Sa réticence à formuler le refus catégorique dont il avait parlé quelques minutes plus tôt révélait à Meg la profondeur de son trouble.

— Mais si nous nous séparons de nouveau ? insista-t-elle.

— Il est visiblement écrit que nos destins sont liés, alors pourquoi refuses-tu de l'admettre ?

Meg poussa un soupir. Elle se sentait déjà faiblir, et pourtant Brody n'avait pas encore déployé toutes ses ressources de persuasion…

— Parce que j'essaie d'être raisonnable, répondit-elle, et de nous éviter à tous de souffrir — à toi, à moi, et surtout aux enfants. S'ils ne font que soupçonner un changement de nature dans nos relations…

Les mots moururent sur ses lèvres. Elle ne supportait pas l'idée de conforter les jumeaux dans l'illusion que leurs parents allaient se remarier ou, pire encore, de les mettre en situation de devoir choisir entre un père et une mère devenus des ennemis irréductibles. Elle ne voulait pas qu'ils soient soumis aux pressions morales et au chantage affectif dont elle avait été autrefois victime.

« Tu aimes ton père plus que moi, reconnais-le ! »

« C'est ça, range-toi dans le camp de ta mère ! Laisse-la t'utiliser comme un pion contre moi ! Pour ce que ça me fait… »

« Tu ne peux pas être dans deux endroits à la fois, Meggie. Il va falloir que tu te décides. Alors, où vas-tu passer les vacances de Noël ? Avec ta maman qui t'aime, ou avec ton père, qui sera trop occupé à travailler pour te consacrer une minute ? »

Peut-être Brody devina-t-il ce qui la tourmentait, car il lui caressa la joue et déclara d'une voix douce :

— Je comprends tes hésitations. Il suffit de prendre des précautions. Nous ne coucherons pas dans la même chambre et, quand nous voudrons faire l'amour, nous pourrons engager une baby-sitter et venir ici, ou bien aller à l'hôtel. Je peux même louer un appartement réservé à ce seul usage : mes moyens me le permettent. A condition d'éviter devant eux tout geste ou parole révélateurs, Kevin et Kelly ne se douteront de rien et seront heureux comme des rois.

— Et tu penses qu'ils le seront toujours, quand ils nous verront nous disputer ? objecta la jeune femme.

— Pourquoi envisages-tu toujours le pire, Meg ? Nous ne nous disputerons peut-être pas et, si nous avons à discuter d'un problème, nous le ferons ici, ou ailleurs, pour que les jumeaux ne risquent pas de nous entendre.

Brody avait réponse à tout, et Meg aurait volontiers accepté sa proposition, même sans être réellement convaincue par ses arguments, si elle n'avait été sûre que les jumeaux ne se laisseraient pas si facilement duper.

Sa propre histoire était là pour le lui dire : enfant, elle courait se réfugier dans sa chambre chaque fois que ses parents commençaient de se quereller... Cela ne l'empêchait pas de comprendre ce qui se passait, ni de savoir que la question de sa garde était pour eux l'objet d'une lutte sans merci, et d'en éprouver un terrible sentiment de culpabilité. Elle ne voulait pas que Kevin et Kelly connaissent les mêmes affres.

— Ils sentiraient que nous ne sommes pas honnêtes avec eux, déclara-t-elle. Il nous suffirait d'échanger par inadvertance un regard un tant soit peu appuyé pour qu'ils devinent la vérité, et cela alimenterait leurs espoirs de nous voir nous remarier. Et si nos rapports se tendent au point de m'obliger à revenir habiter ici avec Kelly, tu imagines leur chagrin ! Ils ne se souviennent pas de notre première rupture, mais je ne me rappelle que trop bien, moi, celle de mes parents. J'avais alors à peu près leur âge, et elle m'a marquée à vie.

Mais ses objections ébranlaient visiblement moins Brody qu'elles ne l'agaçaient. Comme toujours quand il s'était fixé un objectif, il restait sourd aux arguments qui l'auraient forcé à réfléchir avant d'agir.

— Nous ne sommes pas tes parents, Meg ! répliqua-t-il. Nous ne commettrons pas les mêmes erreurs.

— Quand nous avons divorcé, nous avons en effet évité de nous déchirer à propos de la garde des enfants et de les mêler ainsi à nos désaccords personnels, mais au prix d'un éclatement de la famille dont nous mesurons seulement maintenant l'injustice...

— Nous avons pris cette décision parce que nous pensions ne pas pouvoir réussir à surmonter nos différends, mais les choses ont changé : nous nous entendons à présent mieux que nous ne l'aurions jamais cru possible, alors pourquoi ne pas réaliser le rêve des jumeaux ?

— Parce qu'une cohabitation risquerait de détruire l'équilibre auquel nous sommes parvenus en préservant chacun notre autonomie. Si nous en arrivions à nous séparer de nouveau, les jumeaux souffriraient d'autant plus qu'ils auraient connu le bonheur de vivre ensemble, et avec leurs deux parents.

— Tu es trop pessimiste, observa Brody en prenant les mains de Meg dans les siennes. Je suis sûr, moi, que tout se passera bien si tu viens habiter chez moi avec

Kelly. Néanmoins, je veux bien attendre que tu t'y sentes prête. Nous en reparlerons. Dans l'intervalle, nous ne laisserons rien deviner de nos nouvelles relations aux enfants.

Cette promesse n'empêcha pas Brody, le lendemain matin, de venir s'asseoir près de Meg et de se serrer contre elle sur le banc de l'église dont ils avaient tous les deux décidé de faire leur paroisse. La jeune femme remarqua avec irritation que Fiona se dépêchait de s'installer à côté de Brody, séparant ainsi les jumeaux de leurs parents, mais comme ce n'était ni le lieu ni le moment pour causer un esclandre, elle se tut.

A la fin de l'office, elle embrassa les enfants qui la quittèrent vite pour aller rejoindre la file des paroissiens et saluer le révérend Bollick.

— Je leur ai proposé de les emmener au parc après le déjeuner, annonça Brody, mais tu avais peut-être d'autres projets pour Kelly ?

— Non, rien de spécial.

— Ça te dirait de nous accompagner ?

La perspective de passer un après-midi à regarder Fiona jeter des coups d'œil langoureux à Brody ne tentait pas du tout Meg, et quelques heures de solitude ne l'effrayaient pas, au contraire : cela lui permettrait de réfléchir à l'avenir de leurs relations.

— J'aimerais bien, répondit-elle, mais je dois finir de mettre au point le spectacle que donneront bientôt mes petits élèves.

— Je peux confier les enfants à Fiona et venir t'aider, si tu veux ! proposa aussitôt Brody.

Aussi séduisante que fût cette offre, Meg la jugeait dangereuse : si elle se retrouvait seule avec Brody, ses bonnes résolutions risquaient de s'envoler.

— Merci, dit-elle, mais je n'aurai besoin de ton aide que plus tard, pour réaliser les affiches et les programmes.

— Tu n'aurais pas plutôt envie que je te laisse un peu tranquille ? lui lança Brody sans chercher à cacher sa déception.

Même si cette formulation contenait une part de vérité, elle manquait de nuances, et Meg aurait protesté si le lieu avait convenu pour tenir ce genre de conversation. Embarrassée, elle parcourut l'église des yeux et nota distraitement que les enfants parlaient avec animation au révérend Bollick, en se demandant ce qu'ils pouvaient bien lui raconter. Puis elle se tourna de nouveau vers Brody, et elle aurait malgré tout tenté de s'expliquer s'il ne l'en avait empêchée en déclarant d'un ton sec :

— Inutile de répondre ! A quelle heure veux-tu que je te ramène Kelly ?

Cette brusquerie hérissa Meg, mais eut aussi pour heureuse conséquence de chasser ses remords. Oui, elle souhaitait être seule, mais c'était dans leur intérêt à tous les deux, pour éviter de prendre sous l'effet de la passion une décision qu'ils finiraient par regretter.

— Après le dîner ? suggéra-t-elle.

— Entendu, marmonna Brody.

Cinq minutes plus tard, Brody, Fiona et les jumeaux partaient de leur côté, et Meg du sien.

*
**

Brody étant accompagné de Kevin quand il ramena Kelly, Meg en conclut qu'il avait installé Fiona dans un hôtel avant de venir, mais elle se garda bien de lui poser la question. Elle n'avait aucune envie de parler de la jeune Irlandaise et aurait même voulu pouvoir la chasser définitivement de ses pensées.

A peine arrivé, Brody annonça que du travail l'attendait chez lui, et elle ne fit rien pour le retenir. Un peu de distance leur permettrait d'analyser leurs sentiments de façon plus sereine.

Le lundi matin, Meg commença les répétitions du spectacle avec les élèves du jardin d'enfants. Ils se montrèrent tous très coopératifs — sauf Kevin : à la fin de la séance, ses petits camarades connaissaient déjà par cœur *A Spoonful of Sugar*, l'une des plus célèbres chansons de *Mary Poppins*, et la chorégraphie qui l'accompagnait, mais pas lui.

La jeune femme emmena la classe dans la salle voisine, où Carmen Perez les attendait, puis elle demanda à parler un moment à son fils.

— J'ai remarqué que tu avais du mal à suivre, aujourd'hui, lui dit-elle. Je sais pourtant que tu as beaucoup d'oreille, et une excellente mémoire visuelle.

Les joues du petit garçon s'empourprèrent, et il dansa nerveusement d'un pied sur l'autre avant de répondre, les yeux fixés sur la pointe de ses baskets :

— Non, là, c'était trop difficile pour moi. Il faudrait que tu me donnes des cours particuliers.

La lumière se fit alors dans l'esprit de Meg : Kevin avait feint de ne rien retenir parce qu'il souhaitait passer plus de temps avec elle. Et, après cinq années de séparation, comment aurait-elle pu repousser cette requête qui, pour avoir été présentée par le biais d'une supercherie, n'en reflétait pas moins un véritable besoin ?

L'âme inondée de bonheur à l'idée que son fils désirait se rapprocher d'elle, qu'elle n'était pas pour lui une mère de nom seulement, Meg tira une chaise et s'assit pour se mettre à sa hauteur.

— Quand veux-tu commencer ? lui demanda-t-elle.

— Ce soir ? proposa Kevin, les yeux brillant de joie.

Puis il grimpa sur ses genoux et lui couvrit le visage de baisers. Meg le serra contre sa poitrine et annonça d'un ton enjoué :

— Ça devrait être possible, mais il faut d'abord que j'en parle à ton père, car nous avions convenu que Kelly irait dîner et passer la soirée avec vous.

— Je suis sûr qu'il sera d'accord !

— Je le pense aussi, déclara la jeune femme avant d'embrasser le petit garçon et de le ramener dans sa classe.

Lorsque Brody vint chercher Kevin, Meg le prit à part et lui expliqua ce qui s'était passé pendant le cours de musique.

— Je crois que Kevin a envie de m'avoir pour lui tout seul pendant quelques heures, conclut-elle.

Comme elle s'y attendait, Brody n'émit pas d'objection. Toute trace de son dépit de la veille avait disparu : il était détendu, souriant, et Meg le trouva particulièrement séduisant, avec ses cheveux noirs un peu décoiffés par le vent du dehors et la tenue d'une élégante décontraction qu'il portait — costume gris et chemise blanche ouverte au col. Il sentait délicieusement bon, aussi, un mélange de savon et d'after-shave en parfaite harmonie avec sa silhouette et ses traits virils.

— Et si tu dînais avec nous ce soir ? suggéra-t-il. J'ai promis aux enfants un repas de poulet frit acheté dans leur fast-food préféré. Ce n'est pas très diététique, mais si ça te convient…

— Très bien !

— Parfait ! Tu donneras ensuite son cours particulier à Kevin, et moi, je montrerai à Kelly « des nouveaux trucs » sur l'ordinateur.

— Génial, Fiona est là, elle aussi ! s'écria Kelly en voyant Kevin et son ancienne nurse sortir sur le perron au moment où Meg se garait devant la maison de Brody. Elle est très gentille, tu sais… Elle a joué à plein de jeux avec nous hier, au parc !

La jeune femme eut un violent pincement au cœur devant le spectacle de la belle Irlandaise et de son fils main dans la main. Brody ne lui avait pas dit, tout à l'heure, qu'il avait invité Fiona à dîner. S'il l'avait fait, elle lui aurait demandé de déposer Kevin chez elle… Mais il était trop tard, maintenant, pour modifier le programme de la soirée.

Plaquant un sourire sur son visage, elle alla ouvrir la portière arrière à sa fille, qui courut aussitôt embrasser Kevin et Fiona, puis elle ferma la voiture et se dirigea vers eux à pas lents. Elle regrettait de ne rien porter de plus sexy qu'un jean délavé et un T-shirt marqué du logo de son université, de ne pas s'être maquillée et ne pas avoir choisi une coiffure plus sophistiquée qu'une queue-de-cheval, mais là encore, il était trop tard…

Après avoir parlé à Brody d'en revenir à des relations purement amicales, d'ailleurs, pourquoi considérerait-elle Fiona comme une rivale ?

— Bonjour, Meg ! s'exclama chaleureusement cette dernière quand elle l'eut rejointe sur le perron.

Bien qu'à contrecœur, la jeune femme admira sa cordialité. Si les rôles étaient inversés, elle n'était pas certaine de pouvoir se montrer aussi affable avec l'ex-épouse de l'homme qu'elle aimait… Sauf, bien sûr, si Brody avait dit à Fiona qu'il avait abandonné toute idée de se réconcilier avec cette ex-épouse.

— Entrez ! reprit Fiona. Brody est en haut, en train de se changer. Je peux vous offrir une tasse de thé ? Je viens d'en préparer, et je sais comment Brody aime le sien, naturellement, mais vous, vous n'en buvez peut-être même pas ?

Agacée, maintenant, de la voir se conduire en maîtresse des lieux, Meg faillit la rembarrer, mais elle se contint et répondit d'un ton poli :

— Si, j'aime le thé, et je le bois avec une rondelle de citron, si vous en avez.

Puis elle suivit Fiona dans la cuisine, mais à peine avait-elle franchi le seuil qu'elle s'arrêta net : les stores vénitiens qui allaient si bien avec le style moderne de la pièce avaient été remplacés par des rideaux de dentelle !

— Qu'en pensez-vous ? lui demanda la jeune Irlandaise avec un sourire satisfait.

Celui de Meg était de plus en plus contraint. Non seulement ces rideaux détonnaient dans ce cadre, mais Brody n'aimait pas particulièrement la dentelle — du moins à sa connaissance.

— C'est Fiona qui les a faits ! intervint Kevin. Ils sont beaux, hein, maman ?

— Euh... oui, très beaux.

— Et ils rendent la cuisine moins impersonnelle, vous ne trouvez pas ? renchérit Fiona. Ils viennent d'Irlande : Brody avait exactement les mêmes chez lui.

— Mais vous n'êtes là que depuis deux jours, observa Meg. Vous avez dû coudre toute la nuit, pour pouvoir les installer dès aujourd'hui !

— Non, ils étaient déjà prêts. Roarke avait pris les mesures des fenêtres et me les avait communiquées. Et je les ai posés hier après-midi, avant d'aller au parc... Vous ne le saviez pas ?

— Non, murmura Meg.

Elle l'aurait su, si elle s'était donné la peine d'interroger Brody ou Kelly sur leur après-midi de dimanche. Ce dont elle s'était soigneusement abstenue, la seule mention du nom de Fiona ranimant sa jalousie.

Un peu honteuse, elle jugea préférable de changer de sujet :

— Et vos entretiens d'embauche ? Vous avez quelque chose d'intéressant en vue ?

— J'avais un rendez-vous aujourd'hui, mais je l'ai annulé, répondit Fiona.

Ce qui signifiait que sa véritable intention était d'essayer de s'imposer dans son ancien emploi, et non d'en trouver un ailleurs, songea Meg.

Et peut-être lui aurait-elle directement posé la question si Brody n'était alors entré dans la pièce. Il avait lui aussi échangé sa tenue de ville contre un jean et un T-shirt, ce qui la réconforta un peu. De plus, il semblait réellement heureux de la voir ; autant qu'elle l'eût été, si Fiona n'avait pas été là.

— Vous semblez bien vous entendre, toutes les deux, et j'en suis ravi ! s'écria-t-il gaiement.

Meg acquiesça de la tête, mais l'apparente naïveté de son ex-mari en ce qui concernait Fiona, et sa propre possessivité envers lui la mettaient mal à l'aise.

— J'ignorais que tu aurais de la visite ce soir, observa-t-elle aussi posément qu'elle le put.

— Fiona est venue chercher d'autres exemplaires de la lettre de recommandation que je lui ai donnée hier. Il lui en faut une pour chacun de ses employeurs potentiels.

— Et je suis aussi venue pour aider Kevin et Kelly à terminer la surprise qu'ils veulent vous faire, indiqua la jeune Irlandaise.

— On lui a demandé hier au parc, pendant que papa était allé nous acheter des glaces, expliqua Kevin.

— Parce qu'on avait besoin d'elle pour coudre, précisa Kelly.

— Coudre quoi ? demanda Brody, les sourcils froncés.

— Attendez, je vais vous montrer ! dit Fiona avant de quitter la cuisine en courant.

Deux minutes plus tard, elle reparaissait, un grand voile blanc fixé à une couronne de fleurs dans les mains.

Brody détestait perdre le contrôle d'une situation, et c'était exactement ce qui était en train de lui arriver :

il croyait avoir fait clairement comprendre à Fiona que leurs routes s'étaient définitivement séparées, mais elle n'avait pas du tout l'air décidée à l'accepter… Et maintenant, elle lui présentait fièrement ce qui ressemblait à un voile de mariée en dentelle irlandaise !

Les jumeaux, eux, étaient aux anges : ils riaient, battaient des mains et poussaient des cris de joie.

— C'est pour un déguisement ? s'enquit Brody d'un ton méfiant.

— Bien sûr que non ! répondit Fiona. C'est un vrai voile de mariée, destiné à votre future femme.

Interdit, Brody jeta un coup d'œil à Meg, qui semblait aussi déroutée que lui, puis il reporta son attention sur son ancienne employée.

— Ma future femme ? répéta-t-il.

Devant son évidente perplexité, Fiona rougit jusqu'aux oreilles — de confusion, ou d'humiliation, ou les deux, mais quoi qu'elle exprime, cette réaction était suffisamment éloquente pour que Brody murmure :

— Vous ne pensiez tout de même pas que…

— D'après les enfants, vous avez l'intention de vous remarier, et très bientôt, expliqua la jeune Irlandaise d'une voix tremblante. Ils m'ont dit que vous vous sentiez seul, et Kevin a ajouté que je vous avais beaucoup manqué à tous les deux, et que vous ne vouliez pas me voir repartir en Irlande, ou aller travailler chez d'autres gens, mais vivre ici avec vous, dans cette maison.

Et, aveuglée par son désir de transformer son rêve en réalité, elle en avait déduit que c'était elle l'heureuse élue, pensa Brody, atterré.

Jurant intérieurement et se reprochant de ne pas l'avoir

renvoyée dès les premiers signes d'un intérêt un peu trop vif pour sa personne, il se tourna vers les jumeaux et les interrogea du regard.

— Il faudra quelqu'un pour s'occuper de nous, quand tu seras en voyage de noces, déclara Kevin, et Kelly aime déjà beaucoup Fiona.

— Oui, beaucoup, confirma la fillette. Une des amies de maman, au théâtre, s'est remariée, et ses deux enfants ont dû habiter chez une amie pendant que leur maman et leur nouveau papa étaient en voyage de noces. Mais nous, on a Fiona, et on pourra rester ici, ce sera bien mieux !

— Où êtes-vous allés chercher l'idée que je voulais me remarier ? s'exclama Brody. Je n'en ai jamais parlé !

Mais il y pensait, devait-il reconnaître. Il comptait même demander Meg en mariage dès qu'elle aurait accepté de venir habiter chez lui — ce qui ne semblait malheureusement pas près d'arriver dans la mesure où, en cet instant précis, elle donnait plutôt l'impression de n'avoir qu'une hâte : fuir les lieux.

— Tu pourrais te remarier avec maman, observa Kelly avec un sourire candide.

— Oui, renchérit son frère, et c'est pour ça qu'on lui offre ce voile, pour qu'elle le mette ce jour-là.

— Mais s'il ne lui plaît pas, elle peut remettre celui de la première fois, ajouta Kelly d'un ton conciliant.

Brody leva les yeux au ciel et reporta son attention sur Fiona, qui battait des paupières pour refouler ses larmes.

— Je crois que je vais vous laisser, déclara-t-elle, admettant sa défaite avec une surprenante dignité. Je ne me suis pas encore adaptée au décalage horaire, et en Irlande, la nuit est tombée depuis longtemps... Il vaut mieux que je rentre à l'hôtel et que j'essaie de dormir.

Elle tendit ensuite le voile à Brody, se dirigea vers la porte, et il resta là, comme paralysé, mais Meg lui intima du regard de faire quelque chose, n'importe quoi, et elle avait raison : même si Fiona s'était livrée à des conclusions hâtives — bien aidée en cela par les propos inconsidérés des enfants —, elle venait de subir une cruelle humiliation et méritait quelques égards.

— Attendez-moi, lui dit-il d'une voix bienveillante. Je vous reconduis à votre hôtel.

Brody trouva les jumeaux exceptionnellement calmes et dociles quand il revint avec le dîner. Ils devaient sentir qu'ils avaient provoqué un drame, même s'ils en ignoraient la nature exacte. Et Meg en avait profité pour donner son cours particulier à Kevin, découvrit-il, car le petit garçon lui annonça fièrement lorsqu'ils se mirent à table :

— Je connais maintenant *A Spoonful of Sugar* aussi bien que les autres !

— Tant mieux, se contenta de déclarer Brody.

Manifestement surpris de ne pas recevoir les compliments auxquels il pensait avoir droit, Kevin questionna :

— T'es en colère contre moi, papa ?

— Non.

— Alors pourquoi tu fronces les sourcils ?

— Je m'inquiète pour Fiona.

— Pourquoi ?

— Parce que vous l'avez blessée, ta sœur et toi.

— On ne l'a pas fait exprès ! protesta Kelly.

— Je le sais.

Puis Brody entreprit d'expliquer la situation aux enfants, pour qu'ils en tirent la leçon.

— Et quand vous avez demandé à Fiona de coudre ce voile de mariée, elle a cru qu'il lui était destiné, dit-il en conclusion.

— Mais ce n'est pas possible ! objecta Kevin. Elle ne peut pas devenir ta femme, puisqu'elle n'est pas notre maman. C'était ma nounou, et les nounous et les mamans, ce n'est pas du tout la même chose !

Brody était bien d'accord, mais les événements récents lui avaient montré que cette différence n'était évidente ni pour Fiona, ni pour Meg.

— Il n'empêche que vous auriez dû m'en parler avant, indiqua-t-il, alors ne recommencez pas !

— On ne recommencera pas, puisque le voile, il est déjà cousu, souligna Kelly.

Restait à savoir s'il verrait un jour Meg s'avancer vers lui, ce voile ou un autre ornant ses cheveux, songea Brody. Il était cependant prêt à s'armer de patience, à lui faire la cour jusqu'à ce qu'elle tombe amoureuse de lui et accepte de l'épouser.

Intervenant alors pour la première fois dans la conversation, la jeune femme précisa aux jumeaux :

— Ce que votre père veut dire, c'est que vous êtes trop jeunes pour prendre seuls ce genre d'initiative, et que vous devrez vous en souvenir à l'avenir.

Ils hochèrent gravement la tête, puis Kelly demanda d'une voix timide :

— Tu vas quand même m'apprendre des nouveaux trucs à l'ordinateur, papa ?

— Bien sûr, déclara Brody en souriant.

Une promesse était une promesse, et il tenait aussi à ce que les enfants sachent qu'ils pouvaient toujours compter sur son pardon.

Mais après cette petite séance d'informatique, il avait la ferme intention de discuter en tête à tête avec Meg.

# 12.

— Que vas-tu faire de ce voile ? demanda Meg lorsque les jumeaux furent montés ranger la chambre de Kevin, la laissant seule avec Brody.

Sa tasse de café vide à la main, il lui fit signe de le suivre dans la cuisine, où il leur servit un deuxième café et alla s'asseoir près d'elle à la table avant de répondre :

— Je ne sais pas. J'ai proposé à Fiona de le reprendre, parce que le tissu lui appartient et qu'elle s'est donné du mal pour le confectionner, mais elle m'a opposé un refus catégorique.

— Il est bien trop beau pour que les enfants s'en servent comme d'un simple déguisement… Tu devrais peut-être le garder et le rendre plus tard à Fiona, pour son propre usage ou celui de quelqu'un d'autre.

— J'y ai pensé, indiqua Brody, mais elle risque de se tromper sur le sens de ce geste : l'expérience m'a appris à me méfier de son imagination… A moins que je ne lui mette les points sur les i une bonne fois pour toutes…

— Non, ne la brusque pas ! s'écria Meg en posant la main sur la sienne.

Brody retourna sa paume, entrelaça leurs doigts et observa avec un soupir :

— La gentillesse ne m'a pas tellement réussi, jusque-là, mais tu as raison : je lui ai déjà fait assez de mal involontairement sans lui en faire aujourd'hui sciemment.

— Et si tu demandais à ton oncle Roarke de la raisonner ?

— Ça ne marchera pas. Il a trop envie qu'elle devienne ma femme.

— Autrement dit, il va continuer de jouer les entremetteurs ?

— Sauf s'il voit que nous sommes décidés à reprendre la vie commune.

— Mais nous n'avons encore rien décidé.

— Parle pour toi !

Ignorant cette remarque, Meg dégagea sa main, se leva et esquissa un pas pour s'éloigner, mais Brody la saisit par la taille, l'attira vers lui et l'emprisonna dans l'étau de ses jambes. Il lui entoura ensuite le visage de ses mains et l'embrassa avec cette passion qui avait le pouvoir, en un instant, de la mettre entièrement à sa merci.

La crainte que les jumeaux n'arrivent lui donna pourtant la volonté nécessaire pour s'arracher à son étreinte.

— Non, il ne faut pas, murmura-t-elle. Les enfants…

— … sont là-haut, compléta Brody.

Puis il reprit possession de ses lèvres pour un baiser plus brûlant encore. Le temps parut alors s'arrêter, transformant ce moment d'intense volupté en une parcelle d'éternité, si bien que Meg n'aurait su dire si des secondes ou des minutes s'étaient écoulées quand un chuchotement, derrière eux, les ramena à la réalité :

— Tu vois, j'avais raison : ils s'embrassent sur la bouche, maintenant…

C'était la voix de Kevin, et Meg s'écarta vivement de Brody ; elle était rouge de confusion, mais lui, avait l'air nullement gêné que les jumeaux les aient surpris dans les bras l'un de l'autre.

— Vous n'étiez pas censés ranger la chambre de Kevin, tous les deux ? leur déclara-t-il d'un ton sévère.

— On a fini ! protesta Kelly.

— Déjà ?

— Oui, et on était descendus pour vous le dire, mais on n'a pas voulu vous déranger.

Comment avait-elle pu perdre ainsi toute notion du temps et du lieu ? songea la jeune femme, consternée. Pourquoi suffisait-il à Brody de la toucher pour qu'elle ne pense plus qu'à faire l'amour avec lui, sans penser aux conséquences ? Ils s'étaient promis de ne rien laisser deviner aux enfants de leur désir, et non seulement ils semblaient l'avoir senti, mais ils venaient d'en avoir la preuve concrète ! Cela devait les renforcer dans l'idée que leurs parents allaient se remarier, alors qu'une simple cohabitation n'était même pas à l'ordre du jour...

— C'est un rendez-vous ? questionna Kevin en s'asseyant à gauche de Meg et de Brody tandis que sa sœur s'installait à leur droite.

— Oui, parce que les gens s'embrassent, à la fin d'un rendez-vous, souligna Kelly.

— Qui t'a raconté ça ? lui demanda Meg.

— Un de mes copains de l'école.

— Alors, c'est un rendez-vous, ou pas ? insista Kevin.

— Non, ce n'en est pas un, dit Meg.

— C'en est un, d'une certaine façon, déclara Brody.

Les jumeaux sourirent de satisfaction. Comme il fallait s'y attendre, ils n'avaient retenu que la réponse de leur père, pensa Meg, désabusée.

Hannah Richards était dans le bureau de la direction, le lendemain soir, quand un grand jeune homme blond y pénétra. Il ne devait pas avoir plus de dix-huit ans, mais dans ses yeux bleus se lisait une expérience de la vie supérieure à celle de bien des adultes.

— Vous désirez ? demanda Hannah en se levant et en allant à sa rencontre.

— Euh... Je me présente : Will Tucker... Je suis le petit ami d'Amy Tidwell.

— Ah ! Enchantée ! Elle parle très souvent de vous. Et moi, je suis Hannah Richards, l'une des directrices de cet établissement. Vous êtes venu chercher Amy ?

— Oui et non... Nous devions nous retrouver au Caffeine Hy's à la fin de son service, mais je l'attends depuis une demi-heure, et je commence à m'inquiéter.

— Je vais me renseigner. Quelqu'un ou quelque chose l'a peut-être retenue ici plus longtemps que prévu.

— Merci, déclara Will avec un sourire reconnaissant, c'est vraiment gentil de votre part... Et j'espère que vous ne m'en voulez pas trop de m'être présenté ici... Vous n'avez sûrement pas envie que vos employés reçoivent des visites personnelles sur leur lieu de travail, mais Amy est toujours très ponctuelle, et je veux m'assurer qu'il ne lui est rien arrivé.

— Ne vous tracassez pas : je comprends... Asseyez-vous ! Je reviens tout de suite.

Après avoir vainement cherché Amy dans les salles de classe et la cuisine, Hannah se dit qu'elle avait pu aller dans les toilettes du personnel pour se rafraîchir avant son rendez-vous avec Will. Lorsqu'elle y entra, le son de hoquets symptomatiques de violentes nausées lui parvint de l'intérieur de l'une des cabines, et elle pria le ciel que cela n'annonce pas l'arrivée dans l'établissement d'une épidémie de grippe ou de gastro-entérite. Elle attendit un moment, puis frappa à la porte et demanda :

— Ça ne va pas ? Vous voulez que j'appelle l'infirmière ?

— Non, ce n'est pas la peine… Je… je me sens mieux, répondit la voix d'Amy.

Quelques secondes plus tard, l'adolescente sortait de la cabine, blanche comme un linge, et se dirigeait vers le lavabo d'un pas chancelant.

Elle avait l'air si mal en point qu'Hannah, craignant de la voir tomber, lui passa un bras à la taille, la soutint le temps qu'elle se rince la bouche et se lave les mains, et lui tendit ensuite des serviettes en papier.

— Vous êtes malade, Amy ? s'enquit-elle. Parce que, si c'est le cas, vous n'auriez pas dû venir travailler aujourd'hui. Et si vous avez ressenti les premiers symptômes d'un problème de santé pendant votre service, il aurait fallu nous en avertir, et quelqu'un vous aurait immédiatement ramenée chez vous.

— Je le sais, chuchota Amy avant de s'adosser au lavabo et de fermer les yeux.

Des larmes ne tardèrent pas à sourdre de ses paupières et à rouler sur ses joues, mais elle garda le silence. Hannah n'avait pas vraiment besoin d'explications, en fait, pour comprendre ce qui se passait : le malaise de l'adolescente confirmait des soupçons qu'elle nourrissait depuis quelque temps déjà. Amy avait mauvaise mine, une immense fatigue semblait par moments s'abattre sur ses épaules et, signe plus révélateur encore, elle était devenue anormalement triste et renfermée.

— Vous n'êtes pas malade, n'est-ce pas ? dit Hannah d'une voix bienveillante.

Amy rouvrit des yeux où se lisait maintenant une profonde détresse, mais elle continua de se taire.

— Vous pouvez vous confier à moi, reprit Hannah. Quoi que vous me révéliez, je vous promets de garder le secret si vous le souhaitez.

Toujours pas de réponse. Elle sentait l'adolescente partagée entre l'envie et la peur de parler, aussi décida-t-elle de la sortir de ce dilemme en poursuivant :

— Mais, si je ne me trompe, même les vêtements amples que vous portez ne vous permettront pas de cacher ce secret très longtemps.

De nouvelles larmes se mirent à couler sur le visage d'Amy. C'était l'émotion, cette fois, qui l'empêchait de parler, et Hannah attendit qu'elle se soit ressaisie pour lui demander :

— De combien de mois êtes-vous enceinte ?

— Q... quatre.

— Vous en avez informé votre père ?

— Non, je... je ne peux pas, et... vous devez me jurer de ne rien lui dire, parce qu'il entrerait dans une rage folle.

C'était probable, Hannah le savait. Russ Tidwell était un riche homme d'affaires, qui faisait régner une discipline de fer dans son entreprise comme chez lui. Il avait de hautes ambitions pour sa fille, et Amy ne pouvait malheureusement pas compter sur le soutien de sa mère, morte des années plus tôt.

— Votre père va peut-être vous surprendre, observa néanmoins Hannah. Les épreuves révèlent parfois chez les gens des qualités insoupçonnées.

— Non, je connais trop bien papa : il prendra très mal la nouvelle.

— Et Will Tucker, qu'en pense-t-il ?

— Il n'est pas encore au courant, lui non plus.

— Pourquoi ? Vous avez peur qu'il n'assume pas ses responsabilités ?

Bien qu'Hannah n'ait échangé que quelques mots avec Will, il lui avait fait une excellente impression. Il avait l'air sérieux, et son inquiétude devant le retard d'Amy prouvait qu'il tenait vraiment à elle.

— Non, il ne me laisserait pas tomber, au contraire, répondit l'adolescente d'une voix étranglée. Mais c'est justement le problème... Il veut aller à l'université, pour pouvoir ensuite exercer un métier intéressant, et si je lui apprends que je suis enceinte, il insistera pour m'épouser et ira travailler à plein temps sur les docks pour nourrir sa famille. Tous ses rêves seront ainsi brisés, mais il les sacrifiera, parce que son père à lui l'a abandonné, et que jamais il ne fera subir le même sort à son propre enfant. Cette grossesse va bouleverser ma vie, mais je ne veux pas qu'elle hypothèque également son avenir...

Pour placer les intérêts de Will avant les siens, Amy était très amoureuse de lui, se dit Hannah, émue par tant d'abnégation.

Des sanglots secouèrent de nouveau les épaules de l'adolescente, et Hannah la prit cette fois dans ses bras, la laissa pleurer tout son soûl, puis lui tendit un mouchoir en papier. Décidant de se concentrer dans un premier temps sur l'aspect concret de la situation, elle lui demanda :

— Vous avez consulté un médecin ?

— Non, avoua Amy en rougissant.

— Alors vous allez le faire, et le plus vite possible ! Vous voulez que je vous y emmène ?

— Ce n'est pas la peine. Je prendrai rendez-vous chez mon médecin de famille.

— Très bien, mais promettez-moi de venir me trouver si vous avez besoin de quoi que ce soit.

— D'accord, et... merci. Je... je ne savais pas vers qui me tourner.

— Ne vous tracassez pas : tout finira par s'arranger. Allez chercher vos affaires, maintenant, et passez ensuite au bureau de la direction. Will vous y attend.

— Will ?

— Oui, il s'est inquiété de ne pas vous voir arriver au Caffeine Hy's, et il est venu s'enquérir de vous.

Avant de regagner son bureau, Hannah s'attarda un moment à discuter avec d'autres employées de l'établissement, mais ses pensées restaient fixées sur Amy — et l'étaient encore quand elle monta dans sa voiture pour rentrer chez elle.

Leurs situations présentaient tant de similitudes, songea-t-elle en écartant une mèche blonde de son visage et en prenant la direction de son appartement.

Comme Amy, elle avait grandi dans une famille fortunée. Et, comme Amy, elle vivait avec un secret. Un secret qui remontait à l'époque où, étudiante de licence à l'université de Dallas, elle était tombée follement amoureuse de Jack McKay, un cow-boy de mauvaise réputation. Comme Amy, encore, elle s'était retrouvée enceinte et avait eu peur de le dire au père de l'enfant, même si c'était pour des raisons opposées : de crainte que Jack ne refuse d'assumer ses responsabilités.

Alors, plutôt que de s'exposer à un douloureux rejet, elle s'était tue et avait confié son bébé à une agence d'adoption privée.

Cette décision avait été très difficile et douloureuse à prendre, mais elle ne la regrettait pas. Elle aurait juste aimé savoir où était son fils, maintenant âgé de huit ans, et s'assurer qu'il était heureux, en bonne santé et élevé par des parents aimants.

C'était malheureusement impossible : l'agence avait pour règle de n'ouvrir ses dossiers ni aux mères biologiques, ni aux familles adoptives — dans l'intérêt de toutes les parties concernées. Hannah le comprenait et l'avait accepté quand elle avait signé les papier de renonciation à ses droits parentaux, puis quitté Dallas, laissant derrière elle Jack McKay et leur enfant.

Elle ne reverrait jamais ni l'un ni l'autre, mais cela ne l'empêchait pas de penser tous les jours à eux.

Le vendredi suivant, Julia Stanton croisa Meg dans un couloir de l'école et lui demanda, une lueur de malice dans les yeux :

— Alors, combien de « baisers sur la bouche » avez-vous échangés avec Brody depuis lundi dernier ?

— Comment savez-vous que... que, bredouilla Meg, écarlate.

— La question que vous devriez me poser, c'est : qui, ici, ne le sait pas ? Kevin et Kelly racontent à tout le monde que vous n'arrêtez pas de vous embrasser depuis le début de la semaine, et ils concluent immanquablement en disant que vous allez très bientôt vous remarier.

— Je pensais pourtant qu'ils ne nous avaient plus surpris, après cette première fois.

— C'est donc vrai ? C'est arrivé plus d'une fois ?

Comme elle s'était déjà trahie, Meg jugea inutile de nier et hocha affirmativement la tête.

— Dès que nous sommes seuls, Brody et moi, expliqua-t-elle, tout se passe comme si…

— … une force irrésistible vous poussait l'un vers l'autre, compléta Julia.

C'était exactement cela, et Meg ne cessait de s'en étonner. Dans ses relations avec les autres, elle parvenait d'habitude à maîtriser ses émotions ; elle ne les laissait s'exprimer que sur scène et, maintenant, dans cette autre forme de représentation que lui avait fait découvrir son nouveau métier d'enseignante.

Mais avec Brody, c'était différent. Il touchait la femme en elle. Il lui suffisait de sentir qu'il posait son regard intense sur elle pour avoir l'impression d'être à la fois unique, infiniment désirable… et terriblement vulnérable.

— Nous éprouvons la même chose, Drew et moi, reprit Julia. Nous ne sommes vraiment bien que dans les bras l'un de l'autre.

Et ils allaient se marier, eux, pensa Meg avant de s'excuser et de s'éloigner, le cœur lourd. Pourquoi les choses ne pouvaient-elles être aussi simples en ce qui les concernait, Brody et elle ?

*
**

— Il faut absolument que je te parle avant que tu ne t'en ailles, annonça Meg en prenant Brody par le bras et en l'entraînant vers le séjour.

L'invitant à s'asseoir sur le canapé, elle prit un air grave. La soirée avait été chargée : ils avaient réalisé la maquette des programmes du spectacle qui aurait lieu dix jours plus tard. Puis ils avaient surveillé le bain des enfants, les avaient couchés et leur avaient lu des histoires… Brody était fatigué, mais il voyait à l'expression de Meg qu'elle avait quelque chose de réellement important à lui dire.

— Je t'écoute, déclara-t-il.

— J'ai appris aujourd'hui par Julia Stanton que les jumeaux racontaient à tout le monde que nous nous étions beaucoup embrassés cette semaine, expliqua-t-elle en s'installant près de lui.

Elle l'avait en effet laissé lui voler quelques baisers, songea Brody, mais jusqu'à maintenant, cela n'avait pas eu l'air de la contrarier.

— Comment le savent-ils ? demanda-t-il.

— Ils ont dû nous espionner.

L'inquiétude plissait le front de Meg. Brody avait envie de l'enlacer et de lui faire ainsi oublier ses soucis, mais il se borna à observer :

— Et cela t'ennuie.

— Oui, à cause des conclusions qu'ils en tirent. Je ne veux pas que leurs espoirs grandissent, pour être ensuite anéantis.

— Ils ne le seront pas !

— Ils le seront si notre relation aboutit à une nouvelle rupture.

Ce risque existait, Brody était assez honnête pour le reconnaître ; mais à ses yeux, il valait la peine d'être couru.

— J'ai une proposition à te faire, annonça-t-il. Ce qui te tracasse le plus, si je ne me trompe, c'est l'idée que les jumeaux puissent nous surprendre dans les bras l'un de l'autre...

— Oui, et alors ?

— Alors, je t'invite à dîner au restaurant demain soir, sans les enfants. Nous demanderons à Amy Tidwell de les garder, et nous aurons ainsi une soirée entière pour nous tout seuls, comme au bon vieux temps.

Brody caressait ce projet depuis plusieurs jours déjà, mais il n'avait pas encore osé le soumettre à Meg de peur qu'elle ne lui reproche de brusquer les choses.

A son grand soulagement, elle lui répondit par un sourire, et il eut même l'impression que ce n'était pas seulement la perspective de ce dîner à deux qui la réjouissait : une partie d'elle-même avait aussi envie de se projeter dans un avenir plus lointain, où ils auraient réussi à reconstruire leur couple sur des bases solides et durables.

— J'accepte, dit-elle, à condition que tu ne m'emmènes ni dans une pizzeria, ni dans un fast-food.

N'ayant mangé que trop de pizzas et de hamburgers avec les jumeaux ces dernières semaines, Brody proposa :

— Un restaurant de fruits de mer te conviendrait ?

— Oh oui ! s'écria Meg, visiblement sensible au fait qu'il se soit souvenu de ses préférences en matière culinaire.

*
* *

Kevin et Kelly furent ravis d'apprendre qu'Amy allait les garder. Ni leurs parents ni l'adolescente ne le savaient, mais cela servait leur plan secret.

— Voyons si je n'ai rien oublié, déclara Amy juste avant que Meg et Brody ne partent. Le dîner est dans le réfrigérateur, la liste des chaînes de télévision et des cassettes vidéo autorisées est sur la table basse du séjour, et les enfants peuvent se coucher à 21 heures, puisqu'ils n'ont pas école demain.

— Très bien, approuva Meg.

Kevin reconnut le ton chaleureux que sa mère prenait pour féliciter un élève dont le travail l'avait particulièrement satisfaite.

Dès que leurs parents eurent refermé la porte derrière eux, les jumeaux se tournèrent vers Amy, qu'ils jugeaient assez grande et débrouillarde pour les aider à résoudre un certain nombre de problèmes encore pendants.

— C'est bientôt l'anniversaire de papa, lui annonça Kevin. On va donner une grande fête, et papa et maman nous laissent tout préparer. On a même choisi le gâteau nous-mêmes !

— C'est formidable, observa Amy, l'air impressionné.

— Il nous faut plein de fleurs, expliqua Kelly, et surtout un bouquet de roses blanches pour maman, comme celui qu'elle tenait à la main le jour de son mariage, avant notre naissance, pour lui faire une surprise. Et on a aussi besoin de plein de chaises.

— Oui, parce qu'on recevra les invités dehors et que ça fatigue les adultes de rester debout longtemps, précisa gravement son frère.

— Attendez, soupira Amy en les fixant tour à tour. Seriez-vous en train de me demander de vous aider à organiser cette réception ?

Kevin hocha vigoureusement la tête, mais Kelly, elle, précisa :

— Oui, mais juste pour un ou deux trucs qui sont trop difficiles pour nous.

— Je peux me charger du bouquet de roses, si vous voulez.

— Génial ! Et t'as une idée, pour les chaises ? Parce que, même si on sort toutes celles de la maison, y en aura pas assez pour tout le monde.

Après un moment de réflexion, l'adolescente suggéra :

— Et si vous appeliez les invités pour leur dire d'apporter chacun un siège de jardin ?

— Génial ! répéta Kelly. Mais on pourrait pas leur envoyer un e-mail, plutôt ?

— Si, à condition d'avoir leur adresse électronique.

— On les a, mais il faudrait que tu tapes le message pour nous, parce qu'on met trop de temps, Kevin et moi, à chercher les lettres sur le clavier.

— D'accord !

Cette initiative attendrissante fit sourire Amy, qui alla s'asseoir devant l'ordinateur de Meg.

— Que dois-je écrire ? s'enquit-elle.

Les jumeaux se consultèrent et lui dictèrent ensuite :

« Venez à la fête qu'on organise le samedi 11 octobre, en fin d'après-midi. Elle aura lieu dans le jardin de notre papa, parce qu'il est très grand. Vous pouvez apporter un cadeau d'anniversaire à notre papa, mais ce n'est pas obligé. On a besoin de fleurs, et de chaises, et de musique. Merci d'avance. Kevin et Kelly. »

Quand Amy eut fini de taper le message, ils lui donnèrent le nom des amis et des membres du personnel de leur école qui étaient invités, et y ajoutèrent celui du révérend Bollick. Mais l'adressc élcctronique des collaborateurs de leur père ne figurait pas sur l'ordinateur de leur mère !

— Ça fait rien, déclara Kevin. Je demanderai à oncle Roarke ou à Fiona de m'aider un jour où papa ne sera pas à la maison.

— Entendu, dit Amy avant d'utiliser le carnet d'adresses de Meg pour envoyer le message.

Lorsque l'opération fut terminée, les enfants échangèrent un sourire satisfait.

— Papa et maman vont avoir la plus belle surprise de toute leur vie ! s'écria Kevin.

— Je ne comprends pas, observa Amy, l'air soudain soucieux. Ils sont forcément au courant de cette réception, puisqu'ils vous ont chargés de l'organiser !

— Bien sûr, et ils ont même envoyé des invitations par la poste, répondit Kelly.

— Votre message était donc juste un rappel ?

— Oui.

— Alors ce ne sera pas une surprise pour vos parents !

— Si, parce qu'ils ne savent pas tout.

— Comment ça ?

— On ne peut pas le dire, parce que c'est un secret, mais on va leur faire un cadeau très, très spécial.

— A tous les deux ? Mais je croyais qu'il s'agissait seulement de fêter l'anniversaire de votre papa ?

— Oui, et on lui offrira un cadeau pour lui tout seul, mais il y en aura un autre, et il nous rendra tous très, très heureux ! annonça Kevin avant de se tourner vers sa sœur et de lui taper dans la main, bras levé, dans un geste de joyeuse congratulation.

# 13.

— C'est une excellente nouvelle, oncle Roarke, mais je ne peux pas te parler maintenant : je suis au restaurant avec Meg… Demain ? D'accord !

Brody remit son portable dans sa poche et déclara d'un air contrit :

— Désolé, mais je suis obligé de le laisser allumé, au cas où Amy aurait besoin de nous joindre.

— Et qu'avait Roarke de si important à te dire, pour t'appeler à cette heure ?

Si cette interruption avait agacé Meg, elle n'en montrait rien. Brody ne se serait pas soucié, autrefois, de l'irriter ou non par ses appels professionnels. Mais cela lui importait aujourd'hui, parce que ses affaires ne figuraient plus au premier rang de ses priorités.

— La société d'Austin a accepté notre offre de rachat, répondit-il en resservant à sa compagne un verre du vin blanc qu'il avait choisi pour accompagner l'entrée. Cela signifie que nous allons doubler nos effectifs et notre gamme de produits.

— Toutes mes félicitations !

— Merci.

Meg leva son verre, et ils portèrent un toast. L'admiration sincère qu'exprimait le regard de la jeune femme faisait au moins autant plaisir à Brody que le succès de ses négociations.

— Oncle Roarke était si content qu'il n'a pas pu attendre demain pour me l'annoncer, reprit-il.

— Je comprends.

La sonnerie du portable retentit de nouveau et, cette fois, ils froncèrent tous les deux les sourcils.

Si c'était encore Roarke, pensa Brody, il n'hésiterait pas à lui raccrocher au nez ! Cette soirée à deux avec Meg était trop importante pour qu'il permette à qui que ce soit de les importuner sans raison valable.

Cet appel-là était malheureusement justifié, et son inquiétude devait se lire sur son visage, car Meg lui demanda anxieusement dès qu'il eut coupé la communication :

— Que se passe-t-il ?

— Les jumeaux sont malades, annonça-t-il avant de repousser son assiette et de faire signe au serveur de lui apporter l'addition.

Le temps que Meg et Brody rentrent et prennent la température des enfants, Kevin avait quarante de fièvre, et Kelly presque autant.

Amy était dans tous ses états.

— Ils m'ont dit, avant de se coucher, qu'ils avaient un peu mal à la gorge, expliqua-t-elle en se tordant les mains, mais ils ne se plaignaient de rien d'autre, et j'ai pensé que ce n'était pas grave, que ce n'était pas la peine de vous déranger… Je suis quand même remontée une demi-heure plus tard pour m'assurer que tout allait bien, et comme ils s'agitaient beaucoup dans leur sommeil, je leur ai tâté le front… Ils étaient brûlants… Je suis désolée, je n'ai pas été à la hauteur…

Meg et Brody échangèrent un regard, puis la jeune femme, parlant en leur nom à tous les deux, déclara gentiment :

— Vous auriez sans doute dû nous téléphoner tout de suite, et ne pas nous attendre pour prendre leur température, mais ce qui est fait est fait. Nous allons les emmener aux urgences pédiatriques de l'hôpital.

— Je n'avais encore jamais vu personne tomber malade aussi vite, observa l'adolescente d'un air malheureux.

— Ce genre de poussée de fièvre n'est pas rare chez les jeunes enfants, indiqua Brody.

— Et ce serait arrivé que nous ayons été là ou non, ajouta Meg. Vous n'avez donc aucune raison de culpabiliser ; ce n'est pas votre faute, et vous avez au moins appris quelque chose ce soir : vous aurez la bonne réaction, la prochaine fois.

Ils enveloppèrent les jumeaux dans des couvertures, les portèrent jusqu'à la voiture, puis Meg paya Amy et la quitta sur une dernière parole rassurante :

— Ne vous inquiétez pas, je suis sûre qu'il s'agit d'une simple angine.

Les urgences pédiatriques n'étaient heureusement pas surchargées ce soir-là, et un médecin vint tout de suite examiner les enfants. Il confirma le diagnostic de Meg et leur prescrivit du paracétamol et un antibiotique que Brody alla chercher à la pharmacie de l'hôpital.

Une fois de retour chez Meg, il l'aida à faire prendre leurs médicaments aux jumeaux et à les recoucher. La fièvre les avait assommés et ils s'endormirent aussitôt, mais Brody répugnait à laisser Meg seule avec eux.

— Tu veux que je reste ? lui demanda-t-il d'une voix timide faute de savoir comment cette suggestion serait accueillie.

A son grand soulagement, ce fut avec un sourire reconnaissant.

— Oui, volontiers, répondit la jeune femme. Il va falloir veiller toute la nuit sur les enfants, et nous pourrons ainsi nous relayer.

Cela convenait d'autant mieux à Brody que les jumeaux seraient sûrement contents d'avoir leurs deux parents auprès d'eux. Et, comme Meg avait l'air épuisée, il s'offrit pour assurer le premier tour de garde.

— Tu étais censé me réveiller à 3 heures ! s'écria Meg depuis le seuil de la cuisine.

Il était 5 h 30, et elle avait donc dormi pratiquement six heures d'affilée, alors que Brody, lui, n'avait pas dû fermer l'œil de la nuit.

Le regard sensuel dont il l'enveloppa lui fit monter le rouge aux joues et lui rappela qu'il l'avait toujours trouvée aussi atttirante en pyjama de flanelle qu'en déshabillé vaporeux. Il disait en riant que ce n'était pas l'emballage qui comptait, mais ce qu'il y avait dessous. Son opinion sur le sujet n'avait manifestement pas changé.

Assis devant une tasse de café, il avait enlevé le veston et la cravate qu'il portait la veille au soir. Ses cheveux ébouriffés et une ombre de barbe sur ses joues lui auraient donné un air un peu inquiétant si son visage n'avait été empreint d'une infinie douceur.

— Je n'ai pas jugé utile de te réveiller, déclara-t-il. Il n'y avait rien à faire dont je ne pouvais m'occuper moi-même.

— Tu as pensé à redonner du paracétamol aux enfants ? demanda Meg en se servant une tasse de café.

— Oui, à 4 heures, indiqua Brody. Leur température avait alors baissé de deux degrés.

La jeune femme s'assit près de lui, posa la main sur son bras et observa tendrement :

— Tu devrais aller te coucher. Tu as l'air d'en avoir besoin.

— C'est vrai, mais j'aimerais rester ici le temps d'être sûr que les jumeaux vont vraiment mieux.

Aussi peu pressée de le voir partir qu'il l'était de rentrer chez lui, Meg acquiesça de la tête.

— Et quand ils seront complètement rétablis, ajouta-t-il, j'aimerais passer avec toi une soirée que rien, cette fois, ne viendra interrompre.

— Moi aussi, murmura Meg, troublée par la voix soudain caressante de son ex-mari.

Il souleva la main toujours posée sur son bras, la porta à ses lèvres, et sa bouche remonta lentement de la paume de Meg jusqu'au creux de son poignet. Elle sentit son pouls s'emballer, tandis qu'une vague de frissons la parcourait.

— Comme Kelly nous l'a si bien expliqué l'autre jour, déclara ensuite Brody, les gens s'embrassent toujours à la fin d'un rendez-vous, mais les circonstances nous ont empêchés d'échanger ce baiser réglementaire, hier… Si nous réparions maintenant ce grave manquement aux usages ?

Ses lèvres se promenaient à présent sur le visage de Meg et, quand il lui mordilla le lobe de l'oreille, elle ne put retenir un soupir de plaisir. Seule la pensée de leurs petits chaperons la retint de proposer à Brody d'amener ce moment à sa conclusion ultime.

— Arrête, lui souffla-t-elle à regret. Sinon, nous allons nous retrouver à faire l'amour dans cette cuisine !

— Ce n'est pas l'envie qui m'en manque, mais tu as raison : ce ne serait pas raisonnable... Je vais aller m'étendre sur le canapé du séjour, mais n'hésite pas à me réveiller si tu as besoin de moi.

— Tu ne veux pas plutôt te coucher dans mon lit ?

Brody haussa les sourcils, comme s'il s'interrogeait sur le sens exact de cette proposition, et Meg jugea plus prudent d'ajouter :

— Tu y seras mieux.

Leurs regards se croisèrent, puis celui de Brody se posa sur la bouche de Meg et s'y attarda de longues secondes avant de revenir à ses yeux.

— J'y serais encore mieux si tu y étais avec moi, observa-t-il d'une voix un peu rauque.

— Non, tu as besoin de te reposer.

S'efforçant de chasser l'image de Brody allongé entre ses draps et son désir grandissant de l'accompagner dans sa chambre, la jeune femme se leva, le tira par la main pour l'obliger à l'imiter et le poussa doucement vers la porte.

Si cette nuit blanche ne l'avait épuisé, peut-être serait-elle allée le rejoindre un peu plus tard — sinon pour faire l'amour avec lui, du moins pour se réchauffer à la chaleur de sa tendresse et parler de l'avenir —, mais les circonstances ne s'y prêtaient pas. Leur soirée de la veille ne se serait pas terminée prématurément, ils en auraient eu tout le temps... Les événements semblaient cependant se liguer contre eux, et ils devaient maintenant attendre un meilleur moment.

Comme s'il lisait dans ses pensées, Brody se tourna vers elle avant de franchir la porte et déclara en l'embrassant sur le front :

— Ce n'est que partie remise, je te le promets.

— Je l'espère, et si jamais tu oublies cette promesse, je me charge de te la rappeler !

— Alors, comment vont les jumeaux ? s'enquit Alexandra le lendemain quand Meg se présenta au secrétariat pour signaler son arrivée.

— Ils n'ont presque plus de fièvre, répondit-elle. Ils doivent encore rester sous antibiotiques pendant une semaine, mais ils pourront reprendre l'école la semaine prochaine.

— Tant mieux ! dit Alexandra en signant le reçu d'une commande de couches, de jus de fruits et de lait en poudre. Qui les garde aujourd'hui ?

— Brody.

Meg tint la porte au livreur, puis se tourna de nouveau vers son interlocutrice et ajouta :

— Il travaille chez lui, et je lui ai confié les enfants ce matin.

Parce que l'établissement était aujourd'hui en sous-effectif, Alexandra assurait le secrétariat entre midi et 2 heures. Elle posa son déjeuner végétarien sur le bureau, ouvrit son brick de lait de soja et y planta une paille avant d'observer :

— J'admire la manière dont vous vous entraidez, Brody et vous. Il n'y a pas beaucoup de couples divorcés qui en sont capables.

— Les intérêts des enfants sont notre priorité, expliqua Meg.

Elle alla ensuite prendre son courrier dans son casier, y jeta un rapide coup d'œil et, n'y voyant rien d'urgent, elle reporta son attention sur Alexandra.

— Il y a d'autres malades parmi les élèves ? demanda-t-elle.

— Non, mais je touche du bois…

Alexandra venait de joindre le geste à la parole lorsque le téléphone sonna. Elle décrocha et eut le plaisir de reconnaître la voix de sa tante Mary Rose Cullen, qui l'avait recueillie à l'âge de six ans, après la mort de ses parents.

— Bonjour, tante Mary Rose ! s'écria-t-elle d'un ton enjoué tandis que Meg lui adressait un petit signe de la main et quittait la pièce. Tout va bien, dans le Montana ?

— Malheureusement, non.

— C'est à cause de Brad ?

— Oui. Il nous appelle toutes les deux ou trois semaines sur son portable, mais il ne veut toujours pas nous dire où il est ni quand il reviendra.

De sept ans plus âgé qu'Alexandra, Brad était le membre de la famille Cullen avec lequel elle s'entendait le mieux — sans doute parce qu'ils avaient des caractères assez semblables.

— Tu crois qu'il ne s'est pas encore remis de l'annulation à la dernière minute de son mariage avec Jo Millen ? demanda-t-elle.

— Je n'en sais rien. C'est un sujet qu'il refuse d'aborder avec nous, mais il t'en a peut-être parlé, à toi…

— Non, je n'ai aucune nouvelle de lui, mais s'il prend contact avec moi, j'essaierai d'obtenir ses confidences. Et en attendant, tâche de ne pas trop t'inquiéter. Ce n'est pas la première fois que ça arrive, après tout : Brad part s'isoler pendant quelques jours chaque fois qu'il a besoin de faire le point.

— C'est vrai, mais il n'avait encore jamais juré de rayer définitivement les femmes de sa vie !

— Il changera d'avis quand il aura pansé ses blessures.

— Tu ne dis pas ça juste pour me réconforter ?

— Non. Beau comme il est, Brad ne restera pas longtemps seul. Une demi-douzaine de femmes lui courent probablement déjà après en ce moment même !

Toute sa bonne humeur revenue, Mary Rose observa en riant :

— C'est possible, en effet, et il finira bien par sortir de sa retraite… Dans l'intervalle, s'il te téléphone ou te rend visite, appelle-nous pour nous dire comment il va.

— Entendu, promit Alexandra.

Elle devait au moins cela aux Cullen : Mary Rose et Walt, son mari, lui avaient ouvert leur maison et leur cœur lorsque le décès tragique de ses parents l'avaient laissée seule au monde.

Quant à Brad… Ils avaient toujours été proches, tous les deux, alors peut-être Mary Rose avait-elle raison. Peut-être viendrait-il la voir à Seattle avant de regagner le Montana et le Split Rock Ranch.

*
**

— Tu as l'air fatiguée, Meg, remarqua Brody le vendredi soir suivant après avoir posé sur leur table un plateau débordant de nourriture.

Ils avaient permis aux jumeaux d'aller s'amuser dans l'aire de jeux attenante à la salle du fast-food, et Meg les regardait s'y ébattre avec une énergie confondante.

— Je suis même épuisée, avoua-t-elle en déballant son sandwich au poulet. Cette semaine a été l'une des plus longues de toute mon existence.

Occupé à rajouter une couche de moutarde dans son double cheeseburger, Brody eut un hochement de tête compréhensif.

— Oui, soigner des enfants malades n'a rien d'une sinécure, convint-il.

— Et encore, tu étais là pour m'épauler, sinon…

— Tu te serais mise en congé pour quelques jours, et un autre professeur aurait assuré tes cours.

— Sans doute, mais le fait que tu puisses les garder chez toi m'a permis non seulement d'aller travailler, mais de le faire l'esprit tranquille.

— Comment te débrouillais-tu, à New York, quand Kelly tombait malade ?

— Si c'était sérieux, je demandais évidemment à ma doublure de me remplacer et je restais à la maison pour veiller sur Kelly. Mais s'il s'agissait juste d'un rhume ou d'un mal de gorge sans fièvre, j'étais obligée de la laisser avec la baby-sitter, et je me sentais terriblement coupable.

— Moi aussi, quand Kevin n'était pas bien et que je devais malgré tout me rendre à mon bureau.

Surprise car elle avait cru, au ton des lettres de Brody, que sa vie en Irlande ne lui apportait que des satisfactions, Meg déclara :

— Tu n'avais pas la possibilité de travailler chez toi, là-bas ?

— Non, répondit-il avec une moue désabusée. Pour oncle Roarke, un homme n'a le droit de s'absenter qu'en cas de force majeure, et la maladie d'un enfant n'en est pas un à ses yeux : les épouses — ou les nurses, en ce qui me concernait — sont là pour régler ce genre de problème. Roarke me finançait, Kevin avait Fiona et, parfois, tante Norah pour s'occuper de lui, si bien que je n'avais pas le choix : il fallait que j'aille travailler.

— Et comme moi, non seulement tu culpabilisais, mais tu ne pouvais pas t'empêcher de t'inquiéter ?

— Exactement !

Brody avait décidément beaucoup changé depuis leur divorce, songea Meg.

Ils échangèrent un sourire complice, puis elle demanda avec un intérêt sincère :

— Tu comptes gérer différemment ta succursale de Seattle, j'imagine ?

— Oui. Nous devons offrir au personnel des horaires flexibles et les autoriser à travailler chez eux si nous voulons rester compétitifs sur le marché américain.

— Roarke le comprend ?

— Oui, il sait que les gens partiraient, autrement. Ils n'auraient aucun mal à retrouver un emploi équivalent, à Seattle ou dans la Silicon Valley, où ils bénéficieraient de ces avantages.

— Ça ne t'ennuie pas, d'être ainsi obligé de t'aligner sur la vision des choses de ton oncle, que tu la partages ou non ?

— Sa générosité m'a permis de monter ma propre entreprise.

— Tu avais d'autres moyens d'obtenir les fonds nécessaires !

— Sans doute, mais même si je m'étais adressé à une tierce personne ou à une banque, j'aurais dû faire des concessions. Un débiteur a toujours des comptes à rendre à son créancier ; alors autant traiter avec un membre de sa famille... Contrairement à un étranger ou à une banque, Roarke me porte un intérêt sincère.

— C'est vrai, reconnut Meg.

Ils se tournèrent ensuite vers les enfants et virent qu'ils commençaient à perdre de leur entrain... Ils n'allaient pas tarder à venir les rejoindre.

— Tu vas heureusement avoir le week-end pour te reposer, observa Brody.

— Hélas, non. Tu te rappelles la mère d'élève qui s'est proposée, le soir de la réunion d'information, pour peindre le décor du spectacle de lundi prochain ? Eh bien, son mari m'a téléphoné ce matin pour me dire qu'elle avait dû être opérée d'urgence de l'appendicite hier soir. Les panneaux du décor sont déjà découpés, et elle avait eu le temps d'en dessiner l'ornementation, mais pas de la peindre... Avec trois enfants en bas âge et elle à l'hôpital, son mari est trop occupé pour le faire, et il m'a apporté les panneaux et la peinture en fin d'après-midi. Ce travail va me prendre la plus grande partie de mon samedi... Par chance, la météo n'annonce pas de pluie, et les jumeaux sont chez toi demain.

— Tu veux que je t'aide ?

Meg fut tentée de saisir cette occasion de passer plus de temps que prévu avec Brody, mais elle avait des scrupules à le mettre encore à contribution alors qu'il lui avait déjà prêté main-forte pendant toute la semaine. Le rachat de la société d'Austin devait lui donner beaucoup de travail, et elle terminerait sa peinture plus rapidement toute seule. Car si Brody venait, les enfants seraient là aussi, et ralentiraient la tâche…

A regret, elle déclina donc son offre.

Le lendemain en fin de matinée, Meg était en train de peindre le décor du spectacle dans son jardin lorsque Brody tourna l'angle de la maison. Comme elle, il était vêtu d'un vieux jean et d'un T-shirt qui avait connu des jours meilleurs. Même si elle ne cessait de se dire, depuis leur nuit d'amour, qu'elle n'avait pas besoin de lui dans sa vie, un élan de joie la souleva lorsqu'elle le vit s'approcher d'un pas énergique.

— Où sont les enfants ? demanda-t-elle.

C'était égoïste de sa part, elle en avait conscience, parce que les jumeaux avaient beaucoup d'affection pour Fiona, mais elle espérait que Brody n'avait pas profité d'une nouvelle visite de son ancienne employée pour les lui confier. Elle n'aurait pas aimé la savoir chez lui, à attendre son retour pour, peut-être, tenter encore de le séduire.

Le tendre sourire que Brody lui adressa suffit néanmoins à dissiper ses craintes, et la réponse qui suivit acheva de la rassurer :

— Hannah Richards et Alexandra Webber les ont emmenés faire du patin à roulettes. Ils iront ensuite déjeuner, puis au cinéma. Nous ne devrions pas les revoir avant 18 heures, ce qui nous donne largement le temps de terminer ces peintures.

Non seulement Meg n'avait pas sollicité l'aide de Brody, mais elle l'avait refusée. Pour une fois, cependant, elle était contente qu'il ne l'ait pas écoutée.

— Comment as-tu réussi ce tour de force ? demanda-t-elle en lui tendant un pinceau.

— C'est très simple : j'ai appelé Hannah et Alexandra hier soir, et je leur ai expliqué que tu avais besoin d'un coup de main pour peindre les décors du spectacle. Elles avaient le choix entre venir trimer avec toi ou aller s'amuser avec les jumeaux… Je ne sais pas pourquoi, mais elles ont opté pour la deuxième solution… Maintenant, dis-moi ce que je dois faire.

— Tu vois les formes dessinées au crayon sur les panneaux, et les petits cartons qui y sont épinglés, avec un chiffre dessus ?

— Oui.

— Chaque chiffre désigne une couleur. Le trois, par exemple, signifie « vert », et le sept, « rouge ». Le tableau de correspondance est sur cette chaise, à côté de moi.

— Il suffit donc de retirer le carton et d'appliquer la couleur qu'il représente ?

— Tu as tout compris !

Meg et Brody passèrent l'heure suivante à peindre une portée avec la gamme de do majeur, un gros flacon de médicament et une cuillère remplie de sucre en poudre, un parapluie et une cheminée, une nurse et deux enfants habillés à la mode des années 1910.

Ils parlèrent de tout et de rien jusqu'à ce que leur tâche soit aux trois quarts achevée, puis Meg observa :

— Il vaut mieux laisser sécher ce qui est déjà fait avant de continuer, pour éviter que les différentes couleurs ne se mélangent.

Elle posa son pinceau, s'étira et se tourna ensuite vers Brody, consciente de ne pas avoir été aussi heureuse depuis des années. Il avait une traînée de peinture verte sur la joue, qu'elle enleva avec un chiffon... avant de reculer d'un pas et, envahie par un trouble naissant, de demander sur un ton faussement désinvolte :

— Tu as faim ? Tu veux que je prépare quelque chose à manger ?

— Oui, si ça ne t'ennuie pas trop.

« Pas du tout », songea la jeune femme en se dirigeant vers la cuisine. Elle adorait même cuisiner pour ceux qu'elle aimait, et Brody était, avec ses enfants, la personne qui lui était la plus chère au monde.

Après s'être lavé les mains, elle alla ouvrir le réfrigérateur, en inspecta le contenu et annonça, penaude :

— Tu vas malheureusement devoir te contenter d'un croque-monsieur arrosé de Coca light. Je n'ai eu le temps de faire aucune course cette semaine.

— Cela me convient parfaitement, déclara Brody. Je peux t'aider ?

Sa proposition surprit Meg. C'était la toute première fois qu'il s'offrait pour l'aider à préparer un repas ! Il avait toujours dit que la cuisine n'était pas son domaine, et toujours refusé d'apprendre ne serait-ce qu'à confectionner une omelette.

— Tu as décidément beaucoup changé ! s'écria-t-elle avec un sourire approbateur.

— J'espérais que tu le remarquerais, répondit-il en s'approchant d'elle.

Une lueur de désir s'était allumée dans ses yeux noirs et, avant que la jeune femme n'ait pu esquisser un geste, il l'avait enlacée et lui chuchotait à l'oreille :

— Faisons l'amour, Meg, tout de suite… J'en ai trop envie…

— Moi aussi, avoua-t-elle dans un murmure.

Brody jeta un coup d'œil en direction de la porte ouverte de la buanderie. Attenante à la cuisine, c'était une pièce assez grande pour contenir une machine à laver, un sèche-linge, un placard à balais et quelques étagères, mais pratiquement rien d'autre.

— J'ai une idée, annonça-t-il d'un ton malicieux.

Sur ces mots, il joignit les mains sous le postérieur de Meg et la souleva. Face à lui, les jambes autour de ses hanches, elles s'esclaffa quand ils entrèrent dans la buanderie, dont il referma la porte d'un coup de talon.

Un vasistas dans le mur extérieur laissait entrer les rayons du soleil, baignant la petite pièce d'une lumière dorée. Brody posa Meg sur le lave-linge, lui écarta les genoux et se plaça dans leur ouverture. Elle voyait la passion briller dans son regard et, quand il se pencha vers ses lèvres, elle s'offrit sans réserve à un baiser dont la fougue mit aussitôt le feu à ses sens.

La poitrine haletante, elle resserra encore leur étreinte. L'odeur de peinture et de grand air qui se mêlait à celle de son after-shave lui montait à la tête, et elle força la barrière de ses lèvres pour satisfaire et attiser à la fois leur désir à tous les deux.

Leurs langues se nouèrent, langoureusement d'abord, puis avec une sorte de frénésie, et elle sentit bientôt les mains de Brody se glisser sous son T-shirt, dégrafer son soutien-gorge et se refermer sur ses seins.

Lorsqu'il en fit palpiter la pointe dressée sous ses doigts, elle se cambra contre lui en poussant un soupir de volupté, mais elle en voulait davantage : elle voulait la bouche de Brody sur sa peau et, sans attendre qu'il en prenne l'initiative, elle ôta son T-shirt avec fièvre.

Jamais elle ne s'était sentie si désirable, si femme quand, répondant d'instinct à sa muette invitation, il referma ses lèvres sur l'un de ses tétons durcis, en agaçant la pointe de sa langue experte, tandis que ses mains lui caressaient fiévreusement le dos, le ventre, puis s'aventuraient sous la ceinture de son jean.

Lentement, il acheva de la dévêtir, et poursuivit ses délicieuses tortures jusqu'à ce que la jeune femme se laisse gagner par une ivresse exquise. Emportée par un tourbillon de plaisir et de sensations fulgurantes, elle parvenait pourtant à se rappeler que rien ne lui apporterait jamais plus de bonheur que cet extraordinaire sentiment d'osmose…

Mais elle aussi désirait le rendre fou de désir : après être descendue de son perchoir, elle le déshabilla, les mains tremblantes, et caressa longuement son torse et sa fine toison avant de glisser ses doigts brûlants sur son bas-ventre durci, lui arrachant des soupirs rauques.

Leurs bouches finirent par se retrouver, et Brody souleva alors Meg pour la reposer sur le lave-linge. Elle lui entoura les reins de ses jambes et, d'un puissant mouvement de hanches, il la fit enfin sienne.

Le cœur débordant d'amour, elle entama alors avec lui la lente montée vers la jouissance, jusqu'à ce qu'ils se perdent ensemble dans les abîmes d'un plaisir de plus en plus intense.

Leur vie sexuelle avait toujours été une extraordinaire réussite, pensa Meg, encore embrumée par les secousses de la jouissance. Mais désormais, elle savait que faire l'amour avec Brody n'était plus un acte purement physique, comme à l'époque où une passion de jeunesse, puis un mariage éclair les avaient poussés dans les bras l'un de l'autre.

Non… Aujourd'hui, elle était éperdument amoureuse de Brody. Il était inutile de le nier plus longtemps.

Mais lui, qu'éprouvait-il pour elle ?

# 14.

Adossé à la baignoire, Brody regarda Meg se sécher vigoureusement avec une serviette, s'habiller, puis se coiffer devant la glace. Il n'était pas difficile de comprendre ce qu'elle essayait de faire, songea-t-il, amusé. Elle aurait bien sûr refusé de le lui avouer, mais elle voulait effacer toute trace des moments de passion qu'ils venaient de vivre. Et c'était impossible.

Il s'approcha d'elle, lui enlaça la taille et posa la tête dans le creux de son épaule. Sa peau douce sentait le savon, ses boucles soyeuses étaient encore humides d'une douche qu'ils avaient prise ensemble… Si des instants comme ceux-là n'étaient pas le bonheur absolu, c'était que le bonheur absolu n'existait pas, tout simplement.

— Ils s'en apercevront, lui dit-il à l'oreille.

— Qui s'apercevra de quoi ? demanda-t-elle en se tournant vers lui.

— Hannah, Alexandra et tous ceux qui te verront aujourd'hui sauront que tu sors des bras d'un homme.

— Et comment le sauront-ils ?

— Tu rayonnes, expliqua Brody.

Souriante, Meg se haussa sur la pointe des pieds et lui effleura la bouche d'un baiser : la seule mention de leurs ébats amoureux avait ressuscité en elle la femme expansive et sensuelle qu'elle avait vainement tenté d'endormir des années durant.

— Toi aussi, tu rayonnes, murmura-t-elle.

— C'est normal ! déclara Brody. Comment pourrais-je ne pas avoir l'air béat, alors que je viens de monter au septième ciel avec la plus belle créature de la terre ?

Consciemment ou non, Meg lui avait appartenu dès la première fois où ils avaient fait l'amour. Même pendant les longues années de leur divorce, elle était restée pour lui la femme de sa vie, celle qu'aucune autre ne serait jamais capable de remplacer. Et il était maintenant sûr qu'elle n'avait jamais cessé de le considérer comme son mari. Se serait-elle montrée si possessive envers lui, sinon ? Lui aurait-elle rendu ses baisers et ses caresses avec une telle ardeur ?

— Je ne suis pas « la plus belle créature de la terre », protesta-t-elle en se blottissant contre sa poitrine.

Brody lui souleva le menton et plongea son regard dans le sien.

— Tu l'es à mes yeux, dit-il sans chercher à cacher son émotion.

Ils étaient en train de vivre un moment capital de leur relation, et il n'avait pas l'intention de tout gâcher en jouant l'indifférence ; mais les appréhensions et les réserves que Meg éprouvait encore se lisaient sur son visage.

— Brody, chuchota-t-elle.

— Oui ?

— Tout me paraît simple, quand nous sommes ensemble...

— Et quand nous ne le sommes pas ?

— Je crains que nous ne nous soyons précipités dans les bras l'un de l'autre que parce que nos obligations de parents nous amènent à nous voir souvent, et que faire l'amour ensemble nous apporte à tous les deux un sentiment de familiarité rassurant.

A l'entendre, leur réconciliation était due à un simple concours de circonstances, et non à la passion dévorante que Brody, lui, ressentirait toujours pour elle... Une boule d'angoisse lui noua soudain l'estomac.

— Je tiens à toi, poursuivit-elle, et je sais que tu tiens à moi, à ta façon, mais je ne veux pas que nous reprenions la vie commune uniquement parce que nous ne nous sommes pas laissé la possibilité de former une vraie famille, autrefois, et qu'après avoir assumé seuls la responsabilité d'un des jumeaux, nous sommes contents de pouvoir la partager.

— Je reconnais que je suis heureux que tu sois là pour m'aider à élever Kevin, et pour t'occuper de lui quand je suis en voyage, admit Brody malgré la douleur que lui causaient les paroles de Meg.

— Et moi, de t'avoir pour garder les enfants quand ils sont malades ; mais je ne pense pas que cela suffise pour construire une relation durable.

Brody aurait tout donné pour pouvoir guérir les blessures que Meg avait conservées de son enfance, mais il n'en avait pas plus la capacité que celle d'effacer ses propres souvenirs. A cause des divorces de leurs parents, ils avaient tous les deux grandi avec la certitude que l'amour éternel n'existait pas, si bien qu'avant comme après leur mariage, ils avaient soigneusement évité de se faire de grandes promesses et des déclarations enflammées. Et ensuite, quand les premiers problèmes avaient surgi, ils s'étaient dépêchés de rompre — sous prétexte d'épargner de futures souffrances à leurs enfants. En réalité, ils avaient également cherché à protéger leurs cœurs.

Cinq années s'étaient écoulées depuis, pendant lesquelles ils avaient mûri, chacun de leur côté. L'expérience de la vie leur avait appris que des conflits survenaient dans tous les couples, des conflits parfois violents et douloureux, mais qu'il était possible de résoudre par le dialogue.

Brody savait maintenant que Meg et lui auraient dû mettre de côté leurs angoisses, discuter et surmonter ainsi leurs désaccords. Cela aurait peut-être été long et difficile ; mais s'ils l'avaient fait, ils ne se seraient pas séparés.

Cette page-là était tournée, certes. Pourtant, ils pouvaient en commencer une autre et, tirant la leçon de leurs erreurs passées, réussir là où ils avaient échoué autrefois. Brody en avait la conviction, mais il lui fallait encore en persuader Meg qui, elle, se battait toujours avec ses doutes et la crainte de voir leur bonheur se briser une deuxième fois contre les écueils du quotidien.

— Ce que nous avons constitue une base assez solide pour bâtir un avenir ensemble, affirma-t-il en la serrant plus fort contre lui. Et je crois que tu le penses aussi, au fond de toi-même.

Puis il attendit, plein d'espoir, qu'elle le reconnaisse, qu'elle se dise prête à dominer sa peur et à prendre le risque de s'engager vraiment. Elle garda cependant le silence et, quand elle se décida finalement à parler, ce fut pour annoncer :

— La seule chose dont je sois sûre, c'est de ne pas avoir envie de continuer à faire ainsi l'amour avec toi à la sauvette, sans que cela s'inscrive dans une relation franche et suivie.

— Tu as raison, déclara Brody. Nous sommes tous les deux adultes et responsables, alors arrêtons de nous cacher et montrons publiquement que nous formons de nouveau un couple.

Meg s'écarta de lui, une lueur d'inquiétude dans les yeux, et observa :

— Nous en avons déjà discuté.

— Ah bon ?

— Oui, et je t'ai donné mon avis sur la question : je ne veux pas que les espoirs des jumeaux grandissent, pour être ensuite anéantis.

— Moi non plus, indiqua Brody avec une pointe d'agacement dans la voix en emboîtant le pas à Meg, qui se dirigeait maintenant vers la chambre.

— Nous ne pouvons donc rien leur dire. Ni à eux, ni à personne.

— Tu n'es pas logique ! D'un côté, tu as l'air de souhaiter que nous entretenions une vraie liaison, et de l'autre, tu refuses de la vivre au grand jour !

— Les deux sont compatibles.

— A condition de nous voir en secret, c'est ça ?

— Oui, tant que nous ne serons pas certains de réussir à nous entendre pendant plus de quelques semaines ou de quelques mois.

Même si Brody avait été le premier à suggérer cette solution, allant jusqu'à proposer de louer pour cela un appartement en ville, elle ne lui plaisait qu'à moitié. Il était sûr, lui, de ses sentiments pour Meg : jamais il n'avait eu autant envie ni besoin d'aucune femme. Elle était et serait toujours la seule capable de le rendre heureux, mais elle refusait de le croire, elle se méfiait encore de lui…

Refoulant sa frustration, il s'exhorta une nouvelle fois à la patience. Il devait laisser à Meg le temps de comprendre par elle-même qu'ils étaient faits l'un pour l'autre. Il lui en coûterait, mais il était prêt à tout accepter pour la reconquérir.

— D'accord, déclara-t-il en la reprenant dans ses bras, nous ne mettrons personne au courant de notre liaison… J'exige cependant quelque chose en échange de cette concession.

A en juger par ses yeux brillants, Meg avait deviné de quoi il s'agissait, mais elle demanda malgré tout avec un sourire candide :

— Oui ?

— Je veux que nous refassions l'amour pendant que nous en avons encore le temps.

Brody n'attendit pas un consentement qu'il savait acquis : il souleva Meg, la porta jusqu'au lit et l'y allongea doucement. Il voulait beaucoup plus d'elle que ces quelques moments de bonheur furtif, mais il saurait s'en contenter… Provisoirement.

— Je ne comprends pas comment cette fête pourrait être une surprise pour vos parents, alors qu'ils n'en ignorent ni la lieu, ni la date, et qu'ils vous ont même emmenés choisir le gâteau ! fit remarquer Hannah aux enfants au cours du déjeuner.

— Si, ce sera une surprise, objecta Kevin, parce qu'ils savent pas tout ce qui se passera. Ils n'en savent qu'une partie.

Ne connaissant que trop bien le caractère facétieux des jumeaux, Hannah tourna vers Kelly un regard inquiet.

— Et en quoi consiste cette surprise ? s'enquit-elle.

— C'est un secret ! répondit la fillette.

Puis elle échangea avec son frère un coup d'œil complice, semblable à celui qu'Hannah les avait vus s'adresser quelques semaines plus tôt, juste avant qu'ils ne profitent de l'heure de la sieste pour aller ouvrir la cage du hamster de leur classe.

Visiblement soucieuse, elle aussi, Alexandra intervint alors :

— Résumons-nous... Nous avons tous reçu l'e-mail qu'Amy Tidwell vous a aidés à envoyer le week-end dernier... Il nous demandait d'apporter des chaises et des fleurs, c'est bien ça ?

— Oui, parce que maman aime beaucoup les fleurs, mais qu'elle ne veut pas qu'on aille en cueillir dans le jardin des voisins, expliqua Kelly.

Les deux amies écarquillèrent les yeux.

— Vous l'avez déjà fait ? s'écria Hannah.

— Une fois, avoua Kevin, mais on recommencera plus, parce que maman nous a dit que ce n'était pas bien.

— Et elle a dit aussi qu'il n'y avait pas besoin de fleurs pour la fête d'anniversaire de papa, enchaîna sa sœur, mais c'est parce qu'elle ne sait pas tout.

— Oui, renchérit Kevin, on a besoin de fleurs, à cause de la surprise... Et on a besoin de trucs à manger, aussi. Maman a dit que le gâteau et des glaces suffiraient, mais nous, on veut d'autres trucs à manger.

Hannah trouva cette revendication légitime. Elle était même impressionnée par le mal que les jumeaux se donnaient pour organiser cette réception.

— Vous avez raison : la fête risque de se prolonger jusqu'au-delà de l'heure du dîner, et les gens auront faim, souligna-t-elle. Mais comme ils seront très nombreux, il faut leur demander de venir chacun avec un plat… Votre e-mail réclamait également de la musique et, personnellement, je compte apporter l'appareil de karaoké de l'école.

— Génial ! s'exclamèrent les enfants d'une même voix.

— Vous avez besoin d'autre chose ?

— Non, répondit Kelly. Il y a juste une ou deux personnes que papa et maman n'ont pas pensé à inviter.

— Donnez-moi leur nom, et je les préviendrai.

— Le pasteur de notre paroisse, le révérend Bollick, mais lui, on l'a déjà invité… Il reste juste Mme Hennings, notre professeur de catéchisme.

— Je la connais, indiqua Hannah, et je me charge de prendre contact avec elle… C'est tout ?

Kevin et Kelly hochèrent affirmativement la tête, puis la fillette déclara d'un ton pressant :

— Il ne faut surtout pas parler à papa et à maman des fleurs, et de la musique et tout ça, hein ?

Après s'être consultées du regard, les deux amies promirent de se taire.

— Tu as une idée de ce qu'ils mijotent ? demanda Hannah à Alexandra quand elles eurent déposé les enfants chez leur mère.

— Pas la moindre. Et toi ?

— Moi non plus.

— Mais ça ne doit rien être de bien méchant…

— Je ne pense pas qu'ils gâcheraient l'anniversaire de leur père en faisant une grosse bêtise, en effet, mais comment savoir ? Ils n'ont que cinq ans, après tout !

— Tu es comme moi, alors : cette histoire de surprise te rend un peu nerveuse.

— Oui, reconnut Hannah en s'arrêtant à un feu rouge.

Le divorce de ses parents, quand elle avait neuf ans, lui permettait pourtant de comprendre pourquoi les jumeaux attachaient une telle importance à cette réception : c'était pour eux l'occasion de reconstituer la cellule familiale, ne serait-ce que le temps d'une soirée.

— Mais à bien y réfléchir, je crois que nous avons tort de nous inquiéter, poursuivit-elle. Kevin et Kelly ont sans doute juste envie d'offrir à leurs parents la plus belle fête possible. Aucun des *trucs* supplémentaires qu'ils ont demandés n'est puéril ou dangereux, après tout... Ce n'est pas comme s'ils voulaient des pistolets à eau, des fusées de feu d'artifice ou des pétards. Le soin et le sérieux qu'ils apportent aux préparatifs de cette fête me donnent même à penser...

— Qu'ils comptent dessus pour pousser leurs parents à se réconcilier ? compléta Alexandra.

— Exactement ! Ils doivent sentir qu'il suffirait de bien peu pour les y amener, et j'ai la même impression.

— Moi aussi. Tu as vu la façon dont Meg et Brody se regardaient, quand nous avons ramené les enfants ?

— Oui : comme s'ils étaient secrètement amoureux l'un de l'autre.

— Tu crois qu'ils vont se remarier ?

Le feu était passé au vert, et Hannah redémarra avant de répondre avec un haussement d'épaules :

— Je n'en sais rien. Tu connais le proverbe : « Chat échaudé craint l'eau froide »... Mais je l'espère de tout cœur, car c'est la meilleure chose qui pourrait leur arriver à tous les deux, sans parler de la joie qu'en éprouveraient leurs enfants !

A l'immense satisfaction de Meg, ses petits élèves n'oublièrent ni une note, ni un pas de danse pendant la représentation du lundi soir — le premier spectacle musical jamais donné au centre de Forrester Square. Ils chantèrent avec un enthousiasme communicatif tous les morceaux du programme et exécutèrent à la perfection la chorégraphie que Meg avait composée pour chacun.

Lorsque le dernier couplet de la dernière chanson s'acheva, elle était si fière d'eux et si émue que des larmes lui montèrent aux yeux.

— Bravo ! leur dit-elle tandis que la salle croulait sous les applaudissements. Vous avez été formidables !

Elle alla ensuite se placer au milieu d'eux, se tourna vers le public de familles et d'amis qui remplissait l'auditorium de l'école, puis salua avec eux sous un tonnerre d'acclamations.

Ce fut seulement après le baisser de rideau, alors qu'elle recevait les félicitations de divers parents, que Meg s'aperçut de la présence de Roarke et de Fiona. Brody allait vers eux, et à en juger par son expression étonnée, il ne s'était pas attendu à ce qu'ils soient présents. Ni lui ni elle n'auraient pourtant dû en être surpris : pour Roarke, Meg n'avait jamais été la femme qu'il fallait à Brody, et il espérait toujours pouvoir le persuader d'épouser Fiona.

Nerveuse, mais faisant de son mieux pour le cacher, la jeune femme alla les rejoindre, et Roarke l'accueillit avec son exubérance habituelle :

— Tous mes compliments, Meg ! s'écria-t-il. Vos petits élèves nous ont enchantés !

— Oui, c'était absolument merveilleux, renchérit Fiona d'une voix chaleureuse.

Si elle était jalouse, elle ne le montrait pas, reconnut Meg à contrecœur. Le sourire amical de la jeune Irlandaise forçait même son admiration : à sa place, elle n'aurait sûrement pas été aussi calme et détendue.

L'arrivée des jumeaux créa une heureuse diversion, car l'attention de tous se concentra alors sur eux. Ils encadrèrent leur mère, lui passèrent chacun un bras autour de la taille, et Kevin lui demanda, le visage radieux :

— C'était bien, hein ?

— Plus que bien ! s'exclama Brody avant de se pencher pour embrasser les deux enfants tour à tour. Vous m'avez beaucoup impressionné ! Je suis fier de vous. De vous trois, précisa-t-il.

Quand il se redressa, son regard croisa celui de Meg, et elle lui dit silencieusement ce que la présence d'autres personnes l'empêchait de lui dire tout haut : sa joie de le voir ce soir, l'immense satisfaction de le savoir fier d'elle, le bonheur que lui apportait leur liaison, même secrète.

Cet instant de muette complicité ne dura cependant pas longtemps : Fiona y coupa court en s'accroupissant et en serrant Kevin, puis Kelly dans ses bras.

Elle se releva ensuite et déclara à Meg avec une admiration visiblement sincère :

— Vous avez accompli un travail remarquable ! Je n'avais encore jamais vu des enfants aussi jeunes présenter un spectacle d'une telle qualité.

— Merci, mais une grande partie du mérite leur en revient : leur talent naturel et leur application m'ont rendu la tâche beaucoup plus facile.

— Mais c'est vous qui avez su les motiver et les amener ainsi à donner le meilleur d'eux-mêmes. Vous êtes de toute évidence une excellente enseignante.

— Merci, répéta Meg, sensible à des compliments que rien n'obligeait Fiona à lui adresser.

Pour des raisons dont elle était la première à reconnaître la partialité, elle avait envie de trouver la jeune Irlandaise antipathique ou, au moins, de lui en vouloir d'être venue assister à une représentation donnée dans le cadre de l'école des jumeaux, mais elle n'y arrivait pas. Car d'une part, personne n'était au courant de sa liaison avec Brody ; et d'autre part, Fiona demeurait la seule figure maternelle qu'avait connue Kevin pendant les cinq premières années de sa vie ; à ce titre, la présence de la jeune fille était bien légitime, d'autant plus qu'elle remplissait manifestement de joie le petit garçon.

— Où en sont vos recherches d'emploi ? lui demanda Meg, décidée à se montrer aussi cordiale qu'elle.

— J'ai rencontré trois familles de Seattle, et je crois que deux d'entre elles vont m'offrir la place.

— Mais ? insista Meg qui avait perçu une hésitation dans la voix de son interlocutrice.

— Je ne suis pas certaine de me sentir aussi bien chez elles que chez Brody.

Fiona se tourna vers ce dernier et poursuivit :

— J'ai appris que vous aviez racheté cette société d'Austin. Cela va vous obliger à passer beaucoup de temps au Texas, et j'ai pensé que vous pourriez avoir besoin de moi. Je n'ai donc pas l'intention d'accepter du travail ailleurs, pour être disponible au cas où vous voudriez me reprendre à votre service. Je suis même prête à réintégrer mes anciennes fonctions tout de suite, si nécessaire.

Brody parut aussi surpris que Meg par cette proposition. Ils avaient cru tous les deux que Fiona avait définitivement renoncé à conquérir Brody après le malheureux épisode du voile de mariée.

Ce n'était manifestement pas le cas, songea Meg avec un regain d'hostilité envers la jeune Irlandaise. Fiona avait beau prendre des précautions oratoires, elle espérait toujours que Brody lui demanderait de faire de nouveau partie de sa vie — et peut-être de façon permanente, cette fois. Et Roarke n'était évidemment pas étranger à cette nouvelle offensive.

— Nous avons déjà tout prévu, Brody et moi, déclara Meg doucement mais fermement. Je m'occuperai de Kevin quand son père sera en déplacement.

Le visage de Fiona se décomposa.

— Si nous allions manger une pizza ? suggéra alors Brody avec un entrain forcé. Je suis sûr que les enfants meurent de faim !

— Tu as l'air contrarié, dit Meg à Brody le lendemain matin.

Ils s'étaient donné rendez-vous pour prendre un café au siège de sa société avant la première heure de cours de la jeune femme. Elle lui avait proposé un vrai petit déjeuner, chez elle ou dans un bar, mais les piles de dossiers qui encombraient son bureau étaient là pour prouver que sa journée s'annonçait chargée.

— Je n'ai pas juste « l'air » contrarié : je le suis, rectifia-t-il en se renversant dans son fauteuil de cuir.

— Pourquoi ? demanda Meg avant de sortir de leur sac en papier les viennoiseries qu'elle avait achetées en chemin.

— Plus de la moitié de mes nouveaux employés d'Austin refusent de venir à Seattle, alors même que je leur ai promis d'importantes augmentations de salaire et le remboursement de tous leurs frais de déménagement et d'installation ! C'est une offre très généreuse, et je ne comprends pas qu'ils la repoussent.

— L'argent n'est pas tout, dans la vie, observa la jeune femme.

Brody lui lança un regard noir.

— Tu prends leur parti ? s'écria-t-il.

Son intransigeance rappela de mauvais souvenirs à Meg. Elle croyait qu'il avait changé, mais si elle s'était trompée ?

Et puis elle réfléchit. Peut-être ce comportement autoritaire allait-il avec ses fonctions... Peut-être tous les présidents-directeurs généraux attendaient-ils de leur personnel une soumission absolue, surtout s'ils avaient le sentiment de le traiter de manière équitable, voire généreuse... Le fait que Brody se conduise en despote dans sa vie professionnelle ne signifiait pas nécessairement qu'il le redeviendrait dans sa vie privée.

— Comment expliquent-ils leur refus ? s'enquit-elle d'une voix apaisante.

— Certains ne veulent pas quitter le Texas sous prétexte qu'ils y ont de la famille, d'autres parce que ça les ennuie de changer leurs enfants d'école, ou de vendre leur maison. Il y en a même pour qui le problème est le climat pluvieux de Seattle !

Ignorant les viennoiseries posées sur son bureau, Brody se leva et se mit à faire les cent pas dans la pièce.

— Et c'est ridicule, reprit-il, dans la mesure où ma société peut leur offrir tellement plus que leur ancienne direction du point de vue du salaire, des avantages en nature et des perspectives d'avenir ! Aucune de leurs objections n'est d'ailleurs recevable : il y a d'excellentes écoles à Seattle, le climat est un facteur auquel on s'habitue, il suffit de prendre l'avion pour aller rendre visite à ses parents, à ses oncles ou à ses cousins, et il ne manque pas de maisons à vendre dans les mêmes prix qu'à Austin pour une taille et un confort équivalents.

— Mais Seattle et le Texas, ce n'est pas vraiment la même chose, souligna Meg.

Cette remarque lui valut un nouveau regard noir, ce qui ne l'empêcha pas d'insister :

— Ces gens sont peut-être heureux là où ils sont, tout simplement.

— Ou ils sont peut-être casaniers, tout simplement ! répliqua Brody.

Un silence tendu s'installa, que la jeune femme finit par rompre en demandant :

— Qu'arrivera-t-il à ceux qui refusent de bouger ?

— Ils quitteront immédiatement la société, et sans indemnité de licenciement, car leur nouveau contrat stipule qu'ils doivent venir s'installer à Seattle dans les meilleurs délais.

— Tu ne peux pas maintenir une partie des activités de l'entreprise à Austin et permettre aux employés qui le désirent d'y rester pendant un certain temps au moins ?

— Non, je ne veux pas être obligé de faire des allers et retours incessants, sans compter qu'une fusion efficace de mes deux équipes américaines exige la concentration de tout le personnel en un lieu unique… Mais laissons cela, et parlons plutôt de la soirée d'hier soir ! Elle ne s'est pas vraiment terminée comme nous l'avions prévu, n'est-ce pas ?

— Non, acquiesça Meg dans un soupir tandis que Brody la prenait par la main et l'emmenait s'asseoir sur le canapé placé entre les deux fenêtres de son bureau.

Ils avaient bien projeté d'emmener les jumeaux manger une pizza après la représentation ; mais Roarke, qu'ils croyaient toujours à Austin, n'était pas censé les accompagner — et Fiona encore moins.

— Oncle Roarke aurait dû me dire qu'il assisterait au spectacle, observa Brody en passant un bras autour des épaules de Meg et en la serrant tendrement contre lui. Il aurait dû aussi m'avertir de son intention d'y amener Fiona. S'il l'avait fait, je le lui aurais interdit.

— Tu aurais eu tort : sa présence nous a gênés, nous, mais elle a ravi Kevin, et c'est le plus important.

— Je ne suis pas d'accord. Kevin est trop petit pour comprendre les véritables enjeux de la situation. En invitant Fiona à venir hier soir, oncle Roarke l'a encouragée à tenter de nouveau de s'installer chez moi. Il a sciemment alimenté ses espoirs d'être un jour une seconde mère pour Kevin, et plus seulement son ancienne nurse.

— En devenant ta femme…

— Oui, elle n'a malheureusement pas renoncé à cette idée stupide.

Brody avait donc enfin ouvert les yeux sur les manœuvres de la jeune Irlandaise, nota Meg avec satisfaction.

— Que s'est-il passé après notre départ de la pizzeria ? demanda-t-elle.

— J'ai déposé Fiona à son hôtel et ramené oncle Roarke à la maison. Là, après avoir couché Kevin, nous avons bu un cognac et fumé un cigare.

— Comme les vrais hommes que vous êtes...

— Ne plaisante pas, Meg ! J'en ai profité pour parler à Roarke, et nous ne nous sommes pas quittés en très bons termes.

— Pourquoi ? Que lui as-tu dit ?

— De ne plus se mêler de ma vie privée.

— Ce n'était pas un peu... abrupt ?

— Si, mais il le fallait pour qu'il comprenne le message.

A une première réaction de soulagement succéda chez Meg une brusque inquiétude.

— Ton oncle ne va pas vouloir te punir de cet affront, en te retirant son financement, par exemple ? déclara-t-elle.

— Non, je ne pense pas, et même si je me trompe, peu m'importe. J'ai beaucoup d'affection pour lui, mais ce n'est rien comparé à ce que j'éprouve pour Kevin, Kelly et toi. Si je dois choisir entre lui et vous, je n'aurai pas la moindre hésitation.

Meg sourit. Elle désirait que Brody la fasse passer avant tout le reste depuis ce qui lui semblait une éternité, et cet espoir s'était apparemment réalisé.

Alors, sans se soucier du fait qu'ils étaient dans son bureau et risquaient d'être dérangés à tout moment, elle l'embrassa passionnément. Il lui rendit son baiser avec une égale ardeur, jusqu'à ce qu'elle n'ait plus qu'une idée en tête : trouver un endroit où ils seraient vraiment seuls et pourraient vivre, comme le samedi précédent, un moment hors du temps et des contingences matérielles.

Avant même que le téléphone ne sonne et que Brody ne rompe leur étreinte pour aller répondre, cependant, Meg savait que c'était impossible — dans l'immédiat, tout du moins : ils avaient tous les deux une journée trop chargée.

Elle adressa donc un petit signe d'adieu à Brody, engagé dans une discussion d'affaires visiblement importante, alla donner ses cours à l'université et se rendit ensuite à Forrester Square.

La porte du bureau de la direction était ouverte, et elle y entra pour saluer Katherine, Hannah et Alexandra.

— Vous avez passé une bonne matinée ? lui demanda Katherine avec un sourire en coin.

— Oui… Pourquoi cette question ?

Les trois jeunes femmes pouffèrent de rire comme des collégiennes, puis Katherine répondit :

— Vos enfants ont dit à Carmen que vous aviez rendez-vous avec Brody dans son bureau, et que vous n'alliez plus tarder à vous remarier, tous les deux.

Meg en demeura sans voix. Comment les jumeaux pouvaient-ils être au courant de cette rencontre — elle avait appelé Brody pour lui proposer de prendre le petit déjeuner avec lui pendant que Kelly se brossait les dents dans la salle de bains de l'étage ?… Et surtout, pourquoi y avaient-ils vu l'annonce d'un mariage imminent ?

C'était incompréhensible ; mais cela expliquait en revanche les regards furtifs que les trois amies avaient lancés, dès son arrivée, à l'annulaire de sa main gauche : elles avaient pensé y découvrir une bague de fiançailles…

— Ne grondez surtout pas les enfants pour avoir commis cette petite indiscrétion, lui déclara Hannah. Personne, ici, n'a besoin d'eux pour savoir que Brody et vous tenez encore beaucoup l'un à l'autre.

Etait-ce donc si évident ? se demanda Meg. Apparemment, oui, mais les bavardages des jumeaux n'arrangeaient rien. D'après Julia Stanton, ils avaient raconté à tout le monde que leurs parents « n'arrêtaient pas de s'embrasser », et maintenant, ils les disaient sur le point de se remarier !

— Oui, renchérit Alexandra, il faudrait être aveugle pour ne pas s'apercevoir qu'il se passe quelque chose de très fort entre votre ex-mari et vous, et vos enfants sont bien placés pour le sentir.

Mais ils en avaient tiré des conclusions erronées, pensa Meg… Avec pour conséquence la cruelle désillusion qu'elle avait justement voulu leur épargner !

# 15.

— Où sont les jumeaux ? s'enquit Brody le jeudi soir suivant, quand il vint chercher Kevin chez Meg.

Une réunion interminable avec les représentants du personnel de sa société l'avait empêché de dîner avec Meg et les enfants comme prévu. Lorsqu'il l'avait appelée pour l'avertir, elle lui avait dit qu'elle comprenait, mais maintenant qu'il l'avait en face de lui, il se demandait si c'était bien vrai : elle avait le visage fermé, comme si elle lui reprochait silencieusement de faire de nouveau passer son travail avant elle.

Le coup de téléphone qui avait interrompu leur tête-à-tête dans son bureau le mardi précédent l'avait sûrement contrariée : elle était tout de suite partie, en lui adressant juste un salut de la main.

Et le lendemain, il avait dû renoncer à une soirée en famille à cause d'un repas d'affaires, organisé à la dernière minute, avec le créateur d'un didacticiel dont il voulait obtenir la distribution exclusive. Il avait proposé à Meg de les rejoindre au restaurant, et de l'emmener ensuite chez lui pour savourer quelques heures de solitude à deux, mais elle avait refusé, invoquant sa propre charge de travail et sa réticence à laisser de nouveau les jumeaux à la garde d'une baby-sitter. Il ne s'était pas posé de questions, sur le moment, mais peut-être avait-il eu tort, car il la trouvait ce soir anormalement froide et réservée.

— Ils sont en haut, répondit-elle, en train de visionner pour la centième fois la vidéo de notre mariage.

Cela ne semblait pas la ravir, alors que Brody, lui, en était plutôt attendri. Il la suivit dans le séjour et vit plusieurs cartons de CD ouverts, près du piano. Les tas déjà constitués indiquaient que Meg était occupée à les trier quand il était arrivé, et elle ajouta la bande originale de *South Pacific* à la pile des comédies musicales de Rodgers et Hammerstein avant de reprendre :

— Ils ne se lassent pas de regarder cette cassette.

Brody haussa les épaules, s'adossa au piano et observa :

— C'est compréhensible : ils ont tellement envie que nous formions de nouveau un couple !

Puis, comme Meg se taisait, il lui demanda de but en blanc :

— Tu m'en veux de ne pas avoir dîné avec vous ce soir comme prévu ?

— Je t'ai dit que je comprenais, au téléphone.

— Tu n'as pourtant pas l'air dans ton assiette…

— Ah bon ?

Perplexe, et agacé de ne pas avoir obtenu une réponse franche, Brody effectua une nouvelle tentative pour savoir ce que cachait l'humeur sombre de Meg :

— Serais-tu nerveuse à l'idée de chanter au mariage de Drew et de Julia ?

— Non. Je m'en réjouis à l'avance, au contraire.

— Tu as peur qu'un mariage le matin et une fête d'anniversaire le soir ne fassent trop, alors ? Parce que, si c'est le cas, nous pouvons envoyer un courrier électronique à tous les invités pour les informer que notre réception aura finalement lieu le dimanche, ou même le week-end suivant, si tu préfères.

— Non, la date me convient très bien, et le gâteau est déjà commandé, de toute façon.

— Mais il ne sera pas préparé avant le samedi matin : il suffit d'appeler la pâtisserie demain et de lui donner de nouvelles instructions.

— Sans doute, mais les jumeaux attendent cette fête avec tant d'impatience… Ils seraient très déçus de la voir reportée, ne serait-ce que de vingt-quatre heures.

— Tu veux donc en maintenir la date ?

— Oui.

— Alors où est le problème ?

Brody avait conscience de parler d'un ton agressif, mais c'était plus fort que lui : il détestait jouer à des jeux dont il ignorait les règles, et c'était exactement l'impression qu'il avait depuis son arrivée.

Et Meg dut craindre la survenue d'une dispute qui parviendrait aux oreilles des enfants, car elle alla fermer la porte, le prit par le bras et lui déclara à voix basse :

— Viens t'asseoir ! Je vais t'expliquer ce qui me tracasse.

Puis elle lui rapporta sa conversation de l'avant-veille avec les directrices de l'école, mais sans qu'il comprenne pourquoi elle en était à ce point affectée. Peu lui importait, à lui, ce qui se disait à leur sujet.

— Notre secret est donc éventé, conclut Meg. Les gens savent que, malgré notre divorce, tout n'est pas fini entre nous, et les jumeaux sont convaincus que nous sommes sur le point de nous remarier.

Non seulement tout n'était pas fini entre eux, songea Brody, mais ils avaient entamé un nouveau chapitre de leur histoire, beaucoup plus riche et prometteur que le précédent... Il renonça cependant à le préciser et se contenta d'observer :

— Je ne vois rien d'ennuyeux à ce que notre attirance l'un pour l'autre soit connue.

— Eh bien, moi, je trouve cela très ennuyeux !

La véhémence de Meg le surprit. Etait-elle uniquement due aux rumeurs qui couraient sur eux, ou bien à quelque chose de plus profond, de plus complexe ?

— Pourquoi te mets-tu dans un tel état ? demanda-t-il, redoutant cependant d'entendre la réponse.

— Parce que les regards appuyés, les sourires en coin et les taquineries que nous adresse le personnel de l'école renforcent les illusions des jumeaux sur ce que l'avenir leur réserve.

Brody ne s'était malheureusement pas trompé : cette réponse ne lui plaisait pas. Elle semblait indiquer que Meg avait de nouveau élevé une muraille autour de son cœur et se préparait au pire. Il pensait avoir gagné sa confiance, mais il n'en était plus certain, maintenant.

— Les enfants t'en ont parlé ? déclara-t-il.

— Non, mais ils ont annoncé à leur institutrice que nous n'allions pas tarder à nous remarier, et je les ai entendus en discuter entre eux pendant qu'ils montaient dans ma chambre pour regarder cette fameuse vidéo... Ils y croient vraiment, Brody !

Et Meg, elle, n'y croyait pas du tout, sinon elle n'aurait pas l'air aussi sûre que les espoirs des jumeaux seraient déçus.

Résolu à lui faire changer d'avis, Brody ouvrit la bouche, mais il n'eut pas le temps de prononcer un mot : Meg bondit sur ses pieds et quitta la pièce à grands pas. Furieux, il se lança à sa poursuite, traversa derrière elle le vestibule, la cuisine, et se retrouva finalement dans le garage. La lumière était allumée, et une quinzaine de cartons portant le logo d'une entreprise de déménagement s'y alignaient.

— Tu exclus donc que nous puissions nous remarier un jour ? dit-il après avoir refermé la porte.

— Oui, parce que nous l'avons *déjà* été, répondit Meg en prenant une paire de ciseaux et en coupant le ruban adhésif de l'un des cartons.

Il s'approcha d'elle, mais n'osa pas lui proposer son aide de peur d'essuyer une rebuffade. Mieux valait tenter de la raisonner, de l'amener patiemment à admettre que le souvenir des souffrances passées faussait sa vision de l'avenir.

— Peut-être, mais nous n'aurions jamais dû divorcer, souligna-t-il.

— C'est pourtant ce que font tous les couples qui ne s'entendent plus.

— Je suis persuadé que nous aurions trouvé une autre solution que la séparation à nos désaccords si nous avions accepté d'en discuter calmement. Il n'est cependant pas trop tard pour réparer cette erreur. Aujourd'hui, nous sommes plus mûrs, moins égoïstes ; nos chances de construire une relation harmonieuse sont infiniment plus grandes.

Meg sortit distraitement quelques livres du carton, les y remit tout aussi distraitement et secoua la tête, comme confondue par la naïveté de Brody.

— Je pense, moi, que certains de nos désaccords restent d'actualité, et qu'ils sont trop profonds pour être résolus par la seule discussion, répliqua-t-elle.

— Essayons quand même ! De quoi s'agit-il ?

— Tu attaches plus d'importance à l'argent que moi, pour commencer.

— Il faut bien que quelqu'un s'en préoccupe ! protesta Brody, piqué au vif.

— Tu vois très bien ce que je veux dire.

— Non. Ce que je vois, c'est que tu cherches des excuses pour éviter de t'engager vraiment.

— A t'entendre, on croirait que nous sommes en train de négocier un contrat d'affaires !

— Ce n'est pas complètement faux : j'estime que le moment est venu de nous expliquer clairement sur les termes de notre relation.

— Quel grand romantique tu fais !

— Je m'efforce seulement de garder les pieds sur terre, parce que les décisions impulsives que nous avons prises autrefois ne nous ont pas tellement réussi… Un couple doit tôt ou tard se montrer réaliste. Le bon sens voudrait que nous mettions fin à tous ces subterfuges et que nous vivions ensemble.

Les yeux de Meg lancèrent des éclairs, et elle s'exclama avec un mélange de colère et d'amertume :

— C'est donc par simple pragmatisme que tu m'as demandé d'emménager chez toi avec Kelly !

— Non, mais le fait est que cela nous permettrait d'économiser beaucoup d'argent et de l'utiliser à des fins plus utiles.

— Désolée, mais je n'ai l'intention de m'installer ou de me marier avec personne dans le seul but d'économiser de l'argent !

Brody se demanda soudain comment la conversation avait pu déraper à ce point : l'argent n'avait jamais fait partie des conflits qui les avaient opposés, Meg et lui ! Il fallait en revenir à l'essentiel, c'est-à-dire au véritable motif des tergiversations de la jeune femme.

— Ecoute, déclara-t-il d'un ton radouci, je comprends que tu veuilles protéger les jumeaux ; mais leur cacher ce que nous ressentons l'un pour l'autre n'est pas la bonne manière de s'y prendre.

— Vraiment ? Et quelle est la « bonne manière », selon toi ?

— Je commencerais par être honnête, en rendant notre relation publique, en montrant à tous, y compris aux enfants, que des liens forts et solides nous unissent. Et le mariage de Drew et de Julia nous en fournira une excellente occasion : je te propose d'y aller ensemble, et de nous y comporter comme un vrai couple.

Mais loin de plaire à Meg, comme Brody l'avait espéré, cette suggestion parut renforcer son anxiété :

— Non, protesta-t-elle, c'est très prématuré ! Tu imagines les rumeurs que cela susciterait ?

Les conjectures de ses collègues sur l'avenir de ses relations avec lui ne constituaient qu'une petite partie du problème, Brody le savait. Ce qu'elle avait le plus de mal à surmonter, c'était sa peur de voir l'histoire se répéter, et il avait conscience de l'avoir persuadée de l'épouser, la première fois, en lui présentant des arguments d'ordre pratique au lieu de mettre en avant les sentiments qu'ils éprouvaient l'un pour l'autre.

Avec le recul, il comprenait qu'il avait commis là une terrible erreur, car cela avait donné à Meg l'impression qu'ils contractaient un mariage de raison, et facilité ensuite sa décision de divorcer : s'ils ne s'aimaient pas, à quoi bon faire des efforts pour rester ensemble ?

— Des rumeurs courent déjà à notre sujet, souligna-t-il, la cause principale en étant que les gens nous soupçonnent de leur dissimuler quelque chose… et c'est bien le cas : nous ne sommes pas honnêtes avec eux.

Ni avec nous-mêmes, songea-t-il, car il était secrètement amoureux de Meg, et elle de lui — du moins l'avait-il cru jusqu'à maintenant.

— Notre vie privée ne regarde personne ! s'écria-t-elle avec irritation.

— En théorie, non, mais là encore, il faut être réaliste : les gens sont curieux, surtout lorsqu'ils sentent un grand bonheur ou un grand malheur sur le point d'arriver à quelqu'un qui compte pour eux. Tu ne peux pas le leur reprocher, et je comprends Katherine, Hannah, Alexandra et les autres : à leur place, je réagirais exactement de la même façon. Je lancerais de temps en temps une petite plaisanterie, pour indiquer que je ne suis pas dupe et qu'il est donc inutile de nous cacher.

— Ça ne me dérangerait pas, moi non plus, si nous étions seuls en cause : mais nous devons penser aux enfants… Pourquoi suis-je sans cesse obligée de te le rappeler ?

— Tu te trompes : je pense à eux ! répliqua Brody. Je veux, moi aussi, agir au mieux de leurs intérêts.

Il s'approcha ensuite de Meg, la prit dans ses bras et ajouta, le visage grave :

— Mais pour moi, *agir au mieux de leurs intérêts*, comme des nôtres, ce n'est pas entretenir une liaison secrète, ni même vivre ensemble, mais nous remarier. Meg, épouse-moi, et le plus tôt sera le mieux !

Eberluée, la jeune femme le fixa un long moment sans proférer un mot. Il était évident, cette fois, que Brody parlait sérieusement, mais sa demande ressemblait moins à une déclaration d'amour qu'à un moyen expéditif de résoudre leur problème... Brody choisissait prosaïquement la façon la plus simple de couper court aux rumeurs et de rendre les jumeaux heureux ! Ces intentions étaient certes louables, mais celles qui avaient sous-tendu leur premier mariage l'étaient tout autant...

— Pourquoi t'épouserais-je ? lâcha-t-elle, dans l'espoir de l'entendre avancer d'autres arguments.

— Parce que cela ne présente que des avantages : les gens cesseraient de jaser, les enfants seraient fous de joie et nous, nous n'aurions plus à nous interroger sur l'avenir, parce que nous aurions enfin pris une décision nette et tranchée.

Posant les mains sur la poitrine de Brody, la jeune femme le repoussa sans douceur. Son insensibilité la mettait au bord des larmes.

— Nous ne pouvons pas nous marier par simple commodité, observa-t-elle.

— Non, tu as raison, déclara Brody d'un ton sarcastique. Mieux vaut continuer de vivre chacun de notre côté, de nous rencontrer en cachette, de décevoir les enfants et, au bout du compte, de nous sentir toujours aussi seuls et malheureux… C'est un bien meilleur plan !

— Tu as parfaitement compris ce que je voulais dire ! s'écria Meg en le foudroyant du regard.

— Non, je suis dans le noir complet, au contraire. Je t'ai expliqué pourquoi nous devrions nous marier le plus vite possible… A ton tour, maintenant, de m'expliquer — et clairement, cette fois — ce qui s'y oppose.

S'il y avait une chose que Meg détestait encore plus que recevoir des ordres, c'était d'être mise en position de se justifier. Cherchant un dérivatif à la colère qui bouillonnait en elle, elle se pencha vers un carton et tenta d'en arracher le ruban adhésif.

— Ce qui s'y oppose, grommela-t-elle, c'est le fait que nous ignorons si les choses marcheront mieux entre nous aujourd'hui qu'autrefois.

« Parce que tu ne m'as pas plus parlé d'amour aujourd'hui qu'autrefois », songea-t-elle tristement.

— Il est impossible de le savoir à l'avance, observa calmement Brody, mais nous ne le saurons jamais si nous n'essayons pas.

— Nous avons déjà essayé.

— C'était un saut dans l'inconnu, la première fois. Nous avons à présent plus d'expérience, et donc infiniment plus de chances de déjouer les pièges du mariage.

« Non, seul un amour réciproque permet de construire une relation harmonieuse et durable », faillit objecter Meg.

Mais elle se tut de peur que Brody ne prétende l'aimer juste pour parvenir à ses fins. Elle ne pouvait se contenter d'un simulacre d'amour. Si Brody l'aimait, il devait le lui dire spontanément… Faute de quoi, jamais elle ne serait sûre de sa sincérité.

Dans le silence tendu qui suivit, Meg s'escrima à ouvrir le carton à mains nues, n'y parvint pas et, agacée par le regard narquois de Brody, finit par attraper les ciseaux et demanda d'un ton belliqueux :

— Et pourquoi devrions-nous nous marier *le plus vite possible* ?

— C'est dans l'intérêt de toutes les personnes concernées, répondit-il avec un grand sourire.

Son assurance exaspéra Meg. Elle souleva les rabats du carton, vit qu'il contenait des livres dont elle n'avait aucun besoin, le poussa impatiemment du pied, puis se tourna vers Brody et lui lança :

— Tu n'as pas changé, finalement ! Ta devise est toujours : « C'est moi qui décide, et personne d'autre » !

Cette pique le fit tressaillir. Un nouveau silence s'installa entre eux, plus tendu encore que le premier, mais la jeune femme le laissa se prolonger, et ce fut Brody qui le rompit finalement en observant d'un ton accusateur :

— Tu es injuste, Meg ! Je t'ai fait de nombreuses concessions, au cours de ces dernières semaines. A toi de m'en faire !

— Tu n'as pas l'air de te rendre compte des sacrifices que j'ai consentis, moi aussi… En renouant avec toi, pour commencer, et en me compliquant ainsi considérablement la vie ! Mais tu ne vois pas les choses de cette façon, bien sûr… Et tu ne vois pas non plus qu'à vouloir précipiter les choses, tu retombes dans l'erreur qui nous a été fatale autrefois !

— En d'autres termes, déclara-t-il froidement, tu tiens à ton indépendance plus qu'à moi et à l'intérêt bien compris des jumeaux. Tu refuses de nous donner une chance de former la famille heureuse et unie dont nous avons tous les deux toujours rêvé... Tu n'as donc pas changé, toi non plus, car c'est exactement le choix que tu as fait il y a cinq ans !

Sa mauvaise foi mit le comble à la fureur de Meg : il racontait l'histoire comme si elle était seule responsable de leur séparation ! La vérité, c'était qu'ils n'avaient ni l'un ni l'autre tenu les engagements pris le jour de leur mariage, qu'ils avaient l'un et l'autre accordé la priorité à leurs propres besoins... Et ils se retrouvaient aujourd'hui dans la même impasse, aussi butés, amers et frustrés qu'aux pires moments de leur vie commune...

Meg serra les poings pour canaliser sa rage et battit des paupières pour refouler ses larmes. Puisque la discussion ne pouvait plus que s'envenimer, maintenant, elle se borna à déclarer :

— Tu m'en demandes trop, Brody, et trop vite.

— Et toi, comme d'habitude, tu ne veux rien céder : je te propose une solution, et tu la rejettes en bloc. Mais j'en ai assez, à présent ! Je suis prêt à m'engager vraiment, mais pas à attendre indéfiniment que tu te décides à m'accorder ta confiance.

— C'est donc à prendre ou à laisser ? Ou j'accepte de t'épouser, ou tout est fini entre nous ?

— Oui, parce que je ne me contenterai plus d'un compromis.

Sur ces mots, Brody se dirigea vers la porte extérieure du garage, l'ouvrit et descendit la contre-allée qui menait à la rue. Meg ne le suivit pas. A quoi bon ? Tout avait été dit, et même si les mots avaient dépassé leur pensée sous l'effet de la colère, le mal était fait.

*
* *

— Vous êtes fâchés, papa et toi ? demanda Kelly le lendemain soir, alors que Meg l'aidait à se changer.

— Non, mentit la jeune femme, bien sûr que non ! Pourquoi me poses-tu cette question ?

— Parce que tu ne viens pas dîner avec Kevin, papa, oncle Roarke et moi.

— Je t'ai déjà expliqué que je devais aller à l'église ce soir. Dès que ton père sera venu te chercher, j'irai là-bas pour répéter avec le pianiste les chansons que je chanterai demain au mariage.

— Pourquoi ? Tu ne les connais pas encore assez bien ?

— Si, mais j'ai besoin de savoir comment ma voix porte dans l'église, et de veiller à ce que nous soyons parfaitement synchronisés, le pianiste qui m'accompagnera et moi, afin d'offrir à Drew et à Julia une prestation à la hauteur de leurs espérances.

— C'est vraiment dommage qu'on ne puisse pas assister à cette répétition, Kevin et moi, observa la fillette d'un air rêveur.

— La vraie cérémonie sera encore mieux, et vous y assisterez. Il y aura ensuite la réception, où les mariés ont eu la gentillesse de vous inviter tous les deux.

— Et après, on rentrera faire la sieste, comme ça, on sera en pleine forme le soir, pour fêter l'anniversaire de papa !

— Exactement !

— Bon, tant pis pour la répétition, mais j'aimerais quand même que vous soyez plus gentils l'un avec l'autre, papa et toi.

— Nous le sommes ! protesta Meg.

— Oui, mais trop. On voit bien, Kevin et moi, que vous vous forcez.

Les jumeaux étaient décidément d'une perspicacité redoutable, pensa la jeune femme. Brody et elle avaient tenté de sauver les apparences, mais visiblement sans succès. Ils commettaient donc une erreur après l'autre — la plus grave ayant consisté à se croire capables de mieux s'entendre qu'autrefois, alors que, pour l'essentiel, les choses n'avaient pas changé entre eux.

Comme elle l'avait toujours su, au fond, il aurait dû lui être facile de l'accepter... Si tel était le cas, pourquoi avait-elle depuis la veille l'impression d'avoir le cœur pris dans l'étau d'une douleur que rien, jamais, ne pourrait apaiser ?

Meg arriva à l'église de Notre-Dame-de-la-Misécorde bien avant les autres invités, le samedi matin. Après s'être échauffé la voix, elle se rendit dans la sacristie, où Julia, d'une beauté de madone dans une robe de satin blanc, mettait la dernière main à sa toilette.

— Vous êtes ravissante, lui dit Meg.

— Merci. Et je me sens...

— Sereine ?

— Oui, c'est le mot juste... Je sais que s'engager pour la vie ne va pas sans risques, mais j'aime Drew, si bien que je suis prête à affronter toutes les difficultés qui nous attendent peut-être. Il n'y a aucune épreuve, aucun problème que nous ne puissions surmonter si nous y faisons face ensemble, j'en ai la conviction.

Là se situait la différence entre Julia et elle, songea Meg. Le jour de son mariage, elle n'avait éprouvé ni cette calme assurance, ni cette foi absolue en l'avenir.

Sans doute surprise par son silence, Julia la considéra avec attention avant de déclarer :

— Vous pensez à votre propre mariage, n'est-ce pas ?

— Oui.

— Et vous aimez toujours Brody…

— Je… C'est compliqué, bredouilla Meg.

— Expliquez-moi, alors !

— Nous avions décidé de nous marier pour de mauvaises raisons.

— Je ne peux pas en juger, dit Julia d'une voix douce, mais il me semble que vous en avez aujourd'hui d'excellentes pour refaire votre vie ensemble.

— Maman est jolie, hein, papa ? chuchota Kelly, assise à la droite de son père.

— Oui, très jolie.

Et Brody ne pouvait en effet détacher ses regards de Meg tandis qu'elle s'approchait de l'autel, se tournait vers l'assistance et entonnait la première des chansons que les futurs mariés lui avaient demandé de chanter pendant que les invités s'installaient sur les bancs de l'église.

— Et elle a une jolie voix, aussi, murmura Kevin en tirant la manche gauche de Brody.

— Oui, très jolie, répéta-t-il.

Cette femme qui alliait la beauté, l'intelligence et le talent ne voulait malheureusement pas de lui dans sa vie. Si seulement il pouvait trouver un moyen de lui faire changer d'avis… Mais il avait déjà tout essayé, et rien n'avait marché… Il ne se sentait pourtant pas tout à fait prêt à renoncer, car il était encore sûr que Meg l'aimait, au plus profond d'elle-même. Le problème, c'était de l'amener à en prendre conscience.

La cérémonie commença et, avant que Drew et Julia n'échangent leurs consentements, le pasteur leur demanda d'exprimer devant leurs parents et amis ce qu'ils éprouvaient l'un pour l'autre.

— Je ne peux imaginer mon existence sans toi, Julia, déclara Drew. Tu lui as donné un sens en me faisant découvrir le bonheur d'aimer.

— Tu es tout pour moi, Drew, dit Julia d'une voix émue mais claire, et je suis aujourd'hui la plus heureuse des femmes, parce que je vais passer le restant de mes jours avec toi.

Avant de rencontrer Meg, Brody trouvait ce genre de propos d'un sentimentalisme ridicule, et d'une sincérité douteuse, mais il ne songeait plus à jouer les cyniques, car ces paroles traduisaient des émotions dont il connaissait maintenant d'expérience la réalité et l'intensité.

Meg et les jumeaux étaient ce qu'il avait de plus précieux au monde, pensa-t-il en jetant un coup d'œil aux enfants, qui ne perdaient pas une miette de la cérémonie, alors peut-être Meg avait-elle raison… Peut-être devait-il se montrer plus souple, essayer d'envisager les choses de son point de vue à elle, au lieu de pratiquer la politique du tout ou rien…

Oui, plus il y réfléchissait, plus il se reprochait son intransigeance. La vraie raison, probablement, du rejet de Meg.

*
* *

Le spectacle émouvant de Drew et de Julia remettant chacun son cœur et sa vie entre les mains l'un de l'autre fit comprendre beaucoup de choses à Meg.

Brody serait toujours ambitieux, mais son amour pour sa famille tempérait désormais son désir de réussite professionnelle.

Cinq ans plus tôt, il avait été incapable de tenir tête à Roarke. Il avait enfin trouvé le courage de le faire.

Il était plus prodigue qu'elle, mais son argent, il l'avait gagné à la sueur de son front, et il s'était en outre engagé à ne plus couvrir les enfants de cadeaux coûteux, à leur donner à la place un temps et une attention qui leur permettraient de se sentir aimés et protégés.

Et les jumeaux n'étaient pas les seuls à vouloir se sentir aimés et protégés… Brody n'était pas la seule personne, non plus, qui avait eu besoin de changer. Pendant des années, Meg avait pris prétexte de la mésentente de ses parents, même après leur divorce, pour éviter de nouer des liens trop étroits avec quiconque.

Cette méfiance, cette crainte de s'attacher avaient en réalité des racines beaucoup plus profondes, mais qu'elle avait préféré ignorer, jugeant plus sûr de se tenir sur la réserve, de ne s'investir vraiment que dans son travail de comédienne.

Sa rencontre avec Brody avait bouleversé ce rapport frileux au monde. Il lui avait donné envie de vivre intensément chaque seconde de chaque jour, de laisser l'amour la posséder corps et âme… Et c'était ce qui arrivait quand elle était dans ses bras.

Loin de Brody, en revanche, tout était différent. La peur de devenir trop dépendante de lui, de s'habituer à un bonheur qui lui serait finalement retiré, l'incitait de nouveau à la prudence.

Tant que leur liaison avait conservé un caractère intermittent, cependant, Meg l'avait bien vécue. Et puis elle était tombée enceinte, et là, elle s'était sentie piégée : que cela lui plaise ou non, elle avait engagé son cœur dans cette grossesse et le mariage qui avait suivi, mais sans être sûre qu'il en allait de même pour son compagnon. Alors, plutôt que de le lui demander, ou de l'amener à le lui dire, elle l'avait tenu à distance jusqu'à ce qu'un divorce devienne aussi inévitable que l'avait été celui de ses parents.

Maintenant, Brody était de retour dans sa vie.

Et dans son cœur.

Elle craignait toujours de commettre une erreur irréparable, mais son désir de lui appartenir était aujourd'hui assez fort pour qu'elle prenne le risque d'unir de nouveau leurs destinées, et avec la volonté, cette fois, de croire en l'avenir.

Restait à savoir s'il n'était pas trop tard, mais il n'y avait qu'un seul moyen de le découvrir, et Meg était décidée à le mettre en œuvre à la première occasion.

— Vous avez chanté divinement bien, Meg ! s'écria Alexandra alors qu'un photographe mitraillait les jeunes mariés sur le parvis de l'église.

— Merci, déclara Meg.

Depuis la fin de la cérémonie, elle tentait de se frayer un chemin à travers la foule pour aller rejoindre Brody et les jumeaux. Mais à chaque pas qu'elle faisait, quelqu'un l'arrêtait pour la féliciter.

— Oui, j'en ai eu les larmes aux yeux, renchérit Hannah. Je n'avais encore jamais entendu ces chansons d'amour interprétées de manière aussi émouvante.

— On avait l'impression que vous mettiez tout votre cœur dans chaque mot, observa Katherine, et que vous vous adressiez directement à l'assemblée.

Sa première remarque était vraie, songea Meg, mais pas la seconde : les mots d'amour qu'elle avait prononcés étaient destinés à une seule personne — et cette personne était en train de s'éloigner, sans un regard dans sa direction.

— Merci beaucoup, murmura-t-elle tout en cherchant une excuse pour quitter les gens qui l'entouraient sans paraître impolie.

— Kevin et Kelly sont très fiers de vous ! annonça Carmen Perez en lui prenant les deux mains dans les siennes. Ils ne laissent personne ignorer que cette artiste dont tout le monde chante les louanges est leur mère !

— Merci, répéta distraitement la jeune femme.

Son attention était fixée sur Brody, qui se dirigeait vers un taxi garé contre le trottoir. La portière arrière du véhicule s'ouvrit soudain… et Fiona en descendit. La jeune Irlandaise s'élança vers Brody et lui parla un moment, avec animation et sans cesser de lui sourire. Il semblait très content de l'entendre et, quand elle se tut, il la serra dans ses bras.

La conversation reprit ensuite, Brody étant cette fois celui des deux qui parlait le plus, puis Fiona hocha la tête et ils échangèrent de nouveau une chaleureuse accolade.

Pétrifiée, Meg vit son ex-mari se pencher vers la vitre ouverte du taxi et adresser quelques mots au chauffeur, qui alla aussitôt ouvrir le coffre et en sortit deux valises. Brody le paya et transporta les bagages dans son 4x4, suivi de près par une Fiona toujours aussi loquace et souriante. Il la guida ensuite vers l'endroit où Kevin et Kelly bavardaient avec d'autres enfants, et Meg nota, la gorge nouée, que les jumeaux accueillaient Fiona avec de grandes démonstrations de joie.

Brody venait-il de l'engager de nouveau ? se demanda-t-elle. Ou bien avaient-ils conclu un accord d'une autre nature ?

Meg se força à détourner les yeux d'un spectacle qui lui déchirait le cœur. Ce qui se passait entre Brody et Fiona ne la regardait pourtant pas…

Même si Brody avait une nouvelle fois choisi la solution de facilité et décidé de réintégrer la belle Irlandaise dans ses anciennes fonctions, elle n'avait aucune raison d'en éprouver une telle détresse.

Et même si Fiona était encore en train de manœuvrer pour devenir Mme Taylor et la belle-mère des jumeaux, elle n'avait aucune raison de se sentir trahie, puisque Brody lui avait proposé de l'épouser et qu'elle avait eu la bêtise de refuser.

# 16.

— Vous ne voulez vraiment pas nous accompagner, Meg ? demanda Hannah alors que Katherine, Alexandra et elle s'apprêtaient à quitter la réception. Nous allons juste nous reposer un peu chez Katherine. Et puisque Brody a emmené Kevin et Kelly faire la sieste…

— C'est gentil, répondit la jeune femme, mais je dois rentrer me changer et emballer mon cadeau et celui des enfants en prévision de la fête de ce soir.

Elle voulait surtout être seule, le temps de se ressaisir après la scène dont elle avait été témoin au sortir de l'église. Roarke avait bien jugé la situation, elle était forcée de l'admettre… Il s'était arrangé pour que Fiona vienne à Seattle, où elle avait attendu qu'une dispute brise de façon irrémédiable les relations entre Brody et son ex-femme. Et dès que c'était arrivé, elle était passée à l'action.

Sans doute Brody était-il en train de l'installer chez lui, songea Meg, amère, avant d'aller saluer les jeunes mariés et de s'éclipser.

Une fois de retour chez elle, elle monta directement dans sa chambre et troqua sa robe jaune pâle et ses talons hauts contre un vieux peignoir rose orné de grosses tulipes rouges. Ce n'était pas un vêtement très seyant, mais il était chaud, confortable, et elle le mettait toujours dans sa loge, autrefois, quand elle se préparait avant d'entrer en scène. Elle le considérait comme une sorte de porte-bonheur et d'antidote au trac — deux protections dont elle avait grandement besoin aujourd'hui.

Après avoir enfilé des mules roses aussi peu élégantes que son peignoir, la jeune femme descendit au rez-de-chaussée pour se faire un thé à la menthe dans l'espoir qu'il calmerait sa nervosité. Il lui faudrait fournir un effort de volonté, tout à l'heure, pour paraître joyeuse et détendue devant les jumeaux et les invités alors qu'elle avait le cœur brisé et une seule envie : s'enfermer dans sa chambre et pleurer toutes les larmes de son corps.

La sonnette de l'entrée retentit juste au moment où elle pénétrait dans la cuisine. Surprise, elle pivota sur ses talons, alla regarder par le judas et vit Brody debout sur le perron. Encore vêtu du costume sombre et du nœud papillon qu'il portait au mariage, il tenait à la main un sac en papier et, sur le bras, ce qui ressemblait à deux imperméables.

Un mélange de douleur et de regret envahit Meg au souvenir des mots durs qu'elle lui avait adressés le jeudi précédent. Elle ouvrit la porte et attendit, un peu tremblante, qu'il lui donne la raison de sa visite.

— Il faut que je te parle, annonça-t-il.

Meg avait, elle aussi, des choses à lui dire. Mais mieux valait qu'elle se taise avant d'avoir réfléchi à la manière de les formuler. Elle n'avait plus droit à l'erreur : toute maladresse risquait de lui aliéner définitivement l'homme de sa vie.

— Où sont les enfants ? demanda-t-elle en l'invitant de la main à entrer.

Le sourire aux lèvres et la démarche assurée, il répondit en franchissant le seuil :

— Chez moi, en train de faire la sieste. Tu n'as pas à t'inquiéter : Fiona est avec eux.

Et c'était censé la rasséréner ! songea la jeune femme en fronçant les sourcils. Pourquoi avait-elle posé cette question, d'ailleurs ? Compte tenu des événements de la matinée, elle aurait bien dû se douter que Brody avait confié les jumeaux à la garde de la jeune Irlandaise !

Plus malheureuse qu'elle ne l'avait jamais été, elle regarda Brody poser le sac en papier par terre et les imperméables sur la rampe de l'escalier, puis elle déclara d'un ton qui se voulait dégagé :

— Ainsi, Fiona travaille de nouveau pour toi ?

— Non. Elle a trouvé un emploi dans une autre famille. En Irlande.

— Mais je croyais qu'elle avait décidé de se fixer à Seattle !

— C'était son intention, en effet, mais au bout de quelques semaines seulement, elle a le mal du pays, et une installation définitive est donc inenvisageable.

— C'est ce qu'elle est venue t'annoncer ce matin ? demanda Meg d'une voix altérée par l'espoir, les jambes presque chancelantes.

— Oui.

— Et... Qu'en penses-tu ?

— Je suis content pour elle. Son départ prouve qu'elle n'attend plus rien de moi, et je suis sûr qu'une fois de retour en Irlande, elle trouvera avec un autre homme le bonheur qu'elle mérite. Je ne lui ai jamais voulu que du bien.

— Je le sais.

— Je l'ai cependant persuadée de ne prendre l'avion que demain, pour lui laisser le temps de dire au revoir aux jumeaux. Et je lui ai demandé de les garder pendant que je venais te parler.

Meg regrettait maintenant d'avoir ôté sa tenue habillée pour mettre ce vieux peignoir...

— Me parler de quoi ? s'enquit-elle.

— De notre conversation d'avant-hier. J'y ai réfléchi depuis, et il y a une ou deux choses sur lesquelles j'ai changé d'avis.

Tout comme elle, songea Meg. Il fallait juste espérer que leurs réflexions allaient dans le même sens.

Brody souleva le sac en papier et le lui tendit en déclarant :

— Regarde à l'intérieur !

Le cœur battant, elle l'ouvrit et en sortit deux masques de carnaval, composés de grosses lunettes noires, de faux nez et de fausses moustaches. Elle les fixa d'un air perplexe. A quoi étaient-ils censés servir ? Et pourquoi Brody avait-il aussi apporté ces imperméables — l'un usagé, l'autre si neuf que l'étiquette de prix y était encore attachée ?

— Ces masques ne sont pas un peu grands pour les enfants ? observa-t-elle.

— Ils ne leur sont pas destinés.

— A qui, alors ?

— A nous.

— Pour nous déguiser le jour d'Halloween ?

— Quand tu voudras.

Meg ne comprenait toujours pas ce que Brody avait en tête... D'autant moins qu'il s'était approché d'elle, une lueur de désir dans les yeux, et que l'envie de se jeter dans ses bras ajoutait à sa confusion. Il lui fallait pourtant garder l'esprit clair, car elle avait conscience de se trouver à un moment décisif de son existence, celui où allaient se réaliser ou se briser tous ses rêves — ceux d'un amour partagé, d'un mariage heureux, d'une famille enfin réunie...

— Grâce à ces déguisements, personne ne nous reconnaîtra, lui chuchota Brody à l'oreille.

— Et pourquoi personne ne devrait-il nous reconnaître ? demanda-t-elle, adoptant inconsciemment le même ton conspirateur.

— A ton avis ?

— Je... je ne sais pas, balbutia Meg, troublée par le feu qui couvait dans le regard de Brody maintenant planté dans le sien.

Il lui entoura alors le visage de ses mains et déclara avec un sourire malicieux :

— Pour qu'une liaison soit clandestine, il faut prendre certaines précautions, non ?

Le cœur de la jeune femme s'arrêta de battre, puis repartit sur un rythme de plus en plus rapide à mesure que les implications de ces mots lui apparaissaient plus clairement.

— Mais je te croyais opposé à cette solution ! remarqua-t-elle tandis que des larmes de joie lui montaient aux yeux.

— Je me suis conduit comme un idiot. Je n'avais pas le droit de faire pression sur toi, et encore moins celui de te lancer un ultimatum. Il ne doit pas y avoir de rapport de force entre nous : nous sommes sur un pied d'égalité, chacun veillant à rester à l'écoute de l'autre. Ton opinion compte autant que la mienne, sinon plus, parce que ce que je désire avant tout, c'est te rendre heureuse. Alors si tu souhaites tenir notre relation secrète en attendant de savoir ce qu'il en adviendra, je n'y vois pas d'inconvénient. Peut-être même que ce petit jeu de cache-cache m'amusera.

— Ce ne sera pas facile, souligna Meg afin de s'assurer que Brody n'avait pas pris cette décision sur un simple coup de tête.

— Peu m'importe ! J'ai trop besoin de t'avoir dans mes bras et dans ma vie pour me laisser arrêter par aucune difficulté.

Les larmes que la jeune femme était jusque-là parvenue à contenir se mirent à couler sur ses joues, et un puissant élan de joie la souleva.

Contre toute attente, malgré les erreurs qu'ils avaient commises et leur refus obstiné de s'ouvrir leurs cœurs, ils avaient fini par se trouver. Elle n'avait pas voulu croire qu'ils pouvaient bâtir un avenir ensemble, mais la merveilleuse certitude de s'être trompée commençait de remplacer ses doutes.

— Oh ! Brody, murmura-t-elle. Je t'aime tant !

Voilà, c'était dit… Elle avait enfin eu le courage de lui avouer son amour.

Et elle n'eut pas le temps d'avoir peur des conséquences, car Brody sourit, comme si elle ne lui apprenait rien, et déclara d'une voix vibrante d'émotion :

— Moi aussi, je t'aime.

Puis il l'attira contre lui et l'embrassa avec une douceur qui exprimait mieux ses sentiments que le plus fougueux des baisers.

— Tu veux donc bien de moi dans ta vie ? demanda-t-il lorsqu'ils rompirent leur étreinte.

— Oui, mais j'ai quelque chose à te dire… J'ai changé d'avis, moi aussi : j'accepte de t'épouser, et le plus tôt sera le mieux.

— Tu parles sérieusement ? s'exclama-t-il, interdit.

— Oui, parce que j'ai compris beaucoup de choses, aujourd'hui. J'ai compris que tu avais raison : l'une des causes des conflits qui nous ont opposés a toujours été mon manque de confiance en toi — et en nous. Mais c'est fini ! Je t'aime de tout mon cœur, de toute mon âme, et je ne crains plus de le montrer publiquement, au contraire : je veux que tout le monde sache que je suis à toi, maintenant et pour toujours.

— Moi aussi, je t'appartiens, maintenant et pour toujours, déclara Brody.

Un autre baiser scella leur serment, puis ils montèrent dans la chambre de Meg et firent l'amour plus tendrement, plus voluptueusement, plus passionnément que jamais.

Tendrement enlacés sur le lit, Meg et Brody savouraient leur bonheur.

— Il va nous falloir à chacun une nouvelle devise, observa Brody en caressant les cheveux de la jeune femme.

— Oui, les anciennes ne correspondent plus à ce que nous sommes aujourd'hui.

— Je crois que j'en ai trouvé une pour moi.

— Je t'écoute.

— « Ce n'est pas l'intention qui compte. »

— Comment cela ?

— Eh bien, jusqu'ici, j'étais décidé à vous faire passer avant tout le reste, toi et les jumeaux, mais je n'agissais pas toujours en conséquence. Je veillerai désormais à rendre mes actes conformes à l'idée que j'ai d'une vraie famille : je ne laisserai plus rien ni personne me détourner de mes responsabilités de mari et de père.

Meg sourit. Quoi qu'il en dise, Brody avait déjà beaucoup changé dans ce domaine, mais elle était heureuse de le savoir vraiment prêt à placer son couple et ses enfants au premier rang de ses priorités.

— Je me suis trouvé une nouvelle devise, moi aussi, annonça-t-elle.

— Oui ?

— « Qui ne risque rien n'a rien. » J'ai eu longtemps peur de mettre mon cœur en danger, mais je sais à présent qu'à trop vouloir se protéger, on se prive de ce que la vie peut offrir de meilleur. Et à ce propos... Puisque Fiona garde les jumeaux et que nous ne sommes pas attendus chez toi avant la fin de l'après-midi...

— Il me semble que tu as une idée derrière la tête, mais laquelle ? demanda Brody d'un air faussement perplexe.

— Devine ! s'exclama la jeune femme en l'attirant de nouveau dans ses bras.

Comme elle l'avait promis aux enfants, Meg n'autorisa Brody à faire son entrée à sa fête d'anniversaire qu'à 19 heures. Lorsqu'ils tournèrent l'angle de la maison, tous les gens réunis dans le jardin crièrent : « Surprise ! ».

Ils feignirent l'étonnement. Ils avaient beau avoir expliqué aux jumeaux qu'une réception dont l'invité d'honneur connaissait la date à l'avance et avait même participé à l'organisation ne pouvait s'avérer une surprise, ils n'étaient pas parvenus à les en convaincre, et avaient donc décidé de jouer le jeu.

Kevin courut vers son père, lui passa les bras autour de la taille et demanda, le visage épanoui :

— Tu es content ?

— Ravi ! déclara Brody avant de se pencher pour embrasser le petit garçon, puis Kelly qui venait de les rejoindre. Et tous ces ballons… C'est vous qui les avez accrochés dans les arbres ?

— Oui ! répondirent-ils en chœur.

Ils entraînèrent ensuite leurs parents vers le fond du parc, suivis à distance respectueuse par des invités que Meg trouva étrangement calmes et silencieux, brusquement.

Mais elle comprit pourquoi en découvrant, au milieu d'un bosquet, des sièges de jardin de toutes les sortes et de toutes les couleurs, disposés en rangées de part et d'autre d'une allée centrale. Une grande table recouverte d'une nappe blanche avait été installée sur le côté, et au centre trônait une superbe pièce montée au sommet de laquelle souriaient les figurines de deux jeunes mariés.

— Vous voyez, c'est à la fois une fête d'anniversaire et un mariage ! dit fièrement Kevin.

— Votre mariage à vous deux, précisa Kelly.

Katherine s'avança alors et expliqua, l'air gêné :

— Ils ne nous ont informés de leur projet qu'à notre arrivée.

— Il y a dans la cuisine de quoi nourrir une armée, annonça gaiement Hannah pour essayer de détendre l'atmosphère. Chacun de nous a apporté un plat.

— Et un cadeau d'anniversaire pour Brody, ajouta Alexandra.

Un lourd silence s'abattit ensuite sur l'assistance. Personne ne semblait savoir comment se comporter… Sauf Meg et Brody, qui se prirent par la main et éclatèrent de rire.

— On avait peur que l'initiative des enfants ne vous mette en colère, déclara Amy Tidwell.

Elle paraissait si soulagée que Meg la soupçonna d'avoir trempé dans le complot ; mais quelle importance ?

— Non, ça tombe très bien, au contraire, indiqua-t-elle, parce que nous nous sommes arrêtés en chemin pour acheter quelque chose, leur père et moi.

Brody sortit un écrin de sa poche, l'ouvrit, et des exclamations de surprise fusèrent de toutes parts.

— Qu'est-ce que c'est ? demandèrent les jumeaux en se haussant sur la pointe des pieds.

Avant de répondre, leurs parents s'accroupirent pour se mettre à leur hauteur, puis Meg expliqua avec un tendre sourire :

— Ce sont des alliances.

— Une pour maman, et une pour papa, enchaîna Brody, parce que nous avons décidé cet après-midi de nous remarier. Nous devons cependant attendre pour cela d'avoir accompli un certain nombre de formalités administratives, ce qui prendra quelques jours.

— Vous pouvez pas vous marier aujourd'hui, alors ? s'écria Kevin.

— Mais… Mais on a tout préparé ! bredouilla Kelly, le menton tremblant. Le pasteur est là, et on a sorti vos habits de mariés : ta robe et ton voile, maman, et le smoking de papa !

Meg et Brody se regardèrent, indécis.

— Et si nous répétions la cérémonie maintenant ? suggéra la jeune femme après un instant de réflexion.

— Oui, approuva Brody, et la vraie aura lieu à l'église la semaine prochaine.

— Excellente idée ! intervint le révérend Bollick. Ce genre de répétition se fait habituellement en huis clos, mais si ça ne vous dérange pas d'avoir un public…

— Pas du tout, répondit Meg.

— Au contraire ! affirma Brody.

Il voulait proclamer son amour pour Meg dès aujourd'hui, devant leurs enfants et leurs amis, afin de partager avec eux la joie dont son cœur débordait.

Les invités s'approchèrent pour les féliciter, et parmi eux Fiona, qui leur adressa des vœux de bonheur manifestement sincères.

Sans doute s'était-elle enfin rendue à l'évidence, pensa Meg avec soulagement. Même si elle avait déjà résolu de regagner l'Irlande, l'annonce du mariage de Brody lui permettrait de tirer un trait définitif sur cet épisode de sa vie et de se tourner sans regret vers l'avenir.

— Je suis très heureuse pour vous, dit Katherine quand elle vint embrasser les futurs époux. Et je soupçonne vos enfants d'avoir le don de double vue : c'est comme s'ils avaient deviné que vous choisiriez ce jour pour décider de vous remarier !

— Oui : les grands esprits se rencontrent, observa Brody avec un coup d'œil mi-amusé, mi-attendri en direction des enfants.

Meg et lui allèrent ensuite se changer. Il revêtit le smoking que Kevin avait sorti de sa penderie, et Meg la longue robe blanche et le voile apportés en cachette par Kelly.

Emus, ils descendirent l'escalier main dans la main.

— Je t'aime, Meg.

— Je crois n'avoir jamais cessé de t'aimer, Brody, répondit Meg, avant d'ajouter en riant : Te rends-tu compte que nous allons vivre une seconde lune de miel… Avec nos enfants, cette fois !

— Oui ! Et cette lune de miel durera toute notre vie…

Puis, sous le regard des jumeaux rayonnants et dans un silence recueilli, ils se promirent de nouveau — mais cette fois, dans un élan de tout leur être — de s'aimer et de rester unis, pour le meilleur et pour le pire, jusqu'à ce que la mort les sépare.

Extrait de

*Un mariage magique*

de Kate Hoffman

— Queen Anne Hill, et accélérez un peu, s'il vous plaît, je suis pressée !

Danielle O'Malley avait dû crier pour se faire entendre du chauffeur derrière la vitre de sécurité. Elle s'adossa au siège du taxi et contempla le paysage familier qui défilait à toute vitesse derrière la fenêtre. Bienvenue à Seattle, songea-t-elle en soupirant. Elle rentrait d'un voyage d'affaires à Los Angeles qui avait duré deux semaines et, ce matin encore, la vie lui souriait.

Si elle réussissait à faire signer ce contrat à Jason Wentland, ce serait un véritable coup d'éclat, songea-t-elle. En son for intérieur, elle l'avait déjà surnommé « l'homme qui valait six millions » — car c'était ce que le budget publicitaire de Wentland représentait pour sa société en termes de chiffre d'affaires. En cas de réussite, on lui offrirait presque certainement un poste de vice-présidente dès la fin de l'année. Avec, à la clé, la sécurité financière dont elle avait toujours rêvé.

Mais… était-ce si sûr ?

Dani reposa sa nuque contre l'appuie-tête de son siège et ferma les yeux. Elle vivait seule depuis l'âge de dix-huit ans. Elle avait grandi dans des familles d'accueil, et l'Etat ne prévoyait pas de financer les études universitaires de ses pupilles, aussi avait-elle dû travailler à plein temps tout en poursuivant des études de gestion à l'université de l'Oregon. Mais cette expérience lui avait ouvert les portes d'un univers entièrement nouveau.

Elle avait étudié les magazines de mode et les manuels d'économie, économisé sou à sou pour se payer une garde-robe de grand luxe et les soins d'un grand coiffeur, et s'était composé une façade toute neuve.

Elle s'obligea à se concentrer à nouveau sur son rendez-vous qui approchait. Ses obligations professionnelles appelaient toute son attention, et elle ne devait pas se laisser distraire par des considérations personnelles.

Car, même s'il ne signait pas ce contrat, Dani avait d'autres plans pour l'« homme qui valait six millions ». Jason Wentland était très riche, avait fait de brillantes études et il était un bourreau de travail. Exactement le genre d'homme qu'elle trouvait attirant ! Sans oublier sa sophistication d'homme du monde, qui s'inscrivait parfaitement dans l'univers qu'elle-même s'était créé. Dès leur première rencontre, ils avaient ressenti une attraction mutuelle qui laissait présager la possibilité d'une liaison merveilleusement passionnée… Et qui ne resterait qu'une liaison, car Dani était trop lucide pour croire encore à l'amour.

Lorsque son taxi arriva à destination, Dani paya le chauffeur qui, malgré son pourboire généreux, se contenta de poser ses bagages sur le trottoir. Traînant son sac derrière elle, elle traversa la cour pavée et s'arrêta devant la porte de son immeuble. C'est alors qu'elle se rendit compte que ses clés avaient disparu. Pestant contre sa mauvaise étoile, Dani posa son sac de voyage sur le sol et entreprit de fouiller frénétiquement les nombreuses poches extérieures. Aucune trace de ses clés. De plus en plus paniquée, elle ouvrit la fermeture Eclair centrale et commença à éparpiller lingerie de soie et affaires de toilette sur les pavés de la cour.

Tout à coup, une goutte de pluie tomba sur sa joue, et elle leva un regard inquiet vers le ciel. De lourdes gouttes commencèrent à s'écraser sur les marches du perron, et une brusque saute de vent souleva le sous-vêtement de dentelle qu'elle s'apprêtait à ramasser. Dani se précipita pour le rattraper, mais son talon glissa sur les pavés mouillés et elle tomba à genoux dans une flaque, grimaçant de douleur.

— Etes-vous blessée, mademoiselle ? demanda près d'elle une voix grave. Puis-je vous aider ?

Une paire de bottes de cow-boy brodées était apparue devant ses yeux. Dani leva lentement la tête, découvrant de longues jambes athlétiques enserrées dans un jean blanchi par de nombreux lavages. Une vigoureuse main masculine apparut devant son visage, et elle accepta en silence l'assistance qui lui était offerte.

Dani se remit debout avec difficulté, grommelant contre le chauffeur de taxi qui avait choisi le trajet le plus long pour la ramener chez elle et contre l'office de météorologie, incapable comme toujours de prédire correctement le temps à Seattle.

— Merci, monsieur, murmura-t-elle, écartant une mèche trempée de son visage.

Puis, leurs regards se croisèrent, et Dani se figea, stupéfaite. Le souffle coupé, elle contempla en silence le plus beau visage masculin qu'il lui ait jamais été donné d'admirer.

Son bon samaritain avait le profil classique des héros de la Grèce antique, un menton volontaire, un nez droit. L'averse avait fait boucler ses cheveux courts, qui encadraient un visage énergique, aux joues couvertes d'une barbe de plusieurs jours qui lui donnait l'air d'un aventurier.

La vue brouillée par la pluie qui, à présent, tombait à verse, Dani battit rapidement des cils comme si elle s'attendait à ce que cette merveilleuse vision disparaisse aussi vite qu'elle était apparue, à la façon d'un mirage de jour de pluie. Mais, lorsqu'elle rouvrit les yeux, il était toujours là, un sac de randonnée suspendu à une épaule, un sourire amusé aux lèvres.

— Je crois que vous vous êtes écorché le genou, remarqua-t-il en s'accroupissant pour examiner sa blessure de plus près. Ce n'est pas joli. Est-ce que cela vous fait mal ?

— Oui… je veux dire… pas du tout, répondit Dani. Ce n'est rien, vraiment.

Il se pencha pour souffler sur l'écorchure, et son haleine tiède apaisa la brûlure, provoquant un curieux frisson qui se répandit dans tout son corps.

— Voilà, dit-il. Cela va mieux ?

C'était l'homme le plus sexy qu'elle ait jamais vu, mais il n'était pas question de lui permettre de prendre de telles libertés avec son genou. Dani s'apprêtait à le remercier et à battre en retraite lorsqu'il se releva d'un geste souple. Lorsqu'il lui tendit sa main, cette fois-ci, une de ses culottes de soie et de dentelle se balançait au bout de son index.

— Je crois que ceci vous appartient…

Composé et édité par les
*éditions* Harlequin
Achevé d'imprimer en février 2006

BUSSIÈRE
GROUPE CPI

à Saint-Amand-Montrond (Cher)
Dépôt légal : mars 2006
N° d'imprimeur : 53142 — N° d'éditeur : 1919

*Imprimé en France*

Composé et édité par les
*éditions* Harlequin
Achevé d'imprimer en février 2006

BUSSIÈRE
GROUPE CPI

à Saint-Amand-Montrond (Cher)
Dépôt légal : mars 2006
N° d'imprimeur : 53142 — N° d'éditeur : 1919

*Imprimé en France*